Matilda Best

Gefährlicher Flamenco

Kriminalroman

Die Autorin

MATILDA BEST lebt mit ihrer Familie in Niederbayern und ist seit vielen Jahren als praktische Ärztin selbstständig. Sie erfährt tagtäglich die Geschichten zahlreicher Menschen. Oft kann sie helfen, manchmal nicht.

Seit ein paar Jahren schreibt sie Romane in den Genres, Romantische Sciencefiction, Urban Fantasy, Science-Fantasy und Cosy-Crime. In ihren Büchern verarbeitet sie reale Schicksale und sucht Lösungsmöglichkeiten für alle, die Ähnliches erlebt haben. Auch wenn ihre Protagonisten/innen in dystopischen Welten der nahen Zukunft, ihre Konflikte durchleben, sind ihre Geschichten immer realitätsnah, emotional, spannend und psychologisch tiefgründig.

Ihre neuesten drei Regionalkrimis basieren sogar auf wahren Fällen in den 1980/90 und 2001 Jahren. Sie hat die Täter damals als forensische Gutachterin sehr nah kennengelernt. Das bayerische Ermittlerduo und andere Personen sind fiktiv, haben aber Ähnlichkeiten mit realen Personen.

Matilda Best liebt ihre Freiheit und ist überzeugte Selfpublisherin.

Instagram: @matildabest42

Diesen Spanienkrimi widme ich meinem verstorbenen Vater, der Spanien, die Spanier/innen und ihren Lebensstil geliebt hat. Er hat den berühmten Schriftsteller Ernest Hemingway verehrt, wohl auch wegen dessen Liebe zu Spanien und seinen Stierkämpfen. Mich hat er von klein auf jedes Jahr im Urlaub an seinen Gefühlen teilhaben lassen und die Erinnerung an unsere gemeinsamen Erlebnisse haben mich beim Schreiben dieses Romans inspiriert und begleitet.

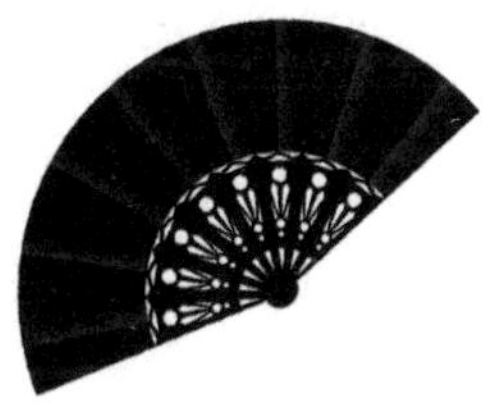

VORWORT (MiT AUFKLÄRUNG)

Liebe Leserin, lieber Leser,

mein 3. Krimi nach wahren Fällen spielt in Spanien im Jahr 2001.

Damals begannen die ersten Stimmen in Europa und in Spanien laut gegen die sehr alte Stierkampftradition zu argumentieren. Die Mehrzahl der Spanier sahen in dieser Debatte eine unzulässige, ja anmaßende Einmischung in ihr nationales Kulturerbe und ureigenes Lebensgefühl.

Ich selbst habe als Kind mit meinem Vater viele Stierkämpfe in Spanien und Südfrankreich besucht und weltberühmte Matadore erleben dürfen (Ordonez, El Cordobez). Ich hatte also das Glück, schon als Kind die Faszination einer Corrida und die leidenschaftliche Liebe, ja höchste Verehrung der Spanier für ihre berühmten Stierkämpfer zu erleben. Sie waren und sind bis heute der Nationalstolz eines Landes, dessen Menschen völlig andere Sichtweisen und Emotionen besitzen als wir deutschen ›Nordlichter‹.

Und nur deshalb habe ich es gewagt, in diesem Krimi tief in die spanische Flamenco- und Stierkämpfer-Szene zu blicken. Lasst euch einfach mit hineinziehen, versucht, fremdartige Emotionen nachzuempfinden, und vertraut auf sorgfältige Recherche und Faktenlage.

Denn vor ein paar Jahren habe ich Sevilla, Ronda und Cordoba, die traditionsreichen Städte Andalusiens, wieder besucht, Stierkämpfe und Flamenco-Vorführungen unter Einheimischen erlebt, ihre Gefühle auf mich wirken lassen und die ungeheure Faszination des Kampfes und des Tanzes als erwachsene Frau gespürt. Und ich habe mit einem Mitglied der Tierschutzorganisation Animals' Angels gesprochen. Diese Aktivisten begleiten Tiertransporte zu spanischen Tiermärkten und Schlachthäusern. Und obwohl in den letzten Jahren Verbesserungen erreicht wurden, bleibt es bei extremen Torturen und Leiden aller Tiere auf langen Transporten in heißer Enge.

Eine spektakuläre, schnelle Tötung eines Stieres, der jahrelang ein Luxusleben auf riesigen Weiden führen durfte, ist leichter anzuprangern und zu kritisieren als verdeckte, versteckte Tierquälerei, die sich tagelang auf Transporten und oft lebenslang in miserablen Stallungen hinzieht.

Getötet werden sie alle, weil die Menschen ihr Fleisch essen.

Gefährlicher Flamenco

KAPITEL 1 

Markus Schreiner

Meine Mutter rief mich an diesem Montagmorgen, den 26. März 2001, schon um 7:00 Uhr in der Früh an. Eine absolut ungewöhnliche Uhrzeit. Normalerweise telefonierten wir zweimal die Woche abends nach Dienstschluss und überzeugten uns gegenseitig, dass wir gesund und guter Dinge waren. Etwa alle vier Wochen besuchte ich meine Mutter sonntagnachmittags, um ihren Apfelkuchen zu genießen und gebührend zu loben. Dieser Anruf um 7:00 Uhr morgens bedeutete also mit Sicherheit nichts Gutes. Schon als ich ihre Stimme erkannte, schnellte mein Puls in die Höhe. Hiobsbotschaften am frühen Morgen im Zusammenhang mit meiner Mutter – eine Horrorvorstellung für mich.

»Hallo, Markus. Erschrick bitte nicht, mir geht es gut.

Aber die Sache ist trotzdem so dringend, dass ich dich in aller Früh anrufen muss.«

Mein Puls beruhigte sich wieder.

»Schieß los! Ist wer gestorben?«, fragte ich aus Spaß, wohl um die Angst um meine Mutter herunterzuspielen.

»Ja, mein Schatz, so ist es«, war ihre Antwort. »Kannst du dir bitte die Akten von einer Isabella Martinez besorgen? Es handelt sich um eine Studentin aus München, die am Wochenende in Sevilla ermordet wurde. Ich kenne ihren Vater, Alfredo Martinez, aus meiner Jugendzeit. Er ist Spanier und hat mich angerufen, weil er weiß, dass du als Kommissar bei der Mordkommission arbeitest. Bitte informiere dich, so gut du kannst, und komm heute Nachmittag vorbei, ich erkläre dir dann alles genau.«

So eine lange Rede hatte ich von meiner Mutter noch nie gehört. Sie war eine schweigsame, bescheidene und eher passive Frau. Dass sie jetzt aktiv wurde, bedeutete für mich, dass sie emotional berührt war, auch wenn sie sich so gut wie möglich beherrschte. Ich registrierte trotzdem ein leichtes Zittern ihrer Stimme. Und diese vielen Worte ohne Pause! Offensichtlich wollte sie im Moment oder am Telefon nicht zeigen, wie es um sie stand.

»Gut, ich schaue, was ich herausbringen kann. Aber du weißt, dass ich für Erding und Umgebung zuständig bin und nicht mehr für München, geschweige für Spanien?«

»Ja, ja, ich weiß das, aber ich weiß auch, dass ihr zusammenarbeitet und vieles möglich ist. Alfredo hat Freunde im Justizministerium, das wollte ich dir noch sagen. Er hat ein Interesse daran, dass bei den Ermittlungen ein deutscher Kommissar anwesend ist. Dein Chef wird also einen Anruf von höherer Stelle bekommen.«

Dann schwieg sie und ich musste mich damit abfinden, erst am Nachmittag Einzelheiten zu erfahren. Wir verabschiedeten uns und durch mein Gehirn rasten zahlreiche Fragen. Aber eine hob sich von allen anderen ab wie eine Neon-Reklame: Was bedeutete es, dass meine Mutter in ihrer Jugend mit einem Spanier befreundet gewesen war und ich überhaupt nichts davon wusste? So befreundet offenbar, dass sie mich in meiner Schulzeit Spanisch lernen hatte lassen. Damals hatte sie darauf bestanden und ich mir keine Gedanken über ihren Wunsch gemacht. Mein Vater auch nicht, denn seiner Meinung nach war es von Vorteil, viele Sprachen zu beherrschen, sodass man in fremden Ländern zurechtkam. Heute allerdings erschien es mir eigenartig, dass sich nach so vielen Jahren ein spanischer Vater an meine Mutter wandte, um den Tod seiner Tochter vom Sohn seiner Jugendfreundin aufklären zu lassen.

Und dann die Sache mit dem Justizministerium. Normalerweise wollte niemand etwas mit diesen Typen zu tun haben, ganz sicher auch nicht mein Chef. Allerdings war die Reaktion des Spaniers verständlich; jeder würde seine Beziehungen spielen lassen, um den Mord seiner Tochter möglichst schnell und neutral aufklären zu lassen. Amtshilfe zwischen befreundeten Staaten kam immer häufiger vor.

Nach diesem Gespräch bereitete ich mir meinen Kaffee und meine morgendlichen zwei Toastbrote mit Honig zu. Bevor ich sie essen konnte, klingelte das Telefon erneut. Diesmal war am anderen Ende ein Kollege des Münchner Mordkommissariats. Ich kannte ihn flüchtig von früher.

»Hier Hauptkommissar Weinreich. Guten Morgen, Kollege Schreiner. Ich lasse Ihnen die Akten einer Isabella Martinez per Boten bringen – Anordnung von höchster Stelle. Leitender Ministerialrat Dr. Mönchsthaler bittet um schnellstmögliche Bearbeitung.«

Ich schluckte. Das ging zügig für deutsche Behörden. Offensichtlich hatte man ein Zeitproblem, wollte so schnell wie möglich handeln. Aber was sollte meine Aufgabe sein? Ich kannte weder die Tote noch andere Personen in ihrem Umfeld.

Weinreich gab mir im nächsten Satz ungefragt die Antwort: »Sie werden wahrscheinlich eine Dienstreise nach Sevilla antreten müssen, um sich vor Ort schlauzumachen.

Wie ich gehört habe, wird das ebenfalls gerade von höchster Stelle vorbereitet. Warum und weswegen, weiß ich leider nicht.«

Ich dagegen ahnte es inzwischen. Also bedankte ich mich bei dem Kollegen Weinreich für seinen Anruf, der ja letztlich einer Warnung gleichkam.

Während ich meine Toasts verschlang, dachte ich an meine Mutter und überlegte, dass die drei Jahre Spanisch als Wahlfach im Gymnasium vor so langer Zeit mir kaum bei Ermittlungen in Spanien helfen würden. Allerdings waren diese mickrigen Sprachkenntnisse wohl der Grund, dass man mich dorthin schicken wollte. Ich konnte mich nicht mehr daran erinnern, aber wahrscheinlich hatte ich im Aufnahmeformular in den gehobenen Dienst entsprechende Sprachkenntnisse angekreuzt. Natürlich konnte es auch sein, dass meine Mutter ihrem Jugendfreund erzählt hatte, dass ihr Sohn nicht nur Hauptkommissar bei der Mordkommission Erding war, sondern auch Spanisch sprach.

Als ich mein Büro betrat, lag bereits eine rote Akte gut sichtbar auf meinem Schreibtisch. Mein Assistent Paulus hatte sie dort platziert und winkte mir jetzt zu, während er rief: »Gleich lesen!«

KAPiTEL 2

Nach zehn Minuten war ich mit dem Studium der Fakten fertig. Die deutsche Studentin war am Sonntagmorgen tot in ihrer Wohnung in Sevilla aufgefunden worden. Sie hatte sich mit ihrem Freund, einem sehr bekannten Stierkämpfer namens Miguel Rodriguez am Abend zuvor heftig gestritten und wutentbrannt sein Haus gegen 20:00 Uhr verlassen. Er habe daraufhin die Nacht mit einer anderen Frau verbracht. Weil er einen Wohnungsschlüssel besitze, habe er Isabella schon gegen 6:00 Uhr am Sonntagmorgen aufgesucht, um sich reumütig bei ihr zu entschuldigen. Allerdings habe er sie tot im Bett vorgefunden. Durch sein Schreien war die Vermieterin, Maria Diaz, wachgeworden und in Isabellas Zimmer geeilt. Sie hatte dann die Polizei angerufen, weil er dazu nicht in der Lage war. Allerdings konnte er den Beamten sein Alibi benennen – eine Flamenco-Tänzerin namens Sara Sanchez. Demzufolge wurde Rodriguez nicht weiter verdächtigt. Sara Sanchez hatte nämlich seine Angaben bestätigt und angegeben, dass sie vor Isabella zwei Jahre lang fest mit dem Matador liiert gewesen sei. In der fraglichen Nacht sei es allerdings das erste Mal zu einem intimen Zusammensein seit der Trennung vor acht Monaten gekommen. Rodriguez sei gegen 20:00 Uhr erschienen, habe ihr gegenüber geäußert, dass er sich im Streit von Isabella getrennt habe und gegen 5:30 Uhr gegangen. Weitere Treffen seien nicht verabredet worden.

Der Todeszeitpunkt wurde zwischen 23:00 Uhr am Samstag und 1:00 Uhr am Sonntag geschätzt. Dem Ordner war ein Foto der Leiche beigefügt. Es zeigte eine attraktive rothaarige junge Frau, die, obwohl sie im Bett lag, das typische Kleid der Flamenco-Tänzerinnen trug. In ihrer rechten Hand hielt sie noch Kastagnetten umklammert. Im Text darunter war vermerkt, dass es keine Anzeichen von sexueller Gewalt gegeben habe.

Da die Vermieterin angab, dass die Tote in der Flamenco-Schule einer gewissen Flora Gomez als Studentin für Tanz und Spanisch eingeschrieben war, hatten die spanischen Kollegen die fragliche Dame noch am Sonntag vernommen.

Diese hatte ihre lange Aussage gleich selbst ins Deutsche übersetzt:

Isabella Martinez habe seit acht Monaten täglich bei ihr Flamenco-Tanz trainiert und Spanischunterricht genommen. Die Schule biete beides gleichzeitig an. Wohl aufgrund ihrer Abstammung sei Isabella eine sehr gute Flamenco-Tänzerin gewesen und habe fast perfekt Spanisch gesprochen. Flora Gomez berichtete, dass Isabellas Beziehung zu dem Matador Miguel Rodriguez in Sevilla bekannt und umstritten gewesen sei, denn viele Spanier seien nicht damit einverstanden gewesen, dass ein so berühmter Stierkämpfer eine „deutsche Touristin" zur Freundin habe. Manche Toreros würden zwar ihre Freundinnen häufig wechseln, allerdings handele es sich bei diesen meisten um Spanierinnen aus gutem Hause, die jede Corrida mit Begeisterung verfolgen würden. Die Gefahr und die Nähe des Todes, in die sich vor allem die Matadore bei jedem Kampf begäben, fache das Begehren dieser Frauen an, so Gomez. Isabella dagegen sei nur sehr selten bei Corridas anwesend gewesen und sei, soweit ihr bekannt, sogar eine Gegnerin des Stierkampfes gewesen. Auf jeden Fall habe sie zahlreiche Neiderinnen gehabt und auch die Eltern ihres Freundes hätten sich bereits in der Lokalpresse abschätzig über sie geäußert.

Die Lehrerin selbst könne nur Gutes über Isabella

sagen: Sie sei fleißig, talentiert und brav gewesen; sie, Flora, wisse nichts über andere Affären und habe Isabella auch nie mit anderen Tänzern, Gitarristen oder Lehrern flirten sehen. Allerdings hätten zahlreiche Spanier für sie geschwärmt, auch unter den Stierkämpfern. Die Frage des vernehmenden Beamten, ob sie von einem Streit zwischen Isabella und Miguel Rodriguez etwas wisse beziehungsweise gehört habe, verneinte Flora Gomez nachdrücklich. Isabella sei allerdings in den letzten drei Tagen nicht zum Tanz- und Sprachunterricht erschienen; sie habe sich bei ihr, der Schulleiterin, mit einem Darmvirus entschuldigt.

Die Kriminalpolizei von Sevilla hatte auch den Matador Rodriguez verhört. Dessen Aussage war nur auf Spanisch zu lesen. Sie war allerdings sehr kurz, nur sechs Sätze, und ich verstand den Inhalt: Er sei nach dem Streit mit Isabella so wütend gewesen, dass er seine Exfreundin Sara Sanchez aufgesucht und die Nacht bei ihr verbracht habe. Am Morgen habe er sein Verhalten bereut und sei deshalb früh morgens zu Isabellas Wohnung gefahren. Seine Freundin sei tot in ihrem Bett gelegen. Weil sie noch ihr Flamenco-Kleid trug, habe er zuerst an Selbstmord gedacht.

Die Exfreundin, Sara Sanchez, hatte ihre Angaben auch

nur auf Spanisch gemacht und behauptet, sie wisse nichts Genaues über den Streit zwischen Isabella und Miguel.

Interessant war noch die Aussage der Wohnungsvermieterin, eine zweiundsechzigjährige ehemalige Flamenco- und Deutschlehrerin. Sie hatte ihre Aussage sowohl auf Spanisch als auch auf Deutsch formuliert und unterschrieben. Maria Diaz gab an, dass Miguel Rodriguez, obwohl er aus ärmlichen Verhältnissen stamme, sich Frauen gegenüber häufig hochnäsig und arrogant verhalten habe. Er habe auch Isabella eher wie eine Bedienstete behandelt, nicht wie eine Freundin. Wörtlich schrieb sie: ›Ich habe nicht verstanden, dass sich ein so schönes Mädchen von einem Mann, egal wie berühmt er ist, so behandeln lässt. Aber es ist oft schwierig, Verliebte zu verstehen.‹

Von einem Streit wisse sie gar nichts. An diesem Samstag sei sie bis 20:00 bei einer Freundin gewesen, gegen 20:30 Uhr heimgekommen und gleich ins Bett gegangen. Sie habe aber noch gehört, wie Isabella gegen 21:00 Uhr zurückgekommen und in ihr Zimmer gegangen sei. Die Vermieterin sei erst am Sonntagmorgen, kurz vor 6:00 Uhr, durch Miguels Schreie aufgeweckt worden.

Während ich diese Protokolle noch auf mich wirken ließ, betrat Staatsanwalt Dr. Böttcher unser Büro, begrüßte

Paulus und steuerte gleich auf meinen Schreibtisch zu.

»Guten Morgen, Kollege Schreiner. Haben Sie den Vorgang schon gründlich gelesen? Gerade hat der leitende Ministerialrat Mönchsthaler angerufen und mich gebeten, Sie nach Sevilla zu schicken. Ihr Flug geht morgen Mittag, unsere liebe Sekretärin Beate hat das schon gemanagt. Auch ein Leihauto der Mittelklasse steht am Flugplatz von Sevilla für Sie bereit. Sie sollten völlig unabhängig von der dortigen Polizei agieren können. Natürlich müssen Sie mit diesen Kollegen freundschaftlich zusammenarbeiten, aber das ist ja für Sie kein Problem.« Er lächelte sanft und väterlich.

Ich lächelte gequält zurück. »Wenn es sein muss, ermittle ich anstatt in Erding auch in Sevilla, aber nur sehr ungern, ehrlich gesagt.«

»Ja, lieber Schreiner, das kann ich mir gut vorstellen, aber es muss sein. Der Vater der Ermordeten, ein Spanier, der seit vielen Jahren in Deutschland lebt, ist bereits in Sevilla und hat dort der Polizei erheblichen Ärger bereitet. In gewisser Weise haben die dortigen Kollegen auch um unsere Amtshilfe gebeten. Sie, Schreiner, sollen also zusätzlich den Vater zur Räson bringen.«

So sah das also aus. Ich musste nicht nur die spanische Kripo bei der Aufklärung eines Mordes unterstützen, sondern auch gegenüber einem unangenehmen Vater aus Deutschland.

Mein Lächeln sah wohl noch gequälter aus, als ich fragte: »Kann ich meine Freundin Sofia auf eigene Kosten mitnehmen?«

Böttcher grinste und nickte. »Selbstverständlich kann jede deutsche Person in Sevilla Urlaub machen und sogar im selben Hotel wohnen wie Sie. Beate hat übrigens im Hotel San Gil mitten im Zentrum ein Doppelzimmer gebucht.«

Das sah Beate ähnlich. Sie handelte immer nach der Devise: vorsorglich an alles denken. Inzwischen war allen auf dem Kommissariat, also auch meinem Chef, klar, dass ich eng mit Sofia befreundet war. Jetzt musste ich nur noch diese Freundin von einem sehr spontanen Urlaub in Spanien überzeugen. Hoffentlich hatte ihr Chef nicht völlig andere Pläne.

Als ich Sofia am Abend in die Arme nahm, kam ich mir vor wie ein Ertrinkender. Der Besuch bei meiner Mutter hatte mich völlig aus der Fassung gebracht. Sie hatte angedeutet, dass sie vor meinem Vater eine enge Beziehung zu diesem Spanier Martinez gehabt hatte. Allerdings hatte sie nur in vagen Andeutungen gesprochen und ihre Schwäche für Spanien und seine Menschen mit dieser Freundschaft begründet. In dem Flur meines Elternhauses hing schon, solange ich denken konnte, ein Bild von Flamenco-Tänzerinnen. Zwar befand es sich an einer wenig sichtbaren, eher dunklen Stelle über der Kellertreppe, aber da mich mein Vater in jungen Jahren öfter in den Keller geschickt hatte – zum Nachdenken, wie er sagte –, hatte sich das in kräftigen Farben dargestellte Geschehen in mein Gedächtnis eingegraben. Jedes Mal, wenn ich gedemütigt in den Keller schlich, musste ich auf diese tollen Frauen in ihren roten Kleidern und den schwarzen Schuhen mit ihren gefährlichen Absätzen starren. Und fast jedes Mal wünschte ich mir, dass sie auf dem Rücken meines Vaters tanzen würden, während er am Boden lag und ihre kraftvollen Tritte aushalten musste. Natürlich hatte ich niemals irgendeinem Menschen davon erzählt, auch nicht meiner Therapeutin. Aber jetzt fielen mir diese Vorstellungen und Wünsche ein, weil ich bald echte Flamenco-Tänzerinnen sehen, ja, sogar näher kennenlernen würde. Unerklärlicherweise überkam mich bei dem Gedanken daran ein Angstgefühl. Deshalb ähnelte wohl meine Umarmung der eines Ertrinkenden.

Sofia schien das zu bemerken und forderte mich auf, erst einmal ausführlich zu erzählen, was heute alles vorgefallen war. Am Ende dieses Berichts fragte ich dann: »Kannst du mich begleiten, Sofia?«

Sie lachte laut auf. »Morgen um 12:30 Uhr habe ich absolut nichts anderes vor, mein Schatz! Ein Arbeitsurlaub in Sevilla – einfach wunderbar! Mein Chef wird mir dieses Vergnügen von Herzen gönnen; er kann sicher ein paar Tage ohne mich zurechtkommen.«

Mir fiel ein Stein vom Herzen. Mit Sofia an meiner Seite konnte ich es mit zehn Tänzerinnen und x Stierkämpfern aufnehmen.

KAPITEL 3 

Dienstag, 27. März

Am nächsten Vormittag holte Sofia mich mit ihrem Mini ab. Sie hatte einen Parkplatz bei einem Bauern in Eitting, in der Nähe des Flughafens Erding, reserviert, vorerst für eine Woche. Wir waren beide aufgeregt und angespannt. Die schnelle Entscheidung zu einem Arbeitsurlaub in Spanien hatte uns leider die Möglichkeit genommen, uns vorzubereiten und Vorfreude zu genießen. Sofia hatte lediglich einen Stadtplan von Sevilla erstanden und ich mein altes Spanisch-Wörterbuch gesucht und gefunden.

Als wir endlich im Flugzeug saßen – mit viel Glück hatten wir beim Einchecken zwei Plätze nebeneinander bekommen – entspannten wir uns etwas. Sofia nahm meine Hand und flüsterte: »Das ist eine Premiere für uns: verbotener Undercover-Einsatz im Ausland! Ich bin richtig aufgeregt.«

Ich gab ihr einen schnellen Kuss auf die Wange. In dem Moment spürte ich rechts neben mir eine Bewegung – jemand würde also den freien Platz am Gang besetzen. Bevor ich mich diesem Jemand zuwenden konnte, hörte ich eine bekannte Stimme: »Hallo, Kommissar Schreiner, das ist ja eine Überraschung!«

Ich blickte hinüber und direkt in die Augen von Susanne Weinbauer. Diese undurchsichtige blonde Schönheit hatte mich vor einiger Zeit die letzten Nerven gekostet. Im damaligen Mordfall war sie als Mittäterin angeklagt worden, hatte mir ein belastendes Tape heimlich zugesteckt und mich in Gewissensnöte gestürzt.

Bevor ich fragen konnte, was sie hier in diesem Flugzeug zu suchen hatte, flüsterte sie mir ins rechte Ohr: »Isabella Martinez war eine Freundin. Ich will ihren Mörder hinter Gitter sehen.«

Das auch noch!, fuhr mir durch den Kopf. Meine Antwort klang wohl wenig begeistert: »Das wollen anscheinend einige Personen aus Bayern.«

Im weiteren Verlauf des Fluges versuchten wir drei, zu schlafen oder zu lesen. Gespräche waren unerwünscht, vor allem von meiner Seite. Susanne hatte kurz versucht, mich nach Einzelheiten über den Fall zu fragen. Wenig charmant, fast unhöflich hatte ich abgeblockt.

»Sie wissen doch, Frau Weinbauer, dass ich keine Details über Ermittlungsergebnisse in einem laufenden Fall preisgeben darf. Bitte akzeptieren Sie das.«

Die Therapeutin hatte leicht gelächelt. Ich kannte dieses amüsierte oder arrogante Lächeln noch von damals. Sie beherrschte es meisterhaft. Es verunsicherte ihr Gegenüber, egal wie entspannt und selbstsicher er oder sie sich vorher auch gefühlt hatte. Ein paar gezielte Worte, herablassende Blicke und dieses Lächeln ließen jedes Selbstbewusstsein in sich zusammenfallen. Ich war mir sicher, dass Frau Weinbauer als erfahrene Psychotherapeutin auch das Gegenteil beherrschte, nämlich ihre Patienten aufzubauen, ihnen Kraft und Motivation zu geben, wenn sie es für angebracht hielt. Bei mir hielt sie es wohl für nicht angebracht. Ich konnte nur hoffen, dass sie nicht im selben Hotel wie wir wohnte und sie uns auch sonst nicht über den Weg lief. Wahrscheinlich war sie ja mit dem Vater des Opfers ebenfalls befreundet und verabredet; ihm würde sie sicher hilfreich zur Seite stehen.

Sofia links neben mir war tatsächlich eingeschlafen. Sie hatte ihren Kopf ans Fenster des Flugzeugs gelehnt und wirkte friedlich entspannt wie ein Engel.

Mein Engel, dachte ich.

KAPITEL 4

Unser Hotel in Sevilla war eine Perle. Ein wunderschönes Gebäude in der historischen Altstadt, das erst 1992 restauriert worden war. Es hatte immer noch diesen unübersehbaren spanischen Charme und war äußerst schwierig anzufahren. Die Gassen waren zu eng und stellten erhebliche Ansprüche an mein fahrerisches Können. Mehr als einmal zuckte Sofia neben mir zusammen, wenn die Hauswände bedrohlich nahe an ihrem Fenster vorbeihuschten. Zusätzlich machten das ungewohnte Leihauto und die Hitze das Ganze zu einem schweißtreibenden Abenteuer. Als wir endlich in der Kühle des klimatisierten Zimmers unser Gepäck abstellen konnten, hatte ich nur einen Wunsch: erst *in* den Pool und dann in unserem einladenden Bett Sofia zu *be*steigen. Diese wiederum war nach ihrem Flugzeugschlaf hellwach und unternehmungslustig.

»Pool? Glaubst du, dass er im April schon beheizt wird? Ich frage mal nach.«

Sie wählte die Rezeption und erhielt auf Englisch die Antwort, dass das erst ab Mai der Fall sein würde.

Na gut, dann musste eine Dusche genügen. Und das tat sie auch. Meine Lebensgeister waren wieder erwacht und Sofia schubste mich aufs Bett.

»Warte hier, so nass wie du bist. Ich dusche auch schnell und dann lassen wir unsere feuchten Körper spanisch verschmelzen.«

Gegen 19:30 Uhr schlenderten wir in locker-leichter Kleidung durch die Altstadt von Sevilla. Überall entdeckten wir Restaurants und Tapas-Bars. Wir entschieden uns für ein etwas versteckt liegendes Lokal namens Asiento social iteri in einer kleinen Nebengasse. Während wir unser erstes Abendessen in Sevilla genossen, vergaß ich immer wieder, dass Morgen ein Arbeitstag auf mich wartete, und zwar in einer unangenehmen, fremden Umgebung mit sprachlichen und kulturellen Barrieren. Es würde schwierig werden, feinste Veränderungen, Bemerkungen oder Stimmungsschwankungen verdächtiger Personen richtig zu beurteilen. Davon unabhängig musste ich wieder einmal den Mord an einer jungen Frau aufklären. Mir fiel der letzte Fall ein, und plötzlich spürte ich diesen leichten Druck im Hinterkopf, der Probleme ankündigte. Ein Blick in Sofias entspannt lächelndes Gesicht ließ mich aufatmen. Dieses Mal hatte ich sie von morgens bis abends nah an meiner Seite, sozusagen als menschlichen Schutzengel.

Mittwoch, 28. März

Der nächste Tag begann mit einem Frühstück um 7:30 Uhr. Bereits eine halbe Stunde später rief Kommissar Pablo Garcia auf meinem Handy an. Die Nummer hatten wir ihm gefaxt und natürlich auch, in welchem Hotel ich untergebracht war. Der Kollege sprach Englisch und konnte sogar etwas Deutsch. Er stehe vor der Tür und warte auf mich, ich solle mir aber Zeit lassen mit dem Frühstück.

Trotz dieser freundlichen Aufforderung stürzte ich meinen Kaffee hinunter und gab Sofia einen schnellen Kuss. Ich bat sie, mich nur im Notfall anzurufen, damit die Kollegen nicht gleich in den ersten Tagen bemerkten, dass ich eine Freundin dabeihatte. Ich würde mich später bei ihr melden.

Sofia nickte verständnisvoll. »Ja, das ist eine gute Idee. Erkunde erst mal das Terrain auf deinem neuen Kommissariat. Ich werde die Flamenco-Schule aufsuchen und mich vielleicht sogar als Schülerin anmelden. Nur so werde ich hinter die Kulissen blicken können und zielführende Informationen von Isabellas ehemaligen Kolleginnen bekommen. Bis später, mein Schatz, ich warte dann auf deinen Anruf.«

Ich ahnte nicht, wie viel später ich ihre Stimme wieder hören sollte.

 KAPiTEL 5 

Kommissar Pablo Garcia wartete, eine Zigarette rauchend, in seinem Dienstauto. Er gehörte der Nationalpolizei für Sevilla an, die für den Mord zuständig war. Das hatte mir Staatsanwalt Böttcher bereits mitgeteilt. Die spanischen Polizeistrukturen seien verzwickt und immer wieder komme es zu Rangeleien wegen Zuständigkeiten. Diese konnten sich sogar während der Ermittlungen ändern, wenn neue Ergebnisse es erforderten, hatte er mir erklärt. In unserem Fall allerdings musste ich das nicht befürchten. Die Tote war Ausländerin, lebte in der Stadt Sevilla, war dort auch gemeldet und besuchte eine staatlich anerkannte Schule.

Pablo Garcia winkte mir freundlich aus dem Seitenfenster zu, dann schnippte er seine Zigarette auf die Straße und rief: »Guten Morgen, Kollege Schreiner, hier neben mir ist Platz für Sie! Ich freue mich, Sie kennenzulernen.«

Ich lächelte, so freundlich ich konnte, öffnete die Beifahrertür und setzte mich neben ihn ins Auto.

»Ich freue mich auch auf unsere Zusammenarbeit«, antwortete ich höflich. Pablo hatte gebrochen Deutsch gesprochen und ich war über seine gute Aussprache verwundert. »Haben Sie auf der Schule Deutsch gelernt oder waren sie längere Zeit in Deutschland?«

Er lächelte und seine Worte überraschten mich: »Ich hatte eine deutsche Freundin und mit ihr war ich auch mehrmals in Deutschland, sozusagen auf Urlaub. Damals war ich noch nicht verheiratet, hatte keine zwei wundervolle Kinder.« Dann wechselte er sofort das Thema: »Wir fahren jetzt erst ins Büro und ich stelle Kollegen und anderes Personal vor.«

»Okay, gute Idee«, sagte ich.

Dann schwiegen wir, weil Pablo sich auf den zunehmenden Berufsverkehr konzentrieren musste. Etwa zehn Minuten später erreichten wir ein imposantes Gebäude, das von einem größeren Garten umgeben war. Mir fielen als Erstes die zahlreichen Bänke, ein kleiner Springbrunnen und hohe, schattenspendende Bäume auf. Dieser Anblick beruhigte mich; so schlimm konnte es nicht werden, wenn ich mich dort entspannen durfte.

Als ob Pablo meine Gedanken erraten hätte, sagte er: »Schöner Garten für Siesta und Nachdenken.«

Ich nickte. »Ja, sehr schön und schattig.«

Wir betraten das Gebäude und mussten in einem Vorraum etwas warten. Der diensthabende Polizist hinter einem Glasfenster blickte zuerst auf Pablo, dann kurz auf mich. Ohne Fragen zu stellen, öffnete er die Tür. Wir betraten einen langen Flur mit Stühlen an beiden Wänden und mehreren Bürotüren. An der vorletzten Tür stand auf einem silbernen Schild: ›Escuadron de Homicidios‹. Pablo öffnete sie und betrat einen Raum, in dem drei Männer an Schreibtischen saßen. Er sprach ein paar Sätze auf Spanisch und alle nickten freundlich lächelnd in meine Richtung. Dann ging er zum hinteren Bereich des Büros und öffnete eine Glastür, die in ein kleines Arbeitszimmer führte. Ich folgte ihm. Er setzte sich an den Schreibtisch und deutete auf den Stuhl ihm gegenüber. Als ich dort Platz genommen hatte, schob er mir ein Glas mit Wasser und einen DIN-A4-Zettel zu. Dann begann er in seinem gebrochenen Deutsch zu erklären: »Fall ist kompliziert, keine Verdächtigen, viele Möglichkeiten. Señorita Martinez war gute Flamenco-Tänzerin und Amante von Matador Miguel – sehr berühmt und begehrt von Frauen aus Sevilla. Gefährliche Mischung.«

Das sah ich auch so. Allerdings brachte uns diese

gemeinsame Einsicht nicht weiter. Ich hoffte, die spanischen Kollegen hatten inzwischen nützliche Hinweise oder Indizien gesammelt.

Pablo ahnte wohl, worauf ich wartete. Er zog aus der Schublade einen weiteren DIN-A4-Zettel heraus und faltete ihn fast genüsslich auseinander. Dann deutete er auf meinen und begann zu sprechen, leise, fast verschwörerisch. Seine dunklen Augen leuchteten irgendwie diabolisch.

»Hier ist Liste mit Personen, die nicht verdächtig, nicht befragt, aber Kontakt zu Isabella hatten. In den ersten zwei Monaten, wo sie hier war, hat sie Freunde von Vater besucht. Diese wohnen in Sevilla oder Umkreis, alles reiche Familien mit Einfluss und unverheirateten Männern. Das ist Punkt. Diese Männer können unangenehm werden für schöne junge Frau. Sie sind eitel, sensibel, leicht eifersüchtig und vieles andere, was für deutsche Frauen gefährlich ist.«

Ich dachte: *Warum für deutsche Frauen?*

Pablo erahnte wohl meine Frage. »Sie haben keine Erfahrung mit spanischen Männern und ihren Empfindlichkeiten.«

Aha, spanische Männer sind also eher Machos und ticken anders als deutsche. Aber ich hatte den Eindruck, dass Pablo mit dieser Liste und seinen Worten von dem

Matador ablenken wollte. Deshalb fragte ich: »Sind Sie eigentlich auch ein Fan von Miguel Rodriguez oder mit ihm befreundet?«

Pablos Augen verengten sich nur kurz, aber sein Gesichtsausdruck veränderte sich dadurch. Bevor ich diese Veränderung genau einordnen konnte, lächelte er schon wieder gewinnend.

»Er ist Freund von mir aus Kindheitstagen und auch heute noch. Miguel ist ein guter Mensch, unterstützt die Armen mit seinem Geld. War früher selbst arm, weiß, wie das ist.«

Ich nickte, aber Pablo war noch nicht fertig. »Er war echt von Herzen traurig über Tod von Isabella. Ich habe ihn bei Vernehmung weinen sehen. Das bedeutet viel in Spanien.«

Ich glaubte ihm. Doch jetzt konnte ich auch seinen veränderten Gesichtsausdruck deuten: Pablo hatte gefährlich gewirkt.

 KAPITEL 6 

Wir legten die Vorgehensweise für den heutigen und morgigen Tag fest. Pablos Kollegen hatten bereits zahlreiche Flamenco-Tänzerinnen und -Tänzer der Schule vernommen. Alle hatten entweder ein Alibi oder nicht den Hauch eines Motivs. In Isabellas Gruppe, bestehend aus zwei männlichen Tänzern, einem Gitarristen und einer Sängerin, waren die Tänzer homosexuell und der Gitarrist verheiratet. Die Sängerin, etwas über vierzig, lebte in einer festen Beziehung. Sie hieß Antonia Ruiz und hatte angegeben, dass sie Isabella vor etwa einer Woche mit einem deutsch aussehenden Mann beobachtet hätte. Isabella habe ihn verliebt angeschaut und der Mann ihre Hand gehalten. Die beiden seien in einem kleinen Park namens Catalina-Murillo-Park am Rande Sevillas auf einer Bank gesessen und hätten sich angeregt unterhalten, viel gelacht. Sie hätten die Sängerin, etwa dreißig Meter von ihnen entfernt, nicht gesehen. Antonia Ruiz sei mit ihrem Hund spazieren gegangen. Eigentlich habe sie mit Isabella über ihre Beobachtung reden wollen, sei aber nicht dazu gekommen, weil Isabella sich am nächsten Tag krankgemeldet hätte.

Eine Tanzschülerin aus einer Anfängerklasse, die auch aus Deutschland stammte, hatte ausgesagt, dass sie zwei Tage vor deren Tod mit Isabella telefoniert habe. Sie habe sich erkundigen wollen, ob Isabella auf dem Weg der Besserung sei oder ob sie Hilfe brauche. Sie habe an Einkäufe oder Ähnliches gedacht. Isabella aber habe gesagt, sie sei wieder fit, brauche noch etwas Zeit für sich. In diesem Gespräch habe sie angedeutet, dass sie nach Deutschland zurückfliegen wolle, um die Heimat und ihre Eltern wiederzusehen.

Pablo hatte bereits versucht, den deutschen Bekannten von Isabella ausfindig zu machen, allerdings bisher ohne Erfolg. Weder die Wohnungsvermieterin noch jemand anderer hatte ihn gesehen. Ein Presseaufruf war erfolgt und seit gestern Abend wurden die Hotels in Sevilla nach deutschen, allein reisenden jungen Männern befragt, außerdem die Passagierlisten der gängigen Fluglinien kontrolliert. Zwei Kolleginnen waren damit beschäftigt und hatten bereits vier Männer gefunden, die vom Alter und vom Zeitraum her infrage kamen. Diese sollten heute vernommen werden. Mit dem Vater der Toten,

Señor Martinez, wollten wir am Nachmittag ein ausführliches Gespräch führen. Am morgigen Tag sollten dann nochmals die Vermieterin Maria Diaz, der Matador Miguel Rodriguez und dessen Exfreundin Sara Sanchez vernommen werden.

Während wir diesen Plan besprachen, rief der Pförtner an und meldete einen Deutschen zum Gespräch. Anscheinend war der Aufruf in der Presse erfolgreich gewesen. Die Polizei hatte deutsche Bürger gebeten, sich zu melden, wenn sie mit Isabella Kontakt gehabt hatten.

Der Besucher war etwa fünfunddreißig Jahre oder etwas jünger, 1,80 Meter groß, blond, blauäugig und hatte einen Dreitagebart. Nach meinem Geschmack wirkte er wie ein Männermodel; jedenfalls würde ihn jeder als gutaussehend, gepflegt und modern gekleidet beurteilen. Seine Stimme klang männlich und doch etwas weich.

Er sagte als Erstes: »Guten Tag, spricht jemand Deutsch?«

Ich trat vor und lächelte ihn aufmunternd an. »Schießen Sie los, ich bin Deutscher.«

Er taxierte mich nur kurz, Pablo etwas länger. Der hatte sich neben mich gestellt und erklärte: »Ich verstehe Deutsch auch gut.«

Der Mann vermied den Blickkontakt mit mir, sah nur Pablo an. »Ich kenne Isabella aus München. Wir haben bis Januar 1998 dieselbe Tanzschule besucht, waren Freunde, kein Liebespaar. Isabella hatte mich nun vor kurzem in Deutschland angerufen, klang am Telefon ängstlich, unsicher, hilfebedürftig. Ich wollte sowieso im April nach Sevilla, um die berühmte Fiesta zu sehen.«

Pablo nickte aufmunternd, deutete auf einen Stuhl und setzte sich selbst an seinen Schreibtisch. »Dürfen wir Ihre Rede aufnehmen?«

»Klar!«, antwortete der Mann und legte seinen Ausweis vor. Er hieß Gerd Schosser und redete jetzt weiter: »Isabella hatte Probleme mit ihrem Freund, einem spanischen Stierkämpfer. Sie litt unter seinen zahlreichen Verehrerinnen, denen er seine Aufmerksamkeit schenken musste. Das sei Aufgabe eines Matadors, hat er wohl zu ihr gesagt. Er müsse seinen Verehrerinnen mit Respekt begegnen, dürfe sie nicht mit eindeutigen Worten abweisen, müsse immer als charmanter, begehrenswerter Held Komplimente machen, ja sogar Einladungen annehmen. Isabella war offensichtlich eifersüchtig, aber auch gekränkt, ja verletzt und depressiv. Sie hatte Kontakt zu einer Münchner Psychotherapeutin aufgenommen. Ich habe ihren Namen vergessen. Vorname war, glaube ich, Susanne oder Susi.«

Pablo wollte etwas fragen, aber ich zog an seiner Jacke, um den Redefluss des Deutschen nicht zu unterbrechen. Allerdings hatte Gerd Schosser das bemerkt.

»Haben Sie noch Fragen?«, fuhr er nämlich fort.

Schade, fuhr mir durch den Kopf, *er hätte uns vielleicht interessante Details über Isabellas Beziehung zu Susanne erzählt.*

Pablos Frage war allerdings auch nicht ohne: »Hat Isabella erwähnt, dass sie Miguel verlassen wollte oder nach Deutschland zurückkehren?«

»Ja«, antwortete Schosser, ohne zu zögern. »Sie wollte eine Auszeit in Deutschland nehmen, um sich zu erholen. Wörtlich hat sie gesagt: ›Spanien ist anstrengend, wenn man hier länger lebt und den Spaniern näherkommt. Sie behandeln Ausländer, die hier wohnen, anders als Touristen.‹ Sie hat auch angedeutet, dass es Leute gebe, die ihre Rückkehr nach Deutschland verhindern wollten. Ich habe nicht nachgefragt. Sie hat keinen Namen erwähnt.«

Ich schwieg, wartete, dass Pablo etwas sagen würde.

Weil er es nicht tat, fragte ich schließlich: »Waren Sie und Isabella an ihrem Todestag zusammen?«

Der Mann zögerte eine Sekunde zu lang. »Nein. Ich habe sie zuletzt vier Tage vor ihrem Tod gesehen, dann hat sie wegen einer Darmviruserkrankung im Bett bleiben müssen. Das hat sie mir gegenüber jedenfalls behauptet.«

Viele Worte nach dem kurzen Zögern. Er verschwieg etwas. Pablo spürte das wohl auch und hakte nach: »Haben Sie am Todestag mit ihr telefoniert?«

Schosser wurde rot. »Das wollte ich gerade erzählen. Ja, ich habe sie angerufen und wollte sie noch mal treffen.

Aber sie verhielt sich mir gegenüber plötzlich abweisend, sogar unhöflich. Ich hatte das Gefühl, dass sie während des Telefongesprächs nicht allein war.«

»Wirkte sie eingeschüchtert oder ängstlich?«, fragte ich.

»Nein, das würde ich nicht sagen. Eher so, als ob ich ihr auf die Nerven gehen würde oder einen Fehler gemacht hätte.«

Erneutes minutenlanges Schweigen führte dazu, dass sich Schosser erhob. »Mehr kann ich Ihnen nicht berichten. Ich hoffe, ich habe Ihnen geholfen.«

Ich nickte und blickte zu Pablo. Dessen Gesicht war eigenartig starr. Ich war mir nicht sicher, ob er alles verstanden hatte. Seine nächste Frage ließ meine Zweifel allerdings verschwinden: »Wo waren Sie am Samstag von 22:00 Uhr bis Sonntag 2:00 Uhr?«

Schosser hatte diese Frage wohl erwartet. »In meinem Hotel, zusammen mit einem spanischen Bekannten. Hier sind seine Daten, Telefon, Name, Adresse. Er war von 21:00 Uhr bis zum nächsten Morgen 4:30 Uhr bei mir.«

Nach einer kurzen Pause fügte er hinzu: »Ich bin homosexuell. Er ist eine neue Bekanntschaft. Ich weiß recht wenig von ihm.«

Das war es also: Gerd Schosser war wirklich nur ein guter Freund von Isabella; er schied wohl als Täter aus.

 # KAPITEL 7 

Die Vernehmung von Gerd Schosser hatte Zeit gekostet, aber doch neue Gesichtspunkte ergeben. Wenn das Alibi des Matadors den Tatsachen entsprach, hatte Isabella in der Nacht ihres Todes von jemand anderem Besuch bekommen, Mann oder Frau, beides war möglich. Sie hatte sich durch den Anruf von Schosser offensichtlich gestört gefühlt; davon ging auch Pablo aus.

»Dass dieser Deutsche beim früher Treffen Fehler gemacht hat, ist nur seine Einbildung, denke ich. Diesen Verdacht teile ich nicht, Isabella war nicht allein.«

Ich stimmte ihm zu. Schosser hatte auf jeden Fall ein Alibi, das wir zwar noch bestätigen lassen mussten, aber ich zweifelte nicht an seinen Angaben.

»Einen der deutschen Singlemänner könnten wir noch

vernehmen«, sagte ich schließlich.

Pablo nickte und zog die Daten eines achtunddreißig-jährigen Münchners hervor. Dieser kannte Isabella mög-licherweise auch von früher her, war vor drei Wochen in Sevilla angekommen und wohnte im Hotel Ateneo. Unangemeldet fuhren wir zu diesem gehobenen Alt-stadthotel. Der Portier berichtete, dass der Gast sich zwei Frühstücksportionen auf sein Doppelzimmer habe bringen lassen. Er habe wohl Besuch.

Pablo klopfte an die Zimmertür. Erst nach erneutem, deutlich lauterem Klopfen hörten wir von innen eine Männerstimme fragen: »Qué pasa?«

Pablo antwortete: »Policía Española.«

Die Tür wurde sehr schnell geöffnet. Ein Mann um die vierzig, im Bademantel, mit zerzausten Haaren, stand im Türrahmen. Ein Hüne, der die Sicht ins Zimmer versperrte.

Pablo zeigte seinen Ausweis und sagte »Deutscher Kollege«, indem er mit dem Kopf zu mir herüber nickte. Deshalb führte ich das Gespräch: »Guten Tag. Wir ermitteln in dem Mordfall einer Münchnerin und befragen deutsche Männer, die in Sevilla Urlaub machen.«

»Das kann ja wohl nicht wahr sein, jeder Deutsche ist verdächtig?«

»Nein, Herr Webermann, wir hoffen, dass wir Zeugen finden, die mit der Toten Kontakt hatten, völlig harmlosen

Kontakt, zum Beispiel in einem Restaurant oder Ähnlichem. Dürfen wir Ihnen ein Foto zeigen?«

Webermanns Gesicht war immer noch verärgert, aber er nickte. Pablo zog seinen kleinen Laptop aus einer Aktentasche.

»Können wir reinkommen?«, fragte er.

»Nein, ich habe Besuch«, war die prompte Antwort.

In diesem Moment ließ Pablo aus seiner Aktentasche einen Haufen Blätter heraussegeln. Sie flatterten ins Zimmer.

»Passen Sie doch auf!« Die Stimme des Mannes klang wieder verärgert, fast aggressiv. Allerdings hatte er jetzt nur zwei Möglichkeiten. Entweder, er bückte sich, um die Blätter selbst aufzuheben; damit gab er den Blick in Zimmer frei. Oder er ließ uns die Zettel aufsammeln, dann mussten wir zwei Schritte an ihm vorbei in den Raum gehen.

Webermann zögerte, wägte wohl das kleinere Übel ab. Und dann hörte ich die vertraute Stimme von Susanne Weinbauer: »Lass Sie reinkommen, Marius. Den deutschen Kommissar habe ich schon im Flugzeug getroffen und kenne ihn von früher, er ist in Ordnung.«

Ich zuckte zusammen und Pablos Gesicht verdüsterte sich. Er hob seine Blätter auf und zeigte Marius Webermann das Bild von Isabella auf dem Laptop.

»Die habe ich noch nie gesehen. Schade, dass sie sterben musste.«

Ich wusste, dass er log. Pablo ahnte es.

»Señora, kennen Sie diese Tote?«, fragte und er drehte den Laptop in Susannes Richtung.

Ich trat zwei Schritte vor, weil Webermann aus dem Türrahmen ins Innere des Raumes gegangen war. Susanne saß auf dem Bett, hatte ebenfalls nur einen Morgenmantel an und ihre offenen Haare reichten bis über die Schultern. Sie war deutlich älter als der Hüne, aber so verführerisch, dass Pablo tief Luft holen musste. Innerhalb von wenigen Sekunden kam ihre Antwort: »Ja, sie war meine Freundin. Ich bin hergeflogen, um ihren Vater zu unterstützen. Ihr Tod ist ein schwerer Schlag für Señor Martinez. Sie war sein einziges Kind, er ist seit fünf Jahren Witwer, jetzt ist er ganz allein.«

Susanne redete viel. Wie so oft, bedeutete das für mich, dass sie log oder nur die halbe Wahrheit erzählte. Pablos Gesicht blieb undurchschaubar, als er fragte: »Zur Tatzeit, also Samstagnacht, waren Sie da noch in Deutschland?«

Susanne nickte. »Ja, ich habe von Isabellas Tod erst am Montagvormittag erfahren. Ihr Vater hat mich angerufen.«

Pablo hatte inzwischen seine Blätter in die Aktentasche zurückgelegt. Er drehte sich von Susanne weg und erneut zu Webermann: »Das war alles im Moment, wenn noch Fragen kommen, melden wir uns.«

Dann verließ er das Zimmer und ich musste ihm folgen

wie ein kleines Hündchen. Im Auto sah Pablo mich mit funkelnden Augen an. »Sie hätten sagen müssen, dass Frau Therapeutin Vater der Toten besucht.«

»Ja, das tut mir leid«, antwortete ich, »ich habe nicht daran gedacht. Sie ist ja nicht verdächtig, weil sie erst mit mir hergeflogen ist.«

»Von München nach Sevilla gehen viele Flüge, jeden Tag. Da kann sie nach Mord am Sonntag zurück und am Dienstag wieder hierhergeflogen sein.«

Pablo hatte recht. Wir mussten auch eine deutsche Frau als Mörderin in Betracht ziehen. In erster Linie war es also das Motiv, das uns zum Täter oder zur Täterin führen würde.

Inzwischen war es 14:00 Uhr. Wir aßen eine Kleinigkeit in einer Tapas-Bar und erholten uns anschließend im kühlen Garten des Kommissariats. Pünktlich um 16:00 Uhr saßen wir dann beide wieder in Pablos Büro und warteten auf Alfredo Martinez, den Vater der Toten. Er wurde fünf Minuten später von einem Polizisten in unser Büro begleitet. Sein Gesicht zeigte mangelnden Schlaf und tiefe Trauer. Als ich in seine Augen blickte, durchströmte mich massives Mitleid.

 # KAPiTEL 8 

Alfredo Martinez sprach leise, aber perfektes Deutsch. Er konnte zum Tatgeschehen wenig sagen. Allerdings bestätigte er nicht, dass Isabella ihn hatte besuchen wollen. Sie hätten zwei Tage vor ihrem Tod miteinander telefoniert. Seine Tochter habe nicht von einem geplanten Flug nach Deutschland gesprochen, sondern nur erzählt, dass sie einen alten Freund aus München, nämlich den Tänzer Gerd Schosser, getroffen habe. Martinez selbst sei diesem Mann nur einmal persönlich begegnet.

»Außerdem hat Isabella berichtet, dass sie unter einem Darmvirus gelitten habe, jetzt aber wieder fit sei. Miguel hat sie mit keinem Wort erwähnt, ich habe auch nicht nach ihm gefragt. Diese Liebesbeziehung meiner Tochter ist mir immer ohne Zukunft erschienen. Miguel ist der typische erfolgsverwöhnte Matador, erfolgsverwöhnt bei Frauen und Stieren. Er hätte niemals eine Deutsche geheiratet, auch wenn die einen spanischen Vater hat, sondern nur eine Spanierin aus alteingesessenem, reichem Hause. Wir haben Isabella bewusst die deutsche Staatsbürgerschaft über meine deutsche Frau gegeben, weil sie ja nur in Deutschland leben und zur Schule gehen sollte. Erst jetzt als Erwachsene wollte Isabella das Land ihres Vaters näher kennenlernen. Ihr Besuch Spaniens war allerdings auch eine Art Auszeit vom beruflichen Stress und privaten Problemen. Ich persönlich hatte nie etwas gegen dieses Abenteuer meiner Tochter mit Miguel im Gegensatz zu anderen, zum Beispiel meiner alten Freundin Susanne Weinbauer. Sie war viele Jahre lang eine gemeinsame gute Bekannte meiner Frau und mir. Seit dem Tod meiner Frau und dem Wegzug von Isabella sind wir uns nähergekommen, eine tiefe Freundschaft hat sich entwickelt.«

Näheres sagte er nicht dazu und wir fragten auch nicht nach, das erschien uns als seine Privatsache. Wir erwähnten auch nicht, dass wir Susanne vorhin im Bett eines anderen Mannes angetroffen hatten. Martinez war ein vom Schicksal geschlagener Mann, da mussten wir ihm nicht weitere Schläge verpassen.

Pablo fühlte anscheinend ähnlich wie ich. Allerdings wurde unser Mitleid mit ihm auf eine harte Probe gestellt wurde. Denn Martinez fuhr fort: »Susanne wird heute oder morgen aus München herfliegen, um mir beizustehen in dieser schweren Situation. Sie hat meine Tochter als Freundin und Therapeutin betreut und war gegen diese Verbindung mit Miguel. Susanne hat behauptet, er sei ein Macho, der Isabella nicht gut behandelt und einen schlechten Einfluss auf sie hat. Genauer hat sie das mir gegenüber nicht erläutert, aber meine Tochter und Susanne hatten sich wegen Miguel in letzter Zeit eher entfremdet, vielleicht sogar zerstritten.«

Pablos Gesichtsausdruck hatte sich verändert, seine zusammengekniffenen Augen ließen ihn wieder gefährlich wirken. Aber er erwähnte Susannes Anwesenheit in Sevilla auch weiterhin nicht, sondern fragte: »Hat Frau Weinbauer Isabella öfter hier besucht?«

»Ja, das hat sie, ohne dass ich das jedes Mal erfahren habe. Susanne hat es mir manchmal von sich aus erzählt und manchmal nicht. Ich habe sie nie mit Fragen bedrängt. Wenn sie nichts sagen wollte, hat sie das sowieso mit ihrer Schweigepflicht als Therapeutin begründet.«

Pablo nickte. Dann sah er mich an. Es war ein auffordernder Blick: Ich sollte Martinez weiter befragen. Als deutscher Kommissar erschien das auch angebracht.

»Wissen Sie, wann Frau Weinbauer das letzte Mal in Sevilla war?«

Martinez zögerte, tat so, als ob er überlegte. Dann hatte er sich wohl entschieden, die Wahrheit zu sagen: »Sie ist einen Tag vor Isabellas Tod, also am Freitagabend, in München angekommen. Ich habe sie vom Flughafen abgeholt, weil sie mich darum gebeten hatte.« Mit Nachdruck fuhr er fort: »Wenn Sie diese Frau verdächtigen, sind Sie auf dem Holzweg. Sie ist die beste Freundin, die man sich wünschen kann. Für Isabella und mich. Sie hat Isabella wie eine Tochter geliebt und nur ihr Bestes gewollt.«

Ich nickte. Pablo schien auch zufrieden. Wir fragten Martinez noch ein paar Details zu Miguel und dessen Familie. Aber er hatte Miguel nur zweimal in Sevilla getroffen, dessen Familie überhaupt nicht. Er wisse natürlich, dass diese Familie gegen die Beziehung ihres Sohnes mit Isabella war. Martinez kramte aus seiner Aktentasche einen zerknitterten Zeitungsausschnitt hervor und legte ihn vor Pablo auf den Schreibtisch.

Wir hatten den Artikel schon in unseren Akten, auch ins Deutsche übersetzt. Miguels Vater hatte Isabella in einem Interview als Touristin bezeichnet, die seinem Sohn nachlaufe und sich anbiete. ›Ofrece su cuerpo‹ hatte er wörtlich gesagt.

Pablo tat so, als ob er den Ausschnitt lesen würde. Dann fragte er: »Kennt Frau Weinbauer diesen Artikel?

Was hat sie dazu gesagt?«

»Klar kennt sie ihn«, antwortete Martinez. »Sie hat geschimpft und ihre Abneigung gegen Miguel und seine Familie bekräftigt. Sie hat Isabella sogar zu einer Anzeige wegen Beleidigung geraten. Meine Tochter wollte das aber nicht, also ist das Ganze im Sande verlaufen.«

Schließlich verabschiedeten wir uns von Señor Martinez und versprachen, unser Bestes zu geben und ihn auf dem Laufenden zu halten.

Pablo starrte minutenlang auf seinen Schreibtisch. Auch mir schwirrte der Kopf. Viele Informationen waren unerwartet auf uns eingeprasselt. Wir mussten sie verarbeiten und verdauen. Susanne Weinbauer war durch die Angaben von Martinez tatsächlich auch zur Verdächtigen geworden, wenn auch nicht zur Hauptverdächtigen. Aber hatten wir überhaupt schon eine oder einen Hauptverdächtigen?

Pablo sagte: »Diese Therapeutin war zwar gegen Miguel, aber warum sollte sie Isabella umbringen?«

Ich fragte mich das genauso. Pablo dachte laut weiter: »Aber warum hat sie uns verschwiegen, dass sie in Sevilla war, knapp vor der Tat? Leider wir haben nicht nach Alibi zur Tatzeit, nicht nach letztem Aufenthalt in Sevilla gefragt.«

Ich nickte. »Genau, das haben wir vergessen. Lade sie

doch vor«, sagte ich zu Pablo und er suchte sofort nach Susannes Handynummer.

Er wählte und wartete. Das Telefon klingelte unendlich, aber Frau Weinbauer meldete sich nicht. Dann gab er auf. Natürlich würde sie sehen, dass Pablo angerufen hatte, und wir hofften auf ihren Rückruf. Tatsächlich ließ der nicht lange auf sich warten. Sie war sofort bereit, am nächsten Morgen um 9:00 Uhr zur Vernehmung auf dem Kommissariat zu erscheinen.

Inzwischen war es 18:15 Uhr. Ich versuchte, Sofia anzurufen, aber sie ging ebenfalls nicht ans Telefon, ja, es klingelte noch nicht einmal, so weit ich das feststellen konnte. Wahrscheinlich war das spanische Mobilfunknetz noch schlechter als das deutsche. Ich fuhr also ins Hotel und hoffte, dass Sofia schon dort war.

Im Hotel fand ich keine Sofia vor, sondern nur einen Zettel, auf dem stand: ›Mein Schatz, sei bitte nicht enttäuscht. Heute kann ich nicht mit dir im Hotel schlafen. Stell dir vor, ich habe einen Platz als Flamenco-Schülerin bekommen. Mit sofortigem Beginn! Sie haben den freien Platz von Isabella mit einer Tanzschülerin aus den tieferen Lehrgängen besetzt und ich kann deren Platz im Anfängerkurs übernehmen. Ich kann sogar Isabellas

Zimmer bei einer ehemaligen Tanzlehrerin beziehen. Ich habe sofort zusagen müssen und es auch getan, das ist doch eine einmalige Gelegenheit, ganz tief in die Szene einzutauchen, oder? Ich habe natürlich nicht erwähnt, dass ich mit Freund hier bin und dass der Freund der beste Kommissar der Welt ist! Ich melde mich heute Abend und, wenn möglich, besuche ich dich im Hotel. Bis dahin nur heiße Küsse von deiner Sofia.‹

KAPITEL 9

Sofia

Mittwoch, 28. März

Als mir die Leiterin der Flamenco-Schule gegenübersaß, war ich von ihrer herben Schönheit eingeschüchtert. Ich hatte noch nie eine Frau gesehen, die so viel Autorität ausstrahlte und gleichzeitig warmherzig wirkte. Außerdem war sie eine Geschäftsfrau durch und durch.

Ohne Isabellas Tod zu erwähnen, antwortete sie auf meine Frage, ob ich als Tanzschülerin bei ihr aufgenommen werden könnte: »Sie haben Glück, ein Platz ist frei geworden, sogar mit Unterkunft bei einer ehemaligen Tanzlehrerin. Sie müssen sich allerdings sofort entscheiden, denn wir haben eine Warteliste. Nur weil sie eine Deutsche sind, ziehe ich Sie vor. Für ausländische Tanzschülerinnen ist ein Spanischkurs auf unserer angeschlossenen Sprachschule

Pflicht. Der Gesamtpreis beträgt 65000 Pesetas, also etwa 800 DM, im Monat mit Unterkunft und Frühstück.«

Ich war total überrumpelt, aber sofort bereit zuzuschlagen. Dieses Angebot erschien mir wie ein Wink des Himmels. Ich konnte tief in die Flamenco-Szene eintauchen, ja, sogar Isabellas Stelle einnehmen. Hoffentlich hatte ich auch einigermaßen Talent. Ich liebte es zwar zu tanzen, hatte sogar oft bei den Ballettstunden meiner Tochter zugeschaut, aber das hier war eine ganz andere Hausnummer – spanische Rhythmen, Gesänge und ein fast kämpferischer, leidenschaftlicher Tanz. Ich hoffte deshalb, dass mir meine Erfahrung als Karatekämpferin zugutekommen würde, und heißes Blut hatte ich anscheinend auch, wenn ich Markus Glauben schenken durfte.

Als mir die Lehrerin den Vertrag überreichte und die Adresse und Telefonnummer der Pension in die Hand drückte, durchflutete mich ein eigenartiges Gefühl, ähnlich wie auf einem Zehn-Meter-Sprungturm; ich sah vor mir das unbekannte Wasser, spürte Vorfreude auf sekundenlanges Fliegen und doch auch Angst vor einem harten, schmerzhaften Aufprall beim geringsten Fehler während des Flugs. Aber ich unterschrieb.

Mein Herz raste, als ich wieder draußen in Sevillas Gassen stand.

KAPITEL 10 

Die Zimmervermieterin war ebenfalls eine spanische Schönheit, allerdings in höherem Alter, mit angegrauten Haaren und mütterlichem Wesen. Sie hieß Maria Diaz und ich fühlte mich sofort wohl in ihrer Nähe und dem schmalen Altstadthaus mit einem zauberhaften, wenn auch kleinen Innenhof. Zahlreiche Pflanzen und Büsche sorgten zusammen mit den hohen Wänden des Hauses für kühlen Schatten. Ich wäre am liebsten in diesem typischen Patio geblieben, hätte mich vom Fliederduft beruhigen lassen und die leisen Gitarrenklänge im Hintergrund genossen.

»Ach, was für ein Paradies«, flüsterte ich, um die sanfte Stille nicht zu vertreiben.

»Ja, dieser kleine Patio ist auch mein Lieblingsort. Der

Duft wechselt jeden Monat, weil verschiedene Blüten ihn verströmen. Vor allem auch abends ein Platz zum Träumen und Glücklichsein. Der Lärm und die Hitze der Stadt dringen kaum durch diese dicken Mauern.«

Sie sprach perfekt Deutsch, diese ehemalige Flamenco-Lehrerin, und erzählte mir, dass sie viele Jahre an Floras Schule, Academica Martha Berlanga, den Tanz und Spanisch unterrichtet hätte.

»Flamenco und Stierkämpfe sind mein Lebenselixier, immer gewesen, solange ich mich erinnern kann. Ich war die Lieblingstochter meines Vaters, wollte ihm gefallen und bin deshalb eine hervorragende Flamenco-Tänzerin geworden. Er hat mich deshalb schon als kleines Mädchen zu den Corridas mitgenommen und damit glücklich gemacht.«

Ich sah ein Lächeln in ihrem Gesicht von unbeschreiblicher Wehmut und das Glitzern ihrer feuchten Augen ließ mich schlucken. Ich ergriff ihre Hand, weil ich nicht sprechen konnte. So standen wir schweigend viele Minuten nebeneinander, konnte uns schwer losreißen – Maria von ihren Erinnerungen, ich vom spanischen Zauber, den sie und ihr Garten verströmten.

Mein Zimmer war klein, aber fein. Ich fühlte mich sofort zu Hause. Der Fliederduft war sogar im zweiten Stock des Altbaus zu spüren, zwar leichter, aber doch wohltuend. Ich stellte meinen kleinen Koffer ab; ich hatte ihn inzwischen vom Hotel geholt und Markus bei der Gelegenheit mit einer Notiz informiert. Dann schaute ich in den Innenhof hinunter.

»Von hier oben erscheint dieser Patio wie eine Oase in einer Wüste von Mauern«, flüsterte ich wieder. Maria Diaz lächelte und ich wusste, dass wir uns gut verstehen würden.

Nachdem ich meine Klamotten und Toilettenartikel eingeräumt hatte, wollte ich Markus anrufen. Inzwischen war es kurz vor 18:00 Uhr, er war sicher schon im Hotel und hatte meinen Zettel gefunden. Entsetzt stellte ich fest, dass der Akku meines Handys leer war und ich das Ladegerät im Hotel vergessen hatte. Die wichtigste Aufgabe an diesem Abend war damit klar: Ich musste mir ein neues Ladegerät besorgen.

Die Vermieterin meinte: »Sie sollten um 23:00 Uhr zurück sein, einen Haustürschlüssel kann ich Ihnen leider nicht geben. Sie bekommen nur den Zimmerschlüssel. Ich habe nur noch einen Reserveschlüssel zur Haustür und den habe ich Miguel gegeben, damit er jederzeit seine Isabella besuchen konnte, wenn er ihren Beistand, ihre Liebe gebraucht hat. Matadore allgemein und Miguel ganz besonders sehen dem Tod so oft ins Auge, dass sie zu jeder Tages- und Nachtzeit Zuwendung und Trost brauchen und nicht erst bei einer Vermieterin ihrer Liebsten klingeln wollen. Sie aber, liebe Sofia können im Notfall auch nach 23:00 Uhr bei mir anrufen, ich wohne ja im Haus.« Ich sah, wie ihre Augen feucht schimmerten und ahnte, dass sie es genossen hatte, einen so begnadeten Matador in ihrem Haus ein und ausgehen zu lassen – wann immer er es wollte.

Auf die Frage, wie lange die Geschäfte in Sevilla geöffnet seien, antwortete Maria: »Einige haben schon bis 22:00 Uhr oder noch länger auf, aber diese Handyshops, das weiß ich gar nicht.«

Nun, ich musste mein Glück versuchen. Später, als ich durch die Gassen Sevillas marschierte und nach einem Geschäft für Handyzubehör suchte, wurde mir klar, dass Markus wenig begeistert sein würde, wenn er meine Gegenwart abends nur bis 22:00 Uhr genießen konnte. Das war eine der weniger schönen Folgen dieser überstürzten Entscheidung, eigene Wege ins spanische Flamenco-Milieu zu wagen.

Leider hatten nur zwei Handygeschäfte, an denen ich vorbeikam, geöffnet. Und sie hatten nicht das für mein Handy passende Auflade-Kabel. Ich versuchte, Markus aus einer öffentlichen Telefonzelle anzurufen. Er hatte den Anrufbeantworter seines Handys eingeschaltet. Ich sprach ihm eine kurze Nachricht darauf und vertröstete ihn auf morgen. Jetzt war es einfach zu spät und ich wollte nur ins Bett.

Donnerstag, 29. März

Am nächsten Morgen genoss ich mein erstes von einer spanischen Hausfrau zubereitetes Frühstück. Anders als das Hotel hatte Maria nur einen frischen Orangensaft und Milchkaffee vorbereitet und ließ mich dann wählen zwischen einem Toast mit Öl und Tomate oder Serrano-Schinken. Ich bevorzugte Süßes zum Frühstück und sagte das auch. Maria hatte damit gar kein Problem. Sie reichte mir ein paar frittierte Teigstangen, sogenannte Churros, die in Schokolade getaucht wurden. Sie zeigte mir, wie das ging, und so frühstückte ich ungewohnt schokoladig-süß.

Zwischendurch erzählte ich ihr, dass ich kein passendes Ladegerät bekommen hatte. Offensichtlich waren in Spanien andere Handys gebräuchlich als in Deutschland. Ich erwähnte nicht, dass ich mir ein neues anschaffen wollte, um für meinen Freund erreichbar zu sein. Im Moment jedenfalls konnte niemand zu mir Kontakt aufnehmen.

Der erste Vormittag in der Flamenco-Schule war anstrengend und doch beglückend. Flora Gomez zeigte uns ihre Tanzkünste und stellte mich den Kolleginnen und Kollegen vor. Wir Anfängerinnen waren zu viert, außer mir noch zwei Spanierinnen und ein Spanier.

Flora erklärte uns, dass wir an den ersten Tagen die Grundregeln und Schritte des Flamencos erlernen würden. Nicht zu Livemusik, sondern von einer Platte, die ein dreizehnjähriger Jungen immer wieder an der richtigen Stelle abspielte. Floras Tanzvorführung wurde allerdings von einem Ensemble der Fortgeschrittenen-Gruppe begleitet, also von einem Gitarrenspieler, einer Sängerin und zwei männlichen Tänzern. Es handelte sich um die beste Gruppe der Schule, in der Isabella zuletzt getanzt hatte. Das hatte ich jedenfalls aus Floras kurzer Ansprache herausgehört.

Floras Flamenco war für mich ein ganz besonderes Erlebnis. Tänzerisch war sie in der Lage, beide Männer unter Kontrolle zu halten und erstmals spürte ich hautnah, wie eine Frau im Tanz ihre Macht gegenüber Männern ausübte und gleichzeitig deren Begehren durch verführerische Weiblichkeit entfachte. Der Rhythmus ihrer Schuhe, hart und bestimmend, ließ mich diese Stärke, diesen Kampfgeist der Tänzerin in jeder Sekunde tief empfinden. Und ich ahnte, dass ich persönlich den Flamenco im Blut hatte, egal von welchen Vorfahren. Ich geriet in einen Zustand, den ich bisher noch nie erlebt hatte, hörte mein Blut in den Ohren rauschen zum Rhythmus der Kastagnetten und der Schuhe der Tänzer. Am liebsten wäre ich auf die Bühne gestürmt, hätte dem Bedürfnis nachgegeben und meinen Körper zu den heißen Rhythmen bewegt. Am Ende der Vorführung wusste ich, dass ich Flamenco lernen würde, egal wo – hier in Sevilla solange ich konnte, anschließend in München. Dort gab es sicher auch eine gute Schule.

Mir war klar, dass ich Jahre benötigen würde, um auch nur annähernd Floras Qualität zu erreichen. Aber ich hatte im wahrsten Sinne des Wortes Blut geleckt. Denn Flora sah mich an und sagte: »Sie bluten, Sofia.«

Ich fuhr mit der Zunge über meine Lippen und schmeckte den typischen, leicht metallischen Geschmack.

»Anscheinend habe ich mir auf die Lippen gebissen«, sagte ich und Flora antwortete: »Das ist ein sehr gutes Zeichen. Flamenco kann man nur richtig tanzen, wenn man ihn im Blut hat.«

Ihre Worte bestätigten meine Ahnung.

Dann bedankte sich Flora bei den Tänzern und Musikern und wandte sich uns zu. Sie wies uns nun einzeln in die Regeln und Grundschritte des Flamencos ein.

Am Abend war ich erschöpft und glücklich. Natürlich hatte ich vergessen, mir in der Mittagspause ein Ladegerät oder ein Handy zu besorgen, und jetzt war es zu spät. Aber ich würde ohnehin gleich mit einem Taxi zu Markus ins Hotel fahren.

 # KAPITEL 11 

Ich nannte dem Taxifahrer das Hotel und lehnte mich auf der Rückbank zurück. Der Fahrer versuchte, mich in ein Gespräch zu verwickeln, aufgrund meiner minimalen Spanischkenntnisse gelang ihm das aber nicht. Dann fuhren wir an einem riesigen Plakat, von dem Miguel in Übergröße herunterlächelte vorbei. Das Taxi musste an einer Ampel stehenbleiben und erst jetzt bemerkte ich die zwei anderen, kleiner dargestellten schwarzhaarigen Männer auf dem Plakat, die versuchten, Miguels Lächeln zu kopieren. Sie wirkten allerdings eher wie Nebendarsteller auf mich, obwohl sie wohl ebenfalls namhafte Matadore waren. Jedenfalls konnte ich erkennen, dass die drei am kommenden Sonntag einen Stierkampf in der Arena von Sevilla bestreiten würden. Auf der Weiterfahrt sah ich, dass die Plakate überall hingen. Markus und ich würden sicher die Gelegenheit wahrnehmen und unseren ersten Stierkampf besuchen. Der Taxifahrer bemerkte im Rückspiegel meinen interessierten Blick.

»Torero famoso«, sagte er.

»Sí, mucho«, antwortete ich.

Plötzlich hatte er einen Einfall: »Autógrafo?«

Ich ahnte, dass das Autogramm heißen sollte, und ohne groß darüber nachzudenken, sagte ich »Sí« und nickte. Die kleine Verspätung konnte ich riskieren.

Der Taxifahrer strahlte übers ganze Gesicht und freute sich wohl, mir zu einem Autogramm und ihm zu mehr Verdienst zu verhelfen. Er fuhr also fünf Minuten durch Sevilla, ohne dass ich eine Ahnung hatte, wo wir uns befanden und wie weit wir noch vom Hotel entfernt waren. Dann stoppte er an einem Stauende mitten auf einer Hauptstraße.

»Mucha gente quiere uno autógrafo«, sagte er.

Ich vermutete, dass die Schlange mit der Autogrammstunde zusammenhing und gab mir in Gedanken fünfzehn Minuten Zeit. Sollte bis dahin das Event nicht in Sichtweite sein, würde ich den Fahrer bitten, das Ganze zu beenden und das Hotel anzufahren. Aber der Stau löste sich recht schnell auf. Nach zehn Minuten sahen wir die Treppe zur Arena und die Polizisten, die Taxifahrer auf einen extra

Parkplatz verwiesen.

»Estoy esperando«, sagte der Fahrer und zeigte auf den Parkplatz.

Er schaltete demonstrativ die Uhr aus und zündete sich eine Zigarette an. Ich bedankte mich mit meinem freundlichsten Lächeln, stieg aus und ging zu der Menschenschlange vor der Arena. Auf der obersten Stufe, direkt neben der riesigen Eingangstür, saß ein junger Mann, umringt von Bodyguards, die verschiedene Frauen nacheinander zu ihm ließen. Als ich näherkam, sah ich, dass die Bodyguards jede Frau und hin und wieder einen Mann am Arm packten und auf Abstand vor dem Tisch platzierten. Es war wie das Vorführen bei der Polizei, zum Beispiel wenn Fotos gemacht oder Fingerabdrücke genommen wurden. Das Ganze dauerte pro Person etwa drei Minuten. In diesen drei Minuten musste die Frau ihren Namen sagen und der Mann am Schreibtisch schrieb ihn auf einen Fotoabzug von sich. Der restliche Text war wohl schon vorher ausgefüllt worden.

Der Mann wirkte müde und sein Lächeln gekünstelt, die Schlange hinter mir unendlich. Aber endlich war ich an der Reihe. Plötzlich ritt mich der Teufel. Als ich nach meinem Namen gefragt wurde, sagte ich anstatt Sofia »Isabella«.

Miguel Rodriguez zuckte zusammen, sah mir in die

Augen und senkte den Blick sofort wieder. Seine Hand zitterte, als er den Namen Isabella auf das Foto schrieb und es mir reichte. Viele Frauen vor mir hatten ihren Abzug über den Bodyguard in Empfang nehmen müssen, sicher weil damit dem Berühren von Miguels Hand verhindert wurde. Mir gab er das Foto persönlich und fragte: »Deutsche?«

»Ja«, antwortete ich.

Dann schob mich der Bodyguard zur Seite. Ich umklammerte das Foto und bahnte mir den Weg zum Taxi. Der Fahrer schaltete seine Uhr wieder an und wir starteten in Richtung Hotel. Erst jetzt bemerkte ich, dass ich mein Foto weiterhin so festhielt wie eine Ertrinkende den Rettungsring. Der Blick in Miguels traurigen, Augen, diese paar Sekunden emotionalen Kontaktes, hatten genügt, um mich zu verzaubern. Das Foto erschien mir wertvoll. Der Taxifahrer fuhr durch mehrere Gassen, während ich in Miguels lächelndes Gesicht starrte und zig Mal den Text darunter las: ›Für dich, Isabella, von Miguel Rodriguez.‹

Dann hatten wir unser Ziel erreicht, ich bezahlte den Fahrer und stieg aus. Es dauerte ein paar Sekunden, bis ich erkannte, dass er mich vor dem falschen Hotel abgesetzt hatte. Es hieß zwar so ähnlich, war aber nicht das unsere. Ich starrte die Schrift an und fühlte mich erstmals seit langer Zeit hilflos – ohne Markus, ohne Handy und ohne

Sprachkenntnisse mitten in den Gassen einer fremden Stadt. Vor allem sah ich weit und breit kein anderes Taxi. Wie aber sollte ich sonst in das richtige Hotel kommen? Vielleicht sollte ich mich aber auch gleich zurück in mein Zimmer bei Maria Diaz fahren lassen und Markus mit dem Telefon der Vermieterin anrufen. Inzwischen war es schon halb acht. Ein Besuch bei Markus würde sich gar nicht mehr lohnen. Aber ich musste ihn so schnell wie möglich telefonisch informieren, dass bei mir alles in Ordnung war. Er würde sich Sorgen machen und möglicherweise falsche Schritte einleiten, hatte er doch engen Kontakt zur spanischen Polizei.

Während ich unschlüssig am Straßenrand stand, berührte mich jemand am Arm. Erschrocken fuhr ich herum. Ich blickte in ein fast vermummtes Gesicht. Die Person trug einen Schal und eine Kapuze über einem Baseballcap, die verhinderten, dass ich Augenfarbe und Geschlecht erkennen konnte. Die Stimme klang tief, aber eher weich und die Worte waren deutsch: »Hallo, suchen Sie etwas? Kann ich Ihnen helfen, ich bin auch aus Deutschland.«

Im ersten Moment war ich erleichtert, im zweiten besorgt. Wie kam diese fremde Person dazu, mich anzusprechen, auch wenn mein Aussehen mich als Touristin entlarvte? Doch dann witterte ich sofort die Chance, mit dem Handy der oder des Unbekannten Markus anzurufen.

»Ja«, antwortete ich, »Sie können mir helfen. Mein Akku ist leer, und ich muss unbedingt meinen Freund anrufen. Dürfte ich kurz Ihr Handy benutzen? Es ist ein Inlandsanruf, er wartet im Hotel auf mich.«

»Gerne«, sagte mein Gegenüber und reichte mir ein Nokia.

Ich bedankte mich und wählte Markus' Nummer. Es klingelte und klingelte, aber er nahm nicht ab. Auch der Anrufbeantworter war nicht aktiviert. Ich versuchte es nochmals.

»Leider geht er nicht ran«, sagte ich und gab dem Typen sein Handy zurück.

»Kann ich Sie irgendwohin fahren?«, fragte der. Und obwohl mein Bauch Alarm schlug, ließ ich mich von der Aussicht auf eine schnelle Lösung des Problems hinreißen und nannte den Namen unseres Hotel.

»Ja, das kenne ich. Es liegt allerdings etwas weit entfernt von hier. Aber gut, allein in der Nacht und in dieser Gegend, das ist zu gefährlich.«

Die Stimme und die Worte lösten auf meinen Armen eine Gänsehaut aus. Mein Magen verkrampfte sich. Ich musste den Drang, einfach wegzulaufen, mit aller Kraft unterdrücken.

»Ich fahre Sie hin. Da drüben steht mein Leihauto«,

ertönte die weiche Stimme der Kapuzenperson und sie ging langsam auf den gegenüberliegenden Bürgersteig zu. Aus den Augenwinkeln sah ich, dass der nächste Passant zwanzig oder noch mehr Meter entfernt in die entgegengesetzte Richtung hastete. Schweigend ging ich neben diesem hilfsbereiten Deutschen in Richtung Auto.

»Ich heiße Michaela Meyer«, sagte die Stimme plötzlich.

Ich stutzte. Also doch eine Frau. Die Stimme sprach weiter: »Ja, ich bin eine Frau, fühle mich aber als Mann.«

Das hat mir gerade noch gefehlt, dachte ich. Inzwischen hatten wir das Auto erreicht.

Wenn du fliehen willst, dann jetzt, schoss es mir durch den Kopf, *im Auto wird das schwieriger.*

Allerding würde ich als Schwarzgürtel-Karateka wohl mit einer einzigen Frau fertig werden, wenn es überhaupt gefährlich werden sollte.

Ich stieg also in den dunkelblauen Opel; er hatte ein spanisches Kennzeichen. Die Kapuzenfrau fuhr los und erneut hatte ich nicht die geringste Ahnung, wo wir uns befanden. Plötzlich, ohne ein Wort zu sagen, bog die Person von der Straße ab und fuhr in eine Garage. Das geöffnete Tor schloss sich sofort hinter uns, das sah ich im rechten Seitenspiegel.

»Was soll das?«, fragte ich verärgert. Jeder Muskel meines durchtrainierten Körpers spannte sich an. Mein Puls raste.

»Bleiben Sie ruhig. Das ist eine Entführung. Ihnen passiert nichts, wenn Sie nicht schreien oder andere Probleme bereiten. Wir steigen jetzt zusammen aus und begeben uns zu einem Fahrstuhl, der sich dort hinten links an der Wand befindet. Gehen Sie einfach neben mir her. Dann muss ich Sie nicht anfassen, keine Gewalt anwenden.«

Mir war klar, dass ich im Auto absolut gar nichts ausrichten konnte; draußen schon eher. Deshalb entschloss ich mich, abzuwarten und auszusteigen.

»Warten Sie, bis ich Ihre Tür geöffnet habe.«

Diese Michaela Meyer hatte mich also eingeschlossen. Ich überlegte krampfhaft, warum gerade ich entführt wurde. Es musste einen Grund geben.

Während ich ausstieg, erkannte ich, dass ein Angriff selbst außerhalb des Autos ein unnötiges Risiko darstellte. Wenn diese groß gewachsene Frau im Kampfmodus aggressiv wurde, war sie wahrscheinlich gefährlicher als jetzt im ruhigen Zustand.

So ging ich langsam auf sie zu und dann neben ihr her. Die Garage war dank einer Art Notbeleuchtung gerade so hell, dass ich mehrere große, vorwiegend dunkle Fahrzeuge erkannte und dann auch die Tür an der Wand, von der meine Entführerin gesprochen hatte. Im Fahrstuhl selbst war es heller. Wohl deswegen drehte mich die Frau

sanft zur Wand, als wir uns im Lift gegenüberstanden –
sie wollte mir nicht in die Augen sehen. Im dritten Stock
stiegen wir aus, direkt in den Salon eines Luxushauses,
spanisch dekoriert und etwas protzig. Als ich die riesigen
Fotografien an den Wänden sah, fiel es mir wie Schuppen
von den Augen. Ich befand mich im Domizil von Miguel
Rodriguez.

»Hier sind Sie sicher und Gast von Herrn Rodriguez.
Ich bin Ihre Betreuerin. Bitte stärken Sie sich etwas, Ihr
Gastgeber wird Sie gleich begrüßen.« Die Kapuzenfrau
zeigte auf eine bequeme Sitzgruppe.

Auf dem großen, dunklen Eichentisch standen verschiedene Getränke, teilweise in Eiskübeln, Gläser und Gebäck.
Ich ließ mich in einen der Sessel fallen, versuchte, mich zu
entspannen, und verspürte tatsächlich ein Hungergefühl.
Michaela blieb stehen und beobachtete mich. Ich öffnete
eine Wasserflasche, goss die Hälfte des Inhalts in ein Glas
und trank. Die Flüssigkeit tat mir richtig gut. Offensichtlich
hatte ich die ungewohnt warmen Temperaturen Spaniens
unterschätzt. Ich leerte den Rest der Flasche, aß ein paar
der leckeren Kekse und wartete. Miguel musste ja noch
seine Fans zufriedenstellen.

Nach etwa fünfzehn langen Minuten öffnete sich eine
der vielen Türen an der hinteren Wand des Salons. Miguel
schritt herein. Schreiten war der richtige Ausdruck. Sein

durchtrainierter und doch schlanker Körper bewegte sich elegant und mit angespannten Muskeln auf mich zu, als ob ich ein Stier wäre. Sein enges weißes Hemd und die legeren Jeans passten zwar nicht zur Stierkampfsituation, aber mein Bauch sagte mir: *Der Mann ist gefährlich für dich, er kann dich treffen. Mit seiner Kraft, seiner Ruhe und Eleganz. Und er könnte dich töten, wenn er es wollte.*

Ich rief mich zur Raison.

»Guten Tag«, sagte ich auf Deutsch. »Was fällt Ihnen ein, mich zu entführen?«

Die Kapuzenfrau übersetzte. Miguel lächelte. Es war eine Mischung aus Hochnäsigkeit und Bedauern. Er antwortete auf Spanisch und Michaela spielte wieder Übersetzerin: »Es ging nicht anders. Sie haben mich vorhin neugierig gemacht und erschienen mir verdächtig. Ich musste mir Gewissheit verschaffen. Was wollen Sie von mir?«

»Was soll ich von Ihnen wollen? Ein Autogramm wollte ich wie hundert andere Frauen.«

Die Übersetzung meiner Antwort überzeugte Miguel nicht. Er winkte mit der rechten Hand lässig ab. Ungewollt blickte ich hoch zu einem der Fotos an der Wand. Dieselbe Hand hielt den Dolch, mit dem er den Stier töten würde. Panik überfiel mich, dann erwachte mein Kampfgeist: *Ich bin nicht geschwächt wie die vielen Stiere, die du getötet hast! Ich werde mich nicht erlegen lassen.*

Aber seine Worte klangen weich, wohlwollend; die Übersetzung bestätigte diesen Eindruck. »Kann ja sein, dass Sie wirklich Isabella heißen. Haben Sie Ihren Ausweis dabei? Dann lasse ich Sie sofort gehen und entschuldige mich mit großzügigem Schmerzensgeld.«

Natürlich hatte ich meinen Ausweis dabei, aber ihn herzuzeigen, wäre eher kontraproduktiv. Ich unterdrückte meine Angstgefühle und antwortete so locker wie möglich: »Nein, leider kann ich Ihnen nicht beweisen, dass ich Isabella heiße. Ich verstehe gar nicht, warum das so wichtig ist.«

Er lächelte wieder, dieses Mal leicht arrogant. »Weil meine deutsche Freundin Isabella hieß und vor drei Tagen ermordet wurde. Ich werde verdächtigt, von ihrem Vater und anderen Deutschen. Meine Privatdetektive haben das recherchiert.«

Die Dolmetscherin übersetzte diese Sätze, und mir war klar, dass der Stierkampf jetzt erst begann.

 # KAPITEL 12 

Miguel sagte ein paar Sätze zu der Kapuzenfrau. Diese trat nah an mich heran. Ihre Stimme klang gefährlich leise, als sie sagte: »Geben Sie mir mal Ihre Handtasche!«

Ich konnte nichts anderes tun, als dieser Aufforderung zu folgen. Sie durchsuchte sie gründlich, fand aber nur meine Geldtasche mit circa 10000 spanischen Pesetas, außerdem ein paar Schminkutensilien und ein Pfefferspray. Sie hob jedes Teil in die Höhe, sodass Miguel alles sehen konnte. Schließlich sagte die Frau: »Sin identificatión.«

Plötzlich trat Miguel extrem nah an mich heran. Ich spürte seinen Atem auf meinen Wangen, und sein herbes Parfum kitzelte in meiner Nase. Er sah mir in die Augen und flüsterte: »Perdón, belleza.«

Dann griff er mit seiner rechten Hand unter meine

Haare, ertastete das Lederband meines Brustbeutels und zog ihn langsam hoch. Ich stand starr da, unfähig, irgendeinen vernünftigen Gedanken zu fassen oder etwas zu sagen. Das ungeheure Verlangen, seine Hände weiter zu spüren, sogar auf anderen Teilen meines Körpers, irritierte mich extrem.

Miguel hatte den Lederbeutel so hochgezogen, dass er den Reißverschluss öffnen konnte. Er nahm meinen Ausweis und Führerschein heraus und las laut vor: »Sofia Weber, München.«

Dann fügte er leise auf Deutsch hinzu: »Warum lügst du, Sofia?«

Dieser Wechsel in die deutsche Sprache brachte mich vollends aus dem Konzept.

»Keine Ahnung«, konnte ich nur flüstern.

Der Matador trat einen Schritt zurück und der Lederbeutel knallte unsanft gegen meine Brust.

»Ich behalte deine Papiere, bis ich weiß, was du von mir willst«, sagte er dann, und dieses Mal klang seine Stimme hart wie Stein.

Am liebsten hätte ich gesagt: »Ich weiß selbst nicht, was ich von dir will. Nichts, was dir nicht gefallen würde auf jeden Fall.«

Aber ich schwieg natürlich und wartete.

Miguel sagte erneut etwas auf Spanisch zu meiner

Betreuerin. Michaela ergriff unsanft meinen Arm und zischte: »Gehen Sie mit. Nebenan befindet sich ein Gästezimmer, da bleiben Sie heute Nacht, bis wir wissen, was Sie vorhatten. Vielleicht einen Anschlag auf Miguel? Er wurde nämlich bedroht, auch von Deutschen.«

Ich schwieg weiter, ging aber ohne Zögern mit ins Gästezimmer. Dieses war viel luxuriöser als mein eigenes Zimmer bei Maria Diaz. Inzwischen war es 22:00 Uhr. Markus würde aktiv werden, da war ich mir sicher.

Ich wagte einen Versuch: »Könntest du eine SMS an meinen Freund schreiben oder ihn anrufen? Er macht sich sicher Sorgen und ruft vielleicht die Polizei an.«

Ich sah nicht ein, wieso ich diese Frau, die mich entführt hatte, siezen sollte.

Michaela antwortete: »Er hat sich auf deinen Anruf vorhin nicht gemeldet und diese Nummer zurückgerufen. Er wird auch auf eine SMS nicht reagieren.«

»Wir könnten es trotzdem probieren«, hielt ich dagegen.

Michaela hatte inzwischen ihre Kapuze und den Schal abgenommen. Sie hatte kurze, dunkelblonde Haare und feine, aber herbe Gesichtszüge. Kühle Augen musterten mich von oben bis unten. Ich konnte nicht ahnen, was in ihr vorging, aber sie gab mir schließlich ihr Nokia.

Ich tippte: ›Hallo, Markus, hier schreibt Sofia. Ich habe

mein Handy nicht dabei. Der Akku ist leer und ich habe kein Ladegerät gefunden. Ich bin bei Freunden, alles ist okay. Melde mich erst morgen, Kuss, Sofia.‹

Ich zeigte meiner Begleiterin den Text.

»Okay, schick es ab«, sagte sie.

Während ich Michaela das Handy zurückgab, fragte ich: »Gibst du mir Bescheid, wenn er sich meldet?«

»Ich gehe nicht ran, aber ich gebe dir Bescheid. Ich wohne im Nebenzimmer, klopf an die Wand, wenn du etwas brauchst. Hast du gesehen? Ich habe auf den kleinen Tisch neben der Badezimmertür neue Handtücher, Zahnbürste und andere Toilettenartikel gelegt, du kannst benutzen, was du willst. Im Kühlschrank da hinten ist genügend zu trinken und zu essen. Wir sehen uns morgen.«

Sie zeigte kurz auf einen mit Eichenholz verkleideten Kühlschrank und verließ das Zimmer. Deutlich hörte ich, wie sich der Schlüssel zweimal herumdrehte. Die Fenster waren mit schweren Gardinen verhüllt. Ich zog sie zur Seite, und der letzte Gedanke an Flucht verschwand. Das kunstvolle, schmiedeeiserne Gitter vor dem Fenster wirkte so stabil wie die nüchternen Teile im Gefängnis. Ich verdrängte die Erinnerung an meine Jugend und meine Erfahrung mit Haftzellen. Auch weil wir uns im dritten Stock befanden, war an Flucht nicht zu denken.

Unten auf der Straße ging kein Mensch mehr. Vereinzelt fuhr ein Auto vorbei. Trotzdem versuchte ich, das Fenster zu öffnen – ohne Erfolg. Der Griff bewegte sich nur etwa zwei Millimeter. Der Raum wurde von einer Klimaanlage auf angenehme Weise gekühlt.

Du bist in einem Luxuskäfig gefangen, dachte ich, als ich im Kühlschrank leckere spanische Spezialitäten entdeckte, außerdem verschiedene Weine, Mineralwasser und sogar ein deutsches Pils. Irgendwie fühlte ich mich wieder wie ein Stier, der vor dem Tod nochmal kulinarisch verwöhnt wird. Dann überlegte ich, wen man normalerweise in diesem Gästezimmer bewirten würde. *Sicher keine Deutsche, die einen falschen Namen angegeben hat und dadurch verdächtig erscheint.*

Verdächtig in den samtbraunen Augen eines verführerischen Matadors.

 # KAPITEL 13 

Ich schlief in dieser Nacht unruhig. Das Bett war zwar breit und bequem, die Klimaanlage summte einschläfernd, aber trotzdem wachte ich immer wieder schweißgebadet auf. Mein Puls raste, weil ich jedes Mal vor dem Aufwachen Miguels wunderschönen Körper auf mich zuschreiten sah, langsam, geschmeidig, verführerisch, und dann verwandelte ich mich in einen Stier, raste in blinder Wut auf den Mann zu und tötete ihn mit meinen Hörnern. Er lag in einer blutroten Lache und seine sanften Augen suchten meine.

Im Moment des Aufwachens fühlte ich einen tiefen Schmerz und die entsetzliche Gewissheit, den Falschen getötet zu haben.

Freitag, 30. März

Am nächsten Morgen klopfte es gegen 8:00 Uhr an meine Tür. Dann wurde sie geöffnet und Michaela brachte mir ein Tablett mit deutschem Frühstück: Toasts, Croissant, Butter, Honig und Marmelade.

»Guten Morgen«, sagte sie. »Schinken und Cervelat-Wurst liegen ja im Kühlschrank.«

Ich war schon frisch geduscht und angezogen.

»Was passiert heute mit mir?«, sagte ich. »Ich muss meine Tanzschule informieren, wenn ich nicht erscheine. Ich bin erst seit zwei Tagen dort als Schülerin angemeldet.«

»Keine Sorge«, antwortete Michaela, »das machen wir schon. Wir kennen die Besitzerin ja gut.«

Dann verließ sie das Zimmer, ohne auf meine Frage einzugehen. Ich versuchte, das Frühstück zu genießen. Anschließend untersuchte ich mein Zimmer bei Tageslicht. Die schweren Vorhänge hatte ich zur Seite gezogen und die spanische Morgensonne strahlte ins Zimmer, als ob nichts geschehen wäre: freundlich, wärmend, Urlaubsstimmung verbreitend. In einem kleinen Bücherregal fand ich zahlreiche Illustrierten aus den letzten Jahren. Sie berichteten von erfolgreichen Kämpfen Miguels, begleiteten ihn auf diverse Stierkämpfe, riesige Arenas und zeigten ihn in verschiedenen Posen. Zwischen vielen spanischen Journalen fand ich zwei deutsche Illustrierte, die in ausführlichen Beiträgen über die Kindheit und den Werdegang eines der besten Matadore Spaniens berichteten. Er würde die Muleta schwingen wie kein anderer auf dieser Welt, wurde mehrmals behauptet und natürlich, dass er jedes Mal den Stier mit nur einem Dolchstoß töte. Ich las verschiedene Kommentare, Augenzeugenberichte und Interviews. Sie gaben mir Einblick in Miguels Herkunft und faszinierten mich in den folgenden zwei Stunden. Er stammte aus einem Dorf nahe Sevilla und aus ärmlichen Verhältnissen. Sein Vater war Feldarbeiter bei einem Großgrundbesitzer gewesen, seine Mutter hatte bei dieser reichen Familie gekocht. Der kleine Miguel liebte Tiere, wollte von klein auf Stierkämpfer werden, um aus diesem Milieu zu entfliehen. Er hatte wie viele andere arme Jungen eine Grundschule besucht, auf der jedes Jahr Sport-wettkämpfe durchgeführt wurden und Talentscouts die Jungen und ihre Fitness beobachteten. Miguel schnitt in zwei Jahren hintereinander als Bester unter den Gleichaltrigen ab. Sein Vater durfte ihn deshalb mit neun Jahren bei einer berühmten Toreroschule anmelden. Die kostenlose Ausbildung und die parallel laufende weiterführende Schulausbildung dauerten vier Jahre und Miguel absolvierte beide als Bester seines Jahrgangs. Mit dreizehn stand er erstmals in einer Arena, Auge in Auge mit einem Jungstier. In einem Interview als Erwachsener sagte Miguel: ›Ich liebe Stiere, je wilder, desto mehr. Und ich will sie nicht leiden sehen. Das ist der Ansporn für mich, ein guter Matador zu sein. Der Todesstoß muss beim ersten Versuch das Leiden des Tieres beenden. Dann bin ich zufrieden, dann war ich erfolgreich. Der Stier ist nicht mein Feind, er ist ein Gegner auf Augenhöhe, der viel stärker und gefährlicher ist als ich. Er wurde für diesen einen Kampf gezüchtet und ich habe dafür viele Jahre gelernt und meine Angst überwunden. Im Moment des Todes liebe ich meinen stolzen, starken Gegner.‹

Als ich das las, traten mir Tränen in die Augen. Die massive Gänsehaut hatte einen Schüttelfrost zur Folge. Ich legte mich wieder in mein Bett, deckte mich bis zum Hals zu und schlief ein.

Als ich aufwachte, stand der Stiertöter, der den Gegner liebte, an meinem Bett und berührte leicht meine Schulter.

»Bist du krank?«, fragte er besorgt.

»Nein, ich habe dieses Interview auf Deutsch gelesen und da hat mich gefroren.«

Er schaute kurz auf die Zeitung. Dann lächelte er, erstmals nicht arrogant, sondern sanft, bescheiden, fast liebevoll.

»Jedes Wort ist wahr. Stiere sind wundervolle Tiere. Männlich stark, in der Lage, jeden Gegner auszulöschen. Sie sind stolz und bereit, bis zur letzten Sekunde für ihr Leben zu kämpfen.«

Dann trat er zurück und ich stand auf. Ich war angezogen ins Bett geschlüpft, sodass ich jetzt im Sommerkleid vor ihm stand. Miguel sah mich nur kurz an, bevor er sagte er: »Dein Freund, Kommissar Schreiner, hat die hiesige Polizei alarmiert. Ich habe im Radio den Aufruf gehört. Du wurdest als vermisst gemeldet. Wir haben sofort angerufen und gesagt, dass du als Gast bei uns weilst und dein Handy nicht dabeihast. Er hat offensichtlich die SMS von Michaelas Handy nicht erhalten.«

Miguel machte eine Pause und wartete auf irgendeine Reaktion meinerseits. Weil ich schwieg, fuhr er fort: »Du kannst jetzt gehen. Hier sind zwei Karten für den Stierkampf am Sonntag in der Ehrenloge.«

Ich nahm die Karten entgegen und stammelte: »Danke. Wir hätten ihn sowieso angeschaut, aber wohl nicht auf so guten Plätzen. Danke auch für deine Gastfreundschaft.«

Damit wollte ich signalisieren, dass ich bereit war, das Wort »Entführung« nicht zu gebrauchen.

In diesem Moment betrat Michaela das Zimmer. »Ich fahre dich auf das Polizeirevier, dort wartet der deutsche Kommissar.«

Ich nickte und reichte Miguel die Hand. Einmal noch wollte ich die sanfte und doch so starke Hand eines Stiertöters, der sein Opfer respektierte und liebte, spüren. Als er meine Hand umschloss, durchflutete mich völlig unerwartet tiefes Mitleid. Ich sah den kleinen Miguel vor mir, neun Jahre, bereit, eine Ausbildung zum Torero zu beginnen, von der jedes Kind in Spanien weiß, dass der Tod zum Berufsrisiko gehört. Er hatte die Wahl zu sterben oder zu töten, um der Armut und dem Leben als Landarbeiter zu entfliehen, schon damals vor Augen gehabt; da war ich mir sicher. Diese Flucht war ihm gelungen, dem kleinen Jungen, und darauf konnte er stolz sein.

Unsere Augen trafen sich und spanische Wärme durchströmte mich wunderbare Sekunden lang. Seine Stimme klang wie Honig und ich schmolz dahin wie Butter in der Sonne: »Ich werde dir nach dem Kampf zuwinken. Verpass nicht diesen besonderen Moment.«

Als ich im Auto neben der kühlen Michaela saß, die ihre blonde Kurzhaarfrisur wieder unter einer Kapuze versteckte, fühlte ich mich wie nach einem Rausch. *Einem spanischem Stierkampfrausch,* dachte ich, *das hat der Journalist in dem Artikel wohl gemeint, als er schrieb: ›Der Kampf wird durch das Können und die magische Ausstrahlung des Matadors zum emotionalen Erlebnis, das wir nie vergessen, nach dem wir süchtig werden.‹*

Erst am Sonntag erfuhr ich, dass ich von dem gemeinten Rauschzustand weit entfernt gewesen war. Diese Begegnung war erst das Vorspiel.

KAPITEL 14 

Michaela parkte gegenüber der Polizeiwache. Ihre Abschiedsworte klangen fast vorwurfsvoll: »War interessant, dich kennenzulernen, eine deutsche Flamenco-Schülerin, so wie Isabella. Habt ihr kein Interesse an deutschen Nationaltänzen? Die gibt es doch auch in Bayern, oder?«

»Klar, aber die sind völlig verschieden vom Flamenco. Dieser Tanz ist einzigartig und faszinierend. Für viele Menschen, nicht nur für Deutsche«, antwortete ich.

Michaela nickte. »Und der Stierkampf mit seinen Toreros anscheinend auch«, fügte sie dann hinzu. »Ich kenne drei Toreros, die amerikanische Freundinnen haben. Aber die Matadore sind für Touristinnen eigentlich tabu. Das ist eine ungeschriebene Regel, die man akzeptieren sollte.«

Wahrscheinlich weiß sie, warum der deutsche Kommissar und seine Freundin hier sind. Meine Undercover Tätigkeit ist damit vorbei, dachte ich, schwieg und blieb im Auto sitzen. Vielleicht wollte diese Michaela noch etwas loswerden.

Tatsächlich fuhr sie fort: »Miguel hat Isabella geliebt, wie nur spanische Männer lieben können. Sie war kein Engel, aber er hätte ihr nie ein Haar gekrümmt. Andere Spanier haben Isabella dagegen gehasst, Frauen und Männer. Sie hätte ihre Hände von Miguel lassen sollen. Ich kannte Isabella ja gut, wir haben öfter miteinander geredet, vor allem wenn sie auf Miguel warten musste, weil er länger trainierte. Sie hatte Angst – nicht vor Miguel oder spanischen Menschen, Angst vor Deutschen. Mehr weiß ich leider nicht.«

Ich sah Michaela an. Ihr Gesicht wirkte fast emotionslos, wie ich es schon an ihr gewohnt war. Trotzdem waren ihre Augen feucht, als sie sagte: »Ich habe Isabella einmal tanzen sehen. Sie hat spanische Tänzerinnen in den Schatten gestellt. Wer den Flamenco so überragend tanzen kann, dass er die Zuschauer in eine Stockstarre versetzt oder sie verlockt, sich ins Feuer zu stürzen, der darf kein Engel sein, der muss den Teufel im Blut haben. Das wissen die Spanier, sie respektieren das und haben Isabella bewundert. Aber wie ich schon gesagt habe: Sie hätte die Hände von Miguel lassen sollen.« Die Frau, die lieber ein Mann sein wollte, hatte während dieser Worte unbeweglich aus dem Fenster gestarrt, jetzt drehte sie ihr Gesicht zu mir und gab mir die Hand. »Wir sehen uns am Sonntag in der Arena. Vielleicht habt ihr bis dahin schon den Mörder oder die Mörderin gefunden.«

»Kann sein«, antwortete ich. »Ich habe keine Ahnung, was die spanische Polizei inzwischen herausgefunden hat. Das werde ich hoffentlich heute erfahren. Bis Sonntag dann.«

Ich verließ das Auto und ging schnellen Schrittes über die Straße. Aus alter Gewohnheit warf ich einen Blick ich zurück in die parkenden Autos hinter Michaelas Wagen. Und da sah ich sie dann: einen Mann und eine Frau, beide mit Sonnenbrille und Schal leicht vermummt. Trotzdem erkannte ich Susanne Weinbauers Gesicht sofort. Den Mann hatte ich noch nie gesehen. Vielleicht kannte Markus ihn? Ob die zwei die Polizeiwache beschatteten oder uns gefolgt waren, konnte ich nicht sagen. Michaela und ich hatten ja mindestens fünf Minuten im Auto sitzend geredet. Da konnte es gut sein, dass Susannes Wagen schon länger dort drüben gestanden hatte.

Als ich in der Schleuse des Kommissariats gefragt wurde, wer ich sei oder zu wem ich wollte – genau verstand ich die Frage gar nicht – merkte ich erst, dass ich mich nicht ausweisen konnte. Ich hatte meine Ausweispapiere in Miguels Haus vergessen. Bei dem schnellen Aufbruch hatte auch er offensichtlich nicht daran gedacht, sie mir wieder auszuhändigen. Der Diensthabende ahnte allerdings offenbar, dass ich die gesuchte deutsche Touristin war, und ließ mich freundlich nickend eintreten. Schon im Flur kam mir Markus entgegen. Sein Gesicht zeigte eine Mischung aus Erleichterung und Ärger.

»Sofia, du bist schrecklich«, flüsterte er mir ins Ohr, während er mich umarmte. Sein Parfum erschien mir so vertraut, so beruhigend, so weit von jeglichem Rauschgefühl entfernt.

»Tut mir leid, mein Schatz, der leere Akku war schuld. Ich wollte dich im Hotel aufsuchen und der Taxifahrer hat sich verfahren. Alles andere erzähle ich dir später. Schau mal schnell aus einem Fenster, das zur Straße geht. Da steht ein schwarzer Renault, schräg rechts, mit zwei Personen drin. Kennst du den Fahrer? Die Frau ist Susanne Weinbauer, da bin ich mir sicher.«

Markus zog mich in den linken Gang, öffnete eine Tür und betrat das Büro zweier Sekretärinnen.

» Perdón, queridas damas«, sagte er und ließ mich an der Tür stehen. Er schaute durchs Fenster. »Ich sehe kein schwarzes Auto, weit und breit nur helle und ein rotes.«

Dann sind sie Michaela anscheinend gefolgt, dachte ich, sagte aber nur: »Pech. Vielleicht ahnst du, wer Susanne begleitet hat?«

Markus ahnte es und berichtete mir später im Hotel von dem Verhör des deutschen Liebhabers von Susanne und Pablos eleganter Methode, sich einen Blick ins Hotelzimmer zu verschaffen.

Jetzt stellte er mich erst einmal Pablo Garcia vor. Der begrüßte mich in gutem Deutsch, aber doch sichtbar verärgert: »Hola, Señora Sofia. Sie haben uns Angst eingejagt und an eine Entführung denken lassen. War Besuch bei Miguel freiwillig?«

Ich zögerte. Meine Gefühle verhinderten, dass ich den Vorgang auch nur ansatzweise wahrheitsgemäß schilderte. Aber ich konnte die Frage auch nicht einfach mit zwei Sätzen beantworten. Also holte ich zu einer längeren Lüge aus: »Völlig freiwillig, aber eher zufällig. Ein Taxifahrer, der mich eigentlich zu unserem Hotel bringen sollte, hat mich zu Miguels Autogrammstunde vor der Arena gefahren und dann ins falsche Hotel. Ich musste einen Passanten bitten, die Nummer von Markus anzurufen und beim zweiten Versuch hat sich dann ausgerechnet Miguel Rodriguez gemeldet. Anscheinend hatte der Fremde dessen Nummer gespeichert und diese versehentlich angerufen. Gemeinsam beschlossen wir dann, dass der Fremde mich zu Miguel bringen sollte und der mich ins Hotel fahren lassen würde. Ich habe nur die Hälfte verstanden und genickt, als ich den Namen Miguel Rodriguez gehört habe, den kannte ich ja von der Autogrammübergabe. Und dann haben sie mich zum Essen eingeladen und ich habe dir die SMS geschrieben, Markus, die du leider nicht erhalten hast.«

Pablo blickte etwas erstaunt drein, verstand von meinem Redeschwall wohl nur die Hälfte. Markus wusste sicher, dass ich log. Er versuchte, das Gespräch in andere Bahnen zu lenken: »Egal, jetzt bist du heil zurück und wir müssen weiter unsere Arbeit machen. Soll ich dich zur Tanzschule fahren? Ich hole dich von dort auch heute Abend um 18:00 Uhr ab und dann kaufen wir ein Ladegerät und erzählen uns unsere Erlebnisse.«

Pablo lächelte wissend und nickte. »Ich besorge besser eine Kollegin, die Sie zur Schule fährt«, war sein sanfter, aber deutlicher Widerspruch.

Er nahm den Telefonhörer ab und seine Worte klangen wie ein Befehl. Ich registrierte jedenfalls den harten Tonfall und mir wurde klar, dass spanische Männer ihre Stimme je nach Situation weich und warm oder hart und fordernd klingen ließen. *Können das deutsche Männer auch so perfekt?*, dachte ich.

Ich drückte diese unangebrachten Gedanken weg, als Pablo mich wieder freundlich anlächelte und mich mit samtweicher Stimme verabschiedete.

KAPITEL 15

In der Tanzschule war der Unterricht schon in vollem Gange. Flora Gomez winkte mir zu, als ich den Trainingsraum betrat. Sie deutete auf einen Stuhl an der Wand. Ich nahm Platz und wartete. Kurze Zeit später entließ sie die Schüler und Schülerinnen in eine fünfzehnminütige Pause, kam zu mir und sagte: »Geh schnell mit ins Büro.«

Sie ging voraus und ich überlegte, was ich erzählen sollte und was lieber nicht. Im Büro deutete Flora wieder auf einen Stuhl. Ihre Stimme und die Worte klangen eigenartig unterkühlt: »Ich sage dir gleich, was ich weiß. Du hast die letzte Nacht in Miguels Haus verbracht. Das ist nicht weiter schlimm, spanische Gastfreundschaft ist berühmt. Allerdings rate ich dir, es bei diesem einen Besuch in seinem Haus zu belassen. Er ist der Typ Mann, dem deutsche

Frauen leicht verfallen. Spanische natürlich auch, aber die sind sein Macho-Verhalten und andere Eigenarten gewohnt. Sie wissen, dass Matadore eine Sonderstellung in der Welt spanischer Männer einnehmen, blicken sie doch bei jedem Kampf schweren Verletzungen oder sogar dem Tod ins Auge. Da dürfen sie sozusagen als letzten Wunsch jede Frau verführen und besitzen. Deutsche Männer haben dagegen kein Verständnis für diese Sonderstellung und spanische Frauen sehen die Matadore als ihr nationales Eigentum an. Dir droht also Gefahr von beiden, wenn du dich nicht an die ungeschriebenen Regeln hältst. Es genügt, wenn du den spanischen Nationaltanz Flamenco lernst und eines Tages beherrschst. Damit überschreitest du sowieso schon eine rote Linie. Isabella hat leider viele Linien überschritten und die tödliche kennen wir vielleicht gar nicht. Ist dein Kommissar schon dem Täter oder der Täterin auf der Spur?«

Im ersten Moment konnte ich gar nicht antworten. Ihre lange Rede hatte mich überrumpelt, vor allem aber, dass sie schon von meiner Verbindung zu einem deutschen Kommissar wusste, der an den Ermittlungen zu Isabellas Tod beteiligt war. Nun gut, dann ermittelte ich eben ganz ungeniert als Privatperson – das war ja nicht verboten. Floras Gesichtsausdruck war fast abweisend, zumindest unfreundlich. Ich wusste nicht, wie viel sie wirklich von

Miguel erfahren hatte und wollte keinen Fehler machen. Auf jeden Fall hatte sie mir wichtige Hinweise in Bezug auf die Motive des Täters oder der Täterin gegeben. Wenn ich ihre Worte richtig deutete, gehörten für Flora Gomez spanische Frauen und deutsche Männer im Umfeld von Isabella zum Kreis der verdächtigen Personen.

Ich antwortete vorsichtig: »Nein, aber die Polizei macht Fortschritte. Mir erzählt mein Kommissar allerdings nicht alles. Er behauptet immer, das seien Berufsgeheimnisse.«

Flora lächelte, glaubte mir wohl kein Wort. »Gut. Hauptsache, du kennst die Gefahren und niemand kann mir vorwerfen, ich hätte dich nicht gewarnt. Isabella konnte ich leider nicht erfolgreich warnen. Sie hat meinen Worten keine Bedeutung beigemessen, ist unbeirrt ihren eigenen Weg gegangen, hat allen anderen mehr vertraut als ihrer spanischen Flamenco-Lehrerin.«

Später, beim Tanztraining, konnte ich mir auf diesen letzten Satz keinen Reim machen. Vielleicht war Markus dazu in der Lage. Am Abend würde ich ihm dieses Gespräch ausführlich berichten.

Allerdings waren Markus und ich am Abend überglücklich, dass wir endlich Zeit für uns hatten. Wir genossen jede Sekunde zu zweit, kauften zuerst ein Ladegerät, aßen dann in einem netten und romantischen kleinen Lokal die beste Paella unseres Lebens und lagen schließlich im

Bett, erschöpft von den vielen Erlebnissen und froh, dass wir uns hatten. Besonders ich hatte das Gefühl, endlich und endgültig aus meinem rauschähnlichen Zustand zu erwachen. Markus gegenüber sagte ich nur: »Der Flamenco und das enge Zusammenleben mit Spanierinnen und Spaniern bringt mich irgendwie aus der Ruhe, mein Schatz. Ich brauche dich mehr denn je, du erdest mich, gibst mir Halt und Ruhe, vor allem aber auch ein Sicherheitsgefühl. In Miguels Haus hatte ich schreckliche Albträume und fühlte mich wie im Rausch.«

Markus küsste mich zärtlich und flüsterte: »Jetzt bist du hier bei mir und zu zweit bändigen wir diesen spanischen Einfluss, glaub mir.«

Leider sollte er sich getäuscht haben. Das spanische Ambiente, geprägt von Flamenco und Stierkämpfern, aber auch von der ungewohnten Hitze, war weit von unserem gewohnten bayerischen Feeling unter weiß-blauen Himmel entfernt und verwirrte uns beide.

KAPITEL 16

Samstag, 31. März

Am nächsten Morgen wachten wir beide ausgeruht und unternehmungslustig auf. Markus berichtete mir noch im Bett über die erstaunlichen Ergebnisse der Zeugenvernehmungen und pathologischen Untersuchung. Isabella war vergiftet worden. Man hatte ihre Leiche ohne äußere Verletzungen angezogen in ihrem Bett gefunden. Auf den ersten Blick sah es aus, als ob sie sich einfach zum Ausruhen hingelegt hätte. Weil sie ihr Flamenco-Kleid aus der Tanzschule getragen hatte, ging die Polizei davon aus, dass ihre Mörderin oder ihr Mörder sie beim Üben gestört oder sie möglicherweise gebeten hatte, dass Kleid anzuziehen.

Maria Diaz hatte bei ihrer ersten Vernehmung ausgesagt,

dass sie Isabella gegen 21:00 Uhr habe heimkommen hören, ruhig und unauffällig wie immer. Sie sei allein gewesen, denn die Vermieterin habe keinerlei Gespräche oder Stimmen aus ihrem Zimmer gehört. Morgens um 6:00 Uhr sei Maria Diaz dann durch Miguels Schreien und Klopfen geweckt worden und mit ihm zusammen in Isabellas Zimmer gerannt.

»Isabella lag leichenblass in ihrem Bett, ich wusste sofort, dass sie tot war. Trotzdem habe ich den Notarzt gerufen und der hat ihren Tod bestätigt und dann die Polizei verständigt«, hatte sie wörtlich ausgesagt.

Den Todeszeitpunkt schätzte der Pathologe zwischen 0:00 Uhr und 1:00 Uhr nachts. Der Tod sei durch das Versagen sämtlicher Organe eingetreten, üblich bei einem Schockzustand durch Gift oder Medikamente. Auch wenn beides nicht mehr nachweisbar war, sprachen die Veränderung der Organe eindeutig für eine Vergiftung. Der Pathologe war sogar der Ansicht, es sei möglich, dass Isabella drei Tage vorher schon einmal durch das gleiche Gift in einen krankheitsähnlichen Zustand geraten sei. Die Symptome wären einer Darmgrippe ähnlich. Die erste Dosis wäre dann aber wohl zu gering gewesen. Der Täter oder die Täterin hätte ihr dann erst Tage später beim zweiten Versuch eine tödliche Dosis verabreicht. Allerdings habe der Pathologe weder im Mageninhalt noch im Blut der Toten Gifte gefunden. Deshalb ging er von einer Insulininjektion aus, die ihr mit einer sehr dünnen Nadel, kaum spürbar, unter die Haut verabreicht worden war. Der Wirkungseintritt, beginnend mit massiver Müdigkeit, wäre in dem Fall innerhalb von fünf bis zehn Minuten erfolgt – Zeit für Isabella, um sich noch selbstständig ins Bett zu legen.

Diese Vermutungen des Pathologen bedeuteten für die Kommissare, dass der Mörder oder die Mörderin auch drei Tage vor Isabellas Tod Kontakt zu Isabella gehabt haben musste und die Verdächtigen auch für diese Zeit ein Alibi brauchten. Denn die Ermittler gingen davon aus, dass es sich bei dem ersten Versuch um denselben Täter gehandelt hatte wie bei der erfolgreichen Vergiftung. Das hieß, eventuelle deutsche Täter hätten schon drei Tage vorher in Sevilla sein müssen und die Alibis der spanischen Verdächtigen waren zeitlich zu sehr eingegrenzt worden.

Markus zeigte mir dann die Zusammenfassung des Pathologen, auf Deutsch übersetzt. Ich las: ›Ich gehe davon aus, dass es sich bei dem Gift um Insulin handelt. Alle Symptome passen zu einem hypoglykämischen Schock nach einer Überdosis von Insulin, der dann den Tod des Opfers zur Folge hatte. Insbesondere die extrem niedrigen Blutzuckerwerte kommen bei keiner anderen Substanz vor. Wir werden in den nächsten Tagen noch weitere Untersuchungen auf andere Gifte durchführen, aber zurzeit ist das die wahrscheinlichste Möglichkeit. Einstiche habe ich nicht gefunden, was allerdings bei so kleinen Nadeln sechs Stunden nach Injektion oft nicht mehr möglich ist. Letztendlich ist das Opfer ohne Schmerzen oder quälende Zustände einfach eingeschlafen, ins Koma gefallen und nicht mehr aufgewacht. Das Insulin, in hoher Dosis subkutan injiziert, entfaltet seine Wirkung bereits nach wenigen Minuten.‹

Nachdem ich den Bericht fertig gelesen hatte, sagte Markus: »Das heißt natürlich, dass Isabella in ihrem Zimmer, vielleicht sogar in ihrem Bett, mit dieser Injektion umgebracht wurde. Das konnte jede Person tun, die in den Besitz von Insulin gekommen war – also ein Mann oder ohne weiteres auch eine Frau. Wir haben gestern sofort noch einmal die Vermieterin vernommen. Sie hatte bei ihrer ersten Vernehmung ja ausgesagt, dass sie Isabella kommen gehört, aber nicht gesehen hätte. Auf gezielte Befragung gab sie jetzt an, dass auch eine zweite Person unbemerkt mit ins Zimmer hätte gehen können, wenn die beiden nicht oder nur sehr leise miteinander gesprochen hatten. Sie habe an diesem Abend auf jeden Fall keine Stimmen oder andere Laute gehört. Es ist aber durchaus möglich, dass sich Isabella mit ihrem Besuch nur flüsternd unterhalten hat und dass diese Person das

Haus unbemerkt wieder verlassen konnte. Die Zeugenaussage von Frau Diaz ist also wenig hilfreich. Liebste Sofia, du lebst ja unter einem Dach mit ihr. Könntest du sie nicht noch einmal privat aushorchen? Ich hatte das Gefühl, dass sie irgendetwas verschweigt, aus welchen Gründen auch immer.«

Markus machte eine Denkpause und ließ mich dann an seinen Überlegungen teilnehmen: »Sie schützt vielleicht jemanden, zum Beispiel den möglichen Mörder oder die mögliche Mörderin, vielleicht aber auch nur den guten Ruf von Miguel. Denn wenn Isabella eine Affäre mit jemand hatte, würde der Ruf beider in den Dreck gezogen.«

Ich stimmte ihm zu. Die mütterliche Maria hatte nach meinem Gefühl eine Schwäche für das Paar, vielleicht aber auch nur für Miguel gehabt.

Anschließend erläuterte Markus, dass Pablo und er heute wahrscheinlich Susanne Weinbauer vernehmen würden. Vielleicht auch nochmal Sara Sanchez, Miguels Exfreundin. Miguel selbst habe durch ihre Angaben ja ein hieb- und stichfestes Alibi vorweisen können, zumindest für die Nacht, in der Isabella gestorben war. Auch sein Verhalten nach dem Auffinden von Isabellas Leiche und der ersten Vernehmung durch die Polizei seien normal und nachvollziehbar gewesen: Er habe sich von seiner Angestellten, Michaela Meyer, abholen lassen. Der vernehmende Polizist hatte vermerkt: ›Er war fix und fertig, hat geweint, nicht mehr selbst Auto fahren können.‹

Pablo schloss den Matador als Mörder jedenfalls aus. Markus meinte dazu: »Er ist schon ein sensibler Mann, dieser Miguel, aber eher kein Giftmörder, würde ich sagen. Ich kann mir einen Stierkämpfer nur als Mörder im Affekt und aus Leidenschaft vorstellen, nicht kühl planend einen Giftmord begehend. Was denkst du, du hast ihn ja kennengelernt?«

Ich spürte, dass Markus Genaueres über meine Nacht bei Miguel hören wollte. Sein leicht misstrauischer Gesichtsausdruck signalisierte mir, dass Eifersuchtsgefühle sicher mit im Spiel waren. Ich formulierte meine Antwort deswegen vorsichtig: »Du hast recht. Dieser Matador ist impulsiv und emotional, einen Giftmord mit einer Injektion, heimtückisch und absolut unmännlich, kann ich mir bei ihm auch nicht vorstellen. Allerdings könnte jeder männliche Mörder dadurch versuchen, den Verdacht gezielt auf eine Frau zu lenken. Wahrscheinlich ist auch in Spanien Giftmord eher Frauensache.«

Markus nickte. »Genau, das hat auch Pablo behauptet. Er meint, besonders im Macho-Land Spanien sei ein Giftmord immer noch typisch für weibliche Personen und deshalb gut geeignet für ein Ablenkungsmanöver von männlichen Tätern.«

So überlegten wir hin und her, ohne wirkliche Resultate zu bekommen, noch nicht einmal, was das Geschlecht der Täter anbelangte. Es musste also in beide Richtungen ermittelt werden. Ich würde Maria Diaz und mögliche verdächtige Tanzschülerinnen unter die Lupe nehmen. Die paar männlichen Tanzschüler erschienen mir im Moment am unverdächtigsten.

Markus setzte mich nach einem ausgiebigen Frühstück gegen 8:30 Uhr vor der Tanzschule ab und versprach, mich dort gegen 18:00 Uhr wieder abzuholen. Wenn ihm etwas dazwischenkäme, könne er mich ja jetzt anrufen.

KAPITEL 17 

Der Tanzunterricht war anstrengend und doch beglückend. Für Stunden vergaß ich Isabella und ihren Tod, erst in der Mittagspause wurde ich daran erinnert. Eine Tänzerin aus dem Fortgeschrittenenkurs aß zwar genauso wenig und rationiert wie die anderen, aber ich sah, dass sie etwas aus einem kleinen Etui holte, das einer Spritze ähnelte. Ich beobachtete sie genau und bemerkte, wie sie sich tatsächlich schnell und routiniert den Inhalt einer kleinen Spritze in den rechten Oberschenkel injizierte, mit der linken Hand hatte sie kurz den Rock zurückgeschoben. Der ganze Vorgang dauerte nur etwa zwei Sekunden und war kaum zu erkennen. Ich stand auf und schlenderte die drei Meter zu ihrem Platz, bevor sie das Täschchen verschwinden lassen konnte.

»Hola, entschuldige, hast du auch Diabetes?«, fragte ich auf Deutsch, obwohl sie eine Spanierin war – ich versuchte einfach mein Glück. Aber sie verstand mich nicht.

»Qué?«, fragte sie und wirkte erschrocken, dann ungehalten.

»Ja, sie hat Zucker, aber kein Problem, viel Bewegung ist gut«, sagte ihre Nachbarin auf Deutsch.

Ich nickte lächelnd und ging weiter zur Toilette. Dort rief ich Markus an und berichtete ihm von meiner Beobachtung. Klar war ja, dass der Mörder oder die Mörderin an Insulin gekommen sein musste. Die naheliegendste Erklärung war, dass er oder sie entweder im medizinischen Bereich arbeitete oder im familiären Umfeld mit Diabetikern zu tun hatte. Im Lichte meiner Entdeckung war es aber auch möglich, dass hier in der Tanzschule irgendjemand eine Injektion aus dem Täschchen dieser Tänzerin entwendet hatte. Die Schülerin würde diesen Diebstahl kaum öffentlich machen, denn sie schien ja zu versuchen, ihren Diabetes geheim zu halten.

Markus bedankte sich für meinen Bericht, stand aber unter Zeitdruck. Eine neue Leiche war gefunden worden und dieser neue Todesfall hatte Vorrang. Es wurde deshalb erst einmal nicht im Isabella-Fall weiterermittelt. Markus konnte mich wahrscheinlich auch nicht um 18:00 Uhr abholen, weil Pablo und er zum Tatort in ein Dorf etwa eine Stunde außerhalb von Sevilla fahren mussten. Deswegen sollte ich mich wieder von einem Taxi ins Hotel bringen lassen.

Am Nachmittag konzentrierte ich mich auf meinen Spanischunterricht. Der dauerte heute nur zwei Stunden, sodass ich früher in meiner Unterkunft ankam. Ich wollte zuerst ein paar Kleidungsstücke zusammenpacken, bevor ich ins Hotel fuhr. Maria Diaz reagierte freundlich wie immer, als ich ihr erzählte, dass ich mit meinem Verlobten, dem Kommissar, die Nacht im Hotel verbracht hätte und nun wieder zu ihm fahren würde.

»Das ist natürlich viel luxuriöser als dieses kleine Zimmer hier«, sagte sie.

Ich stimmte ihr zu, lobte aber dann doch höflich die gemütliche Atmosphäre in ihrem Haus, den wunderschönen Garten mit seinem verzaubernden Duft bis in mein Zimmer und natürlich das hervorragende Frühstück. Dann lenkte ich das Thema auf Isabella, um Maria auf den Zahn zu fühlen, wie Markus mir aufgetragen hatte: »Es gibt einen neuen Mordfall, das heißt, im Moment wird nicht mehr im Mordfall Isabella ermittelt. Mein Verlobter unterstützt ja euren Kommissar Pablo Garcia und ich begleite ihn als Privatperson, um Flamenco zu lernen.«

Maria reagierte eigenartig. Ihr Gesichtsausdruck zeigte mir, dass sie so etwas schon vermutet oder gehört hatte.

Sie wirkte jedenfalls kaum überrascht und ging mit keinem Wort auf meine Erklärungen ein. Stattdessen kommentierte sie mit ernstem Gesicht nur die Neuigkeit, dass in Isabellas Fall für den Moment ad acta gelegt worden war: »Das ist auch Gottes Wille. Sie wird nicht lebendig durch Verurteilung der Täter.«

»Ja, das stimmt, aber trotzdem muss ein Mord untersucht und die Täter bestraft werden, finde ich.«

Maria nickte zögerlich. Dann flüsterte sie: »Tod der geliebten Person ist oft Strafe, auch für Mörder oder Mörderin.«

In ihrem Gesicht bemerkte ich jetzt eine emotionale Beteiligung, die man als Mitleid deuten konnte. Mitleid mit dem Täter. Marias nächste Worte bestätigten meinen Verdacht: »Der Täter wollte, dass sein Opfer nur einschläft, nicht leidet. Isabella lag ganz entspannt im Bett, kein Schmerz im Gesicht zu sehen.«

Ich sagte nichts darauf, sondern sprach ein neues Thema an: »Heute habe ich gesehen, dass eine Tanzschülerin Diabetes hat und sich Insulin spritzt. Ich war erstaunt, wusste nicht, dass man als Diabetikerin so anstrengenden Tanzsport betreiben kann. Da droht nämlich Gefahr von Unterzucker!«

»Nein, sie weiß, wie viel sie spritzen muss, bei Anstrengung einfach weniger. Ich habe auch Diabetes, schon in jungen Jahren aufgetreten. Ich musste bereits als Jugendliche Insulin spritzen. Das Dosieren lernt man schnell.«

Marias Antwort war eindeutig dazu gedacht, mich zu beruhigen. Stattdessen ließ mich ihre Aussage zusammenzucken. Trotzdem nickte ich freundlich und zog mich auf mein Zimmer zurück. Maria war zur Verdächtigen geworden und ein unangenehmes Angstgefühl ließ mich erschauern. Ich packte zügig Kleidung für die nächsten Tage in meinen kleinen Koffer und meldete mich bei meiner Vermieterin ab. Im Taxi gab ich diesmal die Adresse des Hotels eindeutig und genau betont an. Während der Fahrt fühlte ich eine Erleichterung wie nach einer geglückten Flucht. Maria konnte diese kleine, unscheinbare Injektion unter die Haut unbemerkt setzen, zum Beispiel während eines Gesprächs in Isabellas Zimmer. Das wäre problemlos möglich gewesen.

Plötzlich erschien sie mir gefährlich. Ich wusste auch, warum, denn mir fielen Michaelas Worte über spanische Matadore ein: »Matadore sind für Touristinnen tabu. Isabella hätte die Hände von Miguel lassen sollen. Einige Spanier haben sie gehasst, Männer und Frauen.«

Und vor allem wahrscheinlich die eingefleischten Stierkampffreunde, dachte ich.

KAPITEL 18

Im Hotel angekommen, fand ich eine Nachricht von Markus. Sie lag in einem verschlossenen Briefumschlag auf dem Couchtisch. Ich las: ›Hallo, meine Flamenco-Tänzerin! Heute Nacht werde ich erst nach 22:00 Uhr zurück sein, vielleicht sogar erst morgen. Wir müssen einen neuen Mord bearbeiten, etwa eine Stunde von Sevilla entfernt in einem kleinen Dorf. Auf einer Stierzucht-Finca ist der oberste Stierpfleger, der Mayoral, getötet worden. Sein Arbeitgeber, der Besitzer dieser alteingesessenen Zuchtfarm, Alfonso Romero, ist mit Isabellas Vater gut bekannt. Isabella hat dort die ersten drei Wochen, bevor sie als Tanzschülerin in ihr Zimmer gezogen ist, gewohnt. Miguel ist ebenfalls ein Freund der Familie, vor allem der zwei Söhne, und hat dort Isabella kennengelernt. Die

Zusammenhänge sind noch völlig unklar. Pass schön auf dich auf, ich melde mich, sobald ich mehr weiß.‹

Diese Worte machten mir noch einmal mehr Angst. Es gab so viele Verbindungen, die wir als Ausländer gar nicht genau erkennen konnten. Stier- und Pferdezüchter, Toreros und Picaderos und über allen der berühmte Matador. In der Flamenco-Szene gab es ebenfalls Personen, die Isabella beneidet hatten, nicht nur wegen ihres Talents als Flamenco-Tänzerin, sondern auch wegen ihrer Liaison mit Miguel.

Während ich diese Überlegungen anstellte, rief der Portier an: »Hier ist Dame aus Deutschland, will Sie sprechen. Name ist Susanne Weinbauer.«

Ich zuckte zusammen. Markus hatte mit keinem Wort erwähnt, wie die Vernehmung dieser dubiosen Therapeutin verlaufen war. Auch sie kam als Verdächtige infrage, trotz ihrer Freundschaft zu Isabella. Oft waren Freunde die gefährlichsten Feinde. Ich ging allerdings davon aus, dass Susanne Weinbauer nichts gegen mich persönlich hatte, sondern eher meine Hilfe brauchte, und sagte: »Lassen Sie sie hochkommen!«

Ein paar Minuten später klopfte es an die Tür. Ich öffnete und blickte in blaue Augen, kalt und hart wie Stahl.

»Hallo, Sofia, erschrecken Sie nicht. Danke, dass Sie mich empfangen. Ich würde gerne mit Ihnen über Isabella und ihre möglichen Mörder sprechen.«

Ich öffnete die Tür weiter und ließ meine Besucherin eintreten. Sie schaute sich kurz im Zimmer um und ich zeigte auf einen Sessel, der so stand, dass das Licht des Fensters ihr Gesicht erhellen würde. Sie nahm Platz und ich setzte mich ihr gegenüber; mein Gesicht war also eher im Schatten.

»Wollen Sie etwas trinken? Bitte bedienen Sie sich«, sagte ich und zeigte auf einige Flaschen und Gläser, die auf dem Tisch bereitstanden.

Susanne füllte ein Glas mit stillem Wasser und trank es fast aus. »Bei der ungewohnten Hitze habe ich ständig Durst und nur Lust auf kühles, klares Wasser«, erklärte sie.

Ich wartete und beobachtete ihre selbstsichere Eleganz. Sie war mit ihren fünfzig Jahren oder mehr immer noch eine blonde Schönheit. Irgendwo hatte ich mal den Ausdruck ›blondes Gift‹ gelesen oder gehört – auf Susanne Weinbauer passte er perfekt. Ihre Stimme klang so kühl wie das Wasser, das sie gerade getrunken hatte. In ihrem makellos, dezent geschminkten Gesicht erkannte ich nicht die geringste emotionale Regung, nur ein paar vereinzelte Falten um den Mundbereich. Ab und zu hatte sie in ihrem Leben also gelacht.

Ohne Einleitung kam sie gleich zur Sache: »Ich habe Isabella betreut, schon in München vor ihrer Auszeit in

Sevilla. Sie wollte den Bürostress als Geschäftsführerin der Firma ihres Vaters hinter sich lassen und in ihrem Heimatland beziehungsweise in dem Land ihrer väterlichen Vorfahren auftanken und neue Inspirationen bekommen. Anfangs war sie sehr glücklich in Spanien. Sie hat die Lebensart genossen und mir telefonisch nur Positives berichtet. Ich habe mich für sie gefreut. Doch dann hat sie Miguel kennengelernt und ist mit seiner Art einfach nicht zurechtgekommen. Einerseits hat sie ihn begehrt, wie so viele andere Frauen, gleich welcher Nation, andererseits aber gab es Probleme, als die Verbindung enger wurde und er sie als Besitz betrachtete. Isabella war keine Frau, die man besitzen konnte, die besitzt werden wollte. Bereits nach drei Monaten war mir klar, dass dieses Liebe toxische Züge aufwies. Auch Isabella spürte das, war aber nicht in der Lage, sich der Anziehungskraft von diesem Miguel zu entziehen. In den letzten Wochen ist sie nicht mal mehr zu seinen Stierkampf-Vorführungen gegangen, weil sie jedes Mal wegen der Angst um sein Leben auf der einen und seines charismatischen Verhaltens während des Kampfes auf der anderen Seite fix und fertig war. Mehrmals hat sie mich nach einem Stierkampf in einem aufgewühlten Zustand angerufen. Es war schrecklich! Sie fühlte sich wie in einem Drogenrausch, der sie völlig veränderte.

Dieser Zustand hielt dann immer etwa für zwei Stunden an. Gerade in dieser Zeit musste Miguel seinen Verpflichtungen als gefeierter Matador nachkommen, also Fotoshootings machen, Interviews und Autogramme geben. Seine Fans verlangen das und für Isabella war diese Zeit die Hölle. Sie verzehrte sich nach ihm und seinem Körper, und wenn er sie dann später aufsuchte, genoss er diese Abhängigkeit und ließ sie leiden. Wohl deshalb hat sie versucht, sich von ihm zu lösen, indem sie sich anderen Männern zugewandt hat, sozusagen als Selbsttherapie gegen diese psychische und körperliche Abhängigkeit von Miguel. Der wiederum hat mit einer extremen Eifersucht reagiert. Deshalb war Isabella nun die Stärkere in der Beziehung und hat ihrerseits Miguel leiden lassen. – Sie sehen, es war ein durch und durch ungesundes Verhältnis.«

Susanne hatte ihr Glas erneut bis zum Rand gefüllt und trank es aus. Ich nahm mir die Wasserflasche ebenfalls und versuchte, ein paar passende Worte zu finden. Aber mir fiel einfach nichts ein, und die Therapeutin ließ mir auch nur wenig Zeit. Sie wollte wohl ihr verbales Ziel erreichen und fuhr fort: »Etwa drei Wochen vor Isabellas Tod eskalierte die Situation. Ein deutscher Bekannter hat sie in Sevilla besucht, weil er geschäftlich hier zu tun hatte. Ja, und er war so ganz anders als Miguel und irgendwie genau das richtige Gegenmittel für Isabella. Diesen Mann kenne ich ebenfalls, wenn auch nur flüchtig. Und er wiederum hat sich hier in Spanien wohl in die Flamenco-Tänzerin Isabella verliebt, jedenfalls kam es zu mehr als nur einer oberflächlichen Beziehung. Isabella hat mir gegenüber behauptet, sie habe immer gewusst, dass die Verbindung zu Miguel keine Zukunft hätte. Dieser habe nämlich keinen Hehl daraus gemacht, dass er als berühmter Matador eines Tages ein junges, braves Mädchen aus reichem Elternhaus ehelichen würde. ›Ein Matador muss eben gewisse Regeln einhalten‹, war sein lapidarer Kommentar. Das mit den Regeln galt seiner Ansicht nach offensichtlich auch für die vorehelichen Freundinnen; sie dürften seine männliche Eitelkeit, seinen Stolz nicht verletzen, indem sie sich zeitgleich mit anderen Männern einließen. In seinen Augen sei er es, der diesen Mädchen, beziehungsweise Freundinnen, den Laufpass geben müsse, bevor sie sich mit anderen Männern einlassen dürften.«

Susanne schüttelte kurz den Kopf und füllte ihr Wasserglas ein weiteres Mal auf. »Anfangs dachte ich deshalb, Miguel hätte Isabella getötet – aus Eifersucht oder verletztem Stolz. Aber jetzt bin ich mir nicht mehr sicher. Ich glaube, wir finden ihren Mörder im Bereich der Tanzschule. Ich habe in den letzten Tagen ausführlich mit Isabellas deutschem Freund gesprochen. Sie hatte ihm erzählt, wie groß der Neid und die Wut über ihre Lebensweise unter den Tänzerinnen und Sängerinnen dieser Schule war. Sie sahen die spanische Tradition und Ehre ganz allgemein in Gefahr. Auf gut Deutsch: Jeder hat gewollt, dass der Fremdkörper Isabella aus dieser traditionsreichen Szene verschwindet.«

Erneut trank Susanne aus ihrem Glas und sah mich anschließend zum ersten Mal längere Zeit an. Ihr Blick war für mich undefinierbar.

»Sofia, ich vermute, dass Sie nicht nur aus Spaß in diese Flamenco-Schule gehen. Sie helfen ihrem Freund, Kommissar Schreiner. Ich bin froh und dankbar, dass Sie das machen. So sind Sie nah an all diesen Menschen dran. Sie könnten die Mörderin oder den Mörder entlarven. Isabella war wie eine Tochter für mich. Ich war lange Zeit mit ihren Eltern befreundet und dann, nach dem Tod ihrer Mutter, sind ihr Vater und ich mehr als Freunde geworden. Wir sind uns sehr nah gekommen. Deshalb ist es mir so wichtig, dass der Mörder gefunden und bestraft wird. Vorher findet auch Alfredo keine Ruhe, weil er immer wieder denkt, sie hätte vielleicht Selbstmord begangen.«

In diesem Moment wurde mir klar, was Susanne Weinbauers Problem war. Alfredo gab ihr vermutlich die Schuld an einem möglichen Selbstmord Isabellas;

sollte zweifelsfrei beweisen werden, dass es sich um Mord handelte, dann konnte Susanne diese Schuldzuweisungen von sich weisen. Ich fragte deshalb: »War Isabella mit Ihrer engeren Verbindung zu ihrem Vater nicht einverstanden?«

Susanne zuckte leicht zusammen, blickte mich erneut an und antwortete etwas leiser: »So ist es. Sie hat das offen zugegeben. Es sei auch ein Grund gewesen, weswegen sie nach Spanien gezogen sei. Aber als ihr die Probleme hier über den Kopf wuchsen, hat sie sich wieder Hilfe suchend an mich gewandt.«

Dann erhob sich die Therapeutin abrupt. Ich stand auch auf. Offensichtlich wollte mein Besuch dieses Thema nicht weiter erörtern. Susanne stellte sich hocherhobenen Hauptes vor mich. Sie war zwar etwa fünf Zentimeter kleiner als ich, aber ihre kühle Dominanz ließ mich frösteln und einen Schritt zurücktreten. *Wer will schon mit einem Eisberg zusammenstoßen?*

»Ich wollte, dass Sie die Vorgeschichte kennen, denn ich glaube, ohne diese können Sie die Mörderin oder den Mörder nicht finden. Sie sollten wissen, dass sie oder er nicht nur persönliche Motive, sondern auch patriotische, vielleicht sogar nationalistische hat. Und deshalb sind spanische Ermittler irgendwie nicht objektiv, vielleicht sogar befangen.«

Nach diesen Worten gab mit Susanne Weinbauer die Hand. Diese war genauso kühl wie ihr Gesicht. Trotz meines Fröstelns musste ich noch eine Frage loswerden: »Kennen Sie jemanden aus Isabellas Bekanntenkreis, der zuckerkrank ist?«

Susanne stand schon an der Tür. Sie hielt mitten in der Bewegung des Türöffnens inne, drehte sich zu mir und antwortete: »Ja, Isabellas Vater hat Altersdiabetes. Warum?«

»Vielleicht hatte Isabella auch Diabetes«, log ich vorsichtshalber.

»Das wäre mir ganz neu, das hat sie nie erwähnt und sie hat mir alles erzählt.« Ich nickte und gab dann vorsichtshalber eine gelogene Begründung ab: »Es ist nur eine Vermutung, weil sie keinerlei äußere Verletzungen hatte, wie die Vermieterin mir gegenüber behauptet hat. Ich kannte jemanden, der nachts Unterzucker-Attacken hatte.«

Susannes Gesicht zeigte einen arroganten Zug, als sie beim Öffnen der Tür sagte: »Einen natürlichen Tod können Sie vergessen, das wird auch der Pathologe bestätigen. Vielleicht wurde sie vergiftet. Manche Gifte lassen sich schon nach einigen Stunden nicht mehr nachweisen.«

Ich lächelte zustimmend und atmete erleichtert auf, als Susanne im Flur nochmals freundlich in meine Richtung winkte und im Fahrstuhl verschwand. Ich verzog mich ins Hotelzimmer und ließ mich auf das Bett fallen. Unerklärlicherweise fühlte ich mich von dieser Frau bedroht.

Etwa zwei Stunden später weckte mich das Klingeln meines Handys. Markus berichtete, dass er heute tatsächlich nicht mehr nach Sevilla zurückkehren würde. Ja, wahrscheinlich auch morgen nicht, sie müssten zahlreiche Personen verhören; der Zusammenhang mit Isabellas Tod werde immer deutlicher. Ich solle den Stierkampf allein oder mit den

Flamenco-Tänzerinnen besuchen, er wäre am Montagabend auf jeden Fall zurück, weil Pablo abends bei einem Familienfest anwesend sein müsse.

Ich berichtete von Susannes Besuch und dass sie eine verdeckte Ermittlertätigkeit meinerseits vermutete.

»Das ist für sie naheliegend. Im Endeffekt wollte sie dich aushorchen und instrumentalisieren«, war seine Reaktion. »Aber immerhin wissen wir jetzt, dass Isabellas Vater zuckerkrank ist. Susanne selbst hätte also durchaus Zugang zu Insulininjektionen gehabt, auch hier in Spanien.«

Wir bestätigten uns gegenseitig unsere Liebe und Sehnsucht. Dann schlief ich ein – allein und erschöpft. Erneut träumte ich von Miguel. Er stand da nur mit der

Muleta, völlig unbewaffnet, ungeschützt, und der Stier raste auf ihn zu. Ich sah ihn in die Luft fliegen, Blut schoss aus einer klaffenden Wunde in seinem Bauch, und als er zu Boden fiel, ließ ich ihn liegen, drehte mich um und schritt auf den Ausgang zu. Ich war der Stier.

 # KAPITEL 19 

Sonntag, 01. April

Der Sonntag begann für mich mit gemischten Gefühlen. Ich würde ohne Markus meinem ersten Stierkampf beiwohnen müssen. Die Schülerinnen der Flamenco-Gruppe hatten zusammen ermäßigte Karten auf mittelteuren Plätzen gekauft. Meine geschenkten Karten waren personalisiert, gekennzeichnet als Miguels Gastkarten und die Sitzplätze mit Nummern festgelegt. Ich hatte mich bisher nicht getraut, die für Markus gedachte Karte weiterzugeben; an wen auch, ich kannte hier sonst nur Maria Diaz. Sollte ich sie fragen? Ich wusste fast gar nichts über sie. Klar war nur, dass sie regelmäßig die Corridas besuchte, Stierkämpfe liebte und möglicherweise sogar und ein Abonnement besaß. Trotzdem würde sie wahrscheinlich gerne in Miguels Privatloge sitzen. Ich entschied mich, Maria persönlich zu fragen. Meine Angst von gestern kam mir plötzlich unbegründet, ja irrational vor. Dann fiel mir ein, dass Maria erwähnt hatte, dass Isabella sich zur Stierkampfgegnerin entwickelt hatte. Inzwischen war es so, dass nicht nur in Deutschland, sondern auch in Spanien und Südfrankreich immer mehr Menschen Vorbehalte gegen das brutale Töten von Stieren hatten. Allerdings handelte es sich um eine Minderheit, die politisch keinerlei Einfluss hatte. Ich selbst hatte diesbezüglich keine Meinung, hatte mich noch nie mit diesem Thema beschäftigt. Ich würde das Maria gegenüber erwähnen, wenn mir das erforderlich erschien.

Also machte ich mich vom Hotel aus auf den Weg und betrat gegen 11:00 Uhr das Haus meiner Vermieterin. Ich klopfte an ihre Wohnungstür und hörte sie heraneilen. Als Maria mich sah, schien sie enttäuscht; sie hatte wohl jemand anderen erwartet.

»Ach, Sofia, Sie sind es! Ich hatte gar nicht mehr mit Ihnen gerechnet. Gehen Sie heute Nachmittag in die Arena? Miguel kämpft gegen einen Stier aus der berühmten Zucht der Familie Romero. Die Stiere aus dieser Zucht sind bekannt für ihre Wildheit und ihren Kampfgeist. Miguel liebt sie, weil sie würdige, starke Gegner sind, und das Publikum liebt sie deshalb auch!«

»Ja, ich habe von Miguel zwei Karten bekommen, Karten für Ehrengäste. Aber mein Verlobter muss arbeiten. Ich wollte Sie fragen, ob Sie mich begleiten könnten?«

Marias Gesicht wurde in Sekundenschnelle von einem glücklichen Lächeln erhellt. »Ach, wie lieb von Ihnen, Sofia, ich nehme diese Einladung gerne an. Das sind ja Spitzenplätze in der Ehrenloge, von dort kann man die Kämpfe aus allernächster Nähe beobachten. Vielen Dank. Wie sind Sie zu diesem wertvollen Geschenk gekommen? Kennen Sie denn Miguel persönlich? Oder hat Pablo seine Beziehungen spielen lassen?«

Ich erklärte ihr kurz mein ungeplantes Treffen mit Miguel. Nach einer Pause, in der sie mich mit einer einladenden Geste zum Eintreten bat, fügte sie hinzu: »Darf ich du sagen, Sofia?«

»Ja, klar, ist viel einfacher«, antwortete ich.

Maria redete gleich weiter: »Weißt du schon, was du anziehst? Hast du ein passendes Kleid aus der Schule mitgenommen?«

»Nein, daran habe ich nicht gedacht. Das erscheint mir auch eher unangebracht, weil ich ja nicht mit der Gruppe zusammensitze.«

»Ja, das stimmt. Weißt du was? Ich habe ein wunderschönes Flamenco-Kleid aus meiner Zeit als Tänzerin, vielleicht passt es dir. Ich ziehe dann ein ähnliches an und so sind wir zu zweit in gleicher Mode und du fällst in der Loge weniger auf.«

Maria ging in ihr Schlafzimmer, öffnete einen dunklen spanischen Kleiderschrank und nahm ein Kleid heraus. Sie hielt es hoch. Mir stockte der Atem. Schwarz mit roten, wallenden Spitzen-Volants am langen Rock. Das enge Oberteil besaß einen tiefen, ebenfalls mit Spitzen verzierten Ausschnitt – ein Traum von Kleid. *Hoffentlich passt es auf meinen eher schlanken Körper*, war mein erster Gedanke, denn Maria war etwa zehn Zentimeter kleiner als ich und, wohl altersbedingt, etwas üppiger gebaut.

Sie lächelte, als sie meinen skeptischen Blick sah. »Ich war in jungen Jahren viel schlanker als heute, wenn auch nicht viel größer. Probier es einfach an. Notfalls nehmen wir einen Spitzenunterrock zum Verlängern.«

Noch in Marias Schlafzimmer zog ich meine Jeans aus und das Flamenco-Kleid an. Es passte perfekt. Aber als ich mich im großen Wandspiegel anschaute, überkam mich ein eigenartiges Fremdheitsgefühl. War das ich, Sofia Weber, bayerische Chefsekretärin bei einem Rechtsanwalt in München? Das Kleid veränderte nicht nur mein Aussehen, sondern auch meine Gefühlswelt. Ich konnte diese Veränderung nicht analysieren, wollte das auch nicht, wollte einfach diese andere Frau sein – eine leidenschaftliche spanische Tänzerin. Ich hielt meine

Haare hoch wie bei einer provisorischen Hochsteckfrisur.

Maria trat nah hinter mich. »Wundervoll, absolut hinreißend.«

Ihre Stimme bebte so eigenartig, dass ich mich zu ihr umdrehte. In ihren Augen erkannte ich Bewunderung, aber auch etwas anderes. Zuerst konnte ich diese Emotion nicht einordnen, aber dann wiesen mir Marias Worte die Richtung: »Alle Flamenco-Tänzerinnen werden vor Neid erblassen! Miguel wird sich verlieben und ich bin schuld.«

Maria Diaz hatte Angst. Ich fragte mich im Stillen: *Warum und vor wem hat diese Frau Angst?*

Dann fiel mein Blick auf meine Schuhe; ich vergaß Marias Bewunderung und Angst.

»Also, diese sportlichen Schuhe passen ja gar nicht, ich muss mir noch welche mit Absatz kaufen«, flüsterte ich vor mich hin.

»Ich begleite dich. Wenn wir noch einen schwarzen Filzhut, einen Cordobes Cañero, kaufen, kannst du mit einem kleinen Schleier dein Gesicht so verdecken, sodass du nicht mehr als Deutsche erkannt wirst; deine blauen Augen leuchten nicht durch einen Schleier. Ich trage eine Mantilla aus schwarzer Spitze über mein Gesicht, dann sind wir schon zwei, die sich bei diesem Stierkampf verschleiern. Normalerweise verschleiern sich Frauen nicht in der Arena, sie wollen ja ihre Schönheit zeigen. In der

Privatloge des Matadors allerdings wollen weibliche Gäste manchmal nicht erkannt werden, weil sie verheiratet sind, aber ohne Mann erscheinen; also sieht man da schon ab und zu eine verschleierte Frau. Und wir zwei wollen auch nicht erkannt werden.«

Mit diesen Worten zwinkerte sie mir zu. Ich musste innerlich lachen, war aber froh, dass sie mich auch beim Einkauf begleiten wollte. Beim Kauf der Schuhe und des Filzhuts war Maria dann wirklich eine wertvolle Hilfe. Ohne sie hätte ich die typischen spanischen Accessoires wie den schwarzen Cordobes und den eleganten Fächer niemals so stilecht erwerben können.

Gegen 16:00 Uhr nährte sich unser Taxi dann der Arena. Schon viele hundert Meter vorher kam es zu einem Stau, und nicht nur die Autoschlange war endlos, sondern auch die Menschenschlange vor dem Eingang der Arena. Der gesamte Plaza de Toros de Sevilla war mit Menschen und Autos überfüllt. Der Taxifahrer sagte etwas zu Maria. Sie zahlte und wir verließen das Taxi.

»Er meinte, dass wir zu Fuß doch schneller da seien, als wenn wir im Taxi sitzen bleiben und warten.«

Wir marschierten also Richtung Eingang. Die Bewegung wirkte sich angenehm auf mich aus: Meine Aufregung verflüchtigte sich, mein Puls wurde ruhiger. An einem Schaufenster kurz vor der Arena blieb Maria stehen. Sie wusste wohl, dass darin ein großer Spiegel zu Dekorationszwecken stand, in dem wir uns nochmals in voller Größe betrachten konnten. Keine Frage, wir waren zwei imposante Hingucker, und als wir unsere Schleier herunterließen, waren unsere Gesichter nicht zu erkennen. Trotzdem war es offensichtlich, dass wir einen Stierkampf besuchen wollten und nicht etwa einen Gottesdienst in der Kathedrale. Maria hatte mir im Taxi erklärt, dass die Mantilla auch heute noch vorwiegend in der Kirche getragen wurde; dort war sie früher sogar Vorschrift.

Jedenfalls erreichten wir den Haupteingang der Arena und sahen schon von Weitem die lange Schlange von Menschen, die an der Kasse wartete. Maria strebte allerdings einem Nebeneingang zu. Dort warf eine Art Portier in Uniform einen Blick auf unsere Karten. Sofort winkte er jemandem im hinteren Bereich dieses Eingangs zu. Ein junger Bursche kam uns freundlich lächelnd entgegen.

»Sigueme«, sagte er, und Maria erklärte: »Er begleitet uns jetzt zu unseren Plätzen in Miguels Loge, die Arena ist ja riesig, du wirst staunen.«

Staunen war untertrieben. Nachdem ich endlich durch die kellerartigen Gänge nach oben ans Tageslicht gestiegen war und einen Blick auf die Anlage werfen konnte, blieb ich überwältigt stehen. Tausende von Menschen saßen schon auf ihren Plätzen; Rot und Schwarz, aber auch andere Farben leuchteten in der Nachmittagssonne wie ein Blumenmeer. Der Junge wartete höflich, bis ich mich gefangen hatte. Mit diesem riesigen Areal und den Menschenmassen hatte ich nicht gerechnet und auch noch nie eine ähnliche menschenüberflutete Freilichtbühne gesehen.

Ich riss mich von diesem Anblick los und folgte Maria, die nun vor mir, direkt hinter dem Jungen, in den Bereich der Zuschauertribünen stieg. Wir erreichten unsere mit einem kleinen Zaun abgegrenzte Loge schon nach ein paar Minuten. Sie lag im Schatten und nur einige Meter über dem Sandboden der Arena. Von hier hatte man einen optimalen Blick auf das Geschehen, konnte wahrscheinlich die Gesichter der Toreros gut erkennen und war doch völlig sicher vor den Stieren. Auf dem Sandplatz und im Bereich hinter der hohen Holzbande herrschte geschäftiges Treiben. Bis zum Beginn des ersten Kampfes würde es noch etwa fünfzehn Minuten dauern. In unserem Logenbereich saßen schon vier Personen – zwei ältere Ehepaare, wahrscheinlich Verwandte von Miguel. Sie begrüßten uns höflich nickend, wenn auch etwas erstaunt, wohl wegen unseres Aufzugs.

Maria flüsterte beim Hinsetzen: »Sie sind es gewohnt, dass unbekannte Freundinnen von Miguel hier Platz nehmen. Er hat das Recht dazu und nimmt es auch wahr, während viele andere Toreros und Matadore das nicht machen. Sie verteilen ihre Freikarten nur an enge Freunde oder eben an die Familie. Isabella hat ihre Karte ja öfters mir geschenkt, deshalb kenne ich mich gut aus. Oben auf den billigen Plätzen sitzt ein anderes Publikum, das allerdings auch viel Geld von seinem geringen Verdienst ausgeben musste.«

Maria warf einen Blick ins Programmheft, das der Junge uns in die Hände gedrückt hatte. »Sehr gute Stiere dürfen wir heute sehen, zwei aus der Zucht von Minora. Ich freue mich so auf diese Stiere. Die meisten Zuschauer lieben diese wilden und kampfeslustigen Tiere.«

Dann schwieg sie. Ich konnte ihre Worte nicht richtig einordnen und dachte: *Warum werden Stiere getötet, die man liebt, die riesige Menschenmassen lieben? Die sogar die Matadore lieben?*

Mitten in diesen Gedanken setzte die Musik ein. Das berühmte Pasodoble taurino hallte durch die Arena. Ich vergaß jede Frage, ja jeden Gedanken, als zu dieser Musik die vier Matadore, ihre jeweils zwei Pikadores auf Pferden und eine Schar von Banderilleros in die Arena einmarschierten – langsam, würdevoll und bereit für die Stiere. Mein Puls schoss in die Höhe, mein ganzer Körper erzitterte durch diese besondere Musik mit Trompeten und Kastagnetten. Trotz der Hitze Sevillas überzog eine

Gänsehaut meinen Körper, als sich die Toreros vor dem Publikum aufstellten. Die Faszination des Stierkampfes hatte von mir Besitz ergriffen. Ich ließ mich mitreißen, ohne zu wissen, wohin.

TEIL 2

ZWISCHENWORT

In den folgenden zwei Kapiteln (20, 21) beschreibe ich einem Stierkampf so realistisch und emotional, wie ich ihn persönlich erlebt habe – mehrmals als sehr junges Mädchen und vor drei Jahren als erwachsene Frau.

Von Testleserinnen weiß ich, dass diese Kapitel treffen können – unser Herz als tierliebende Wesen und unsere Vorstellungskraft, weil Blut fließt und Schmerzen spürbar werden.

Auch in diesem Krimi, genauso wie in meinen vorherigen, beschreibe ich brutale Szenen nicht, um den Leser/innen einen gewünschten Nervenkitzel zu verschaffen, sondern weil es sich um die Realität handelt. Denn meine Fälle beruhen auf wahren Begebenheiten – ich schreibe TRUE CRIME.

Wer der Realität eines Stierkampfs nicht ins Auge sehen will, kann die nächsten zwei Kapitel einfach überspringen. Die Krimihandlung bleibt auch ohne sie genauso verständlich und spannend: lediglich das tiefere Verständnis für Spanier (vor allem bis zum Jahr 2000) und ihrer Liebe zum traditionsreichen Stierkampf wird euch fehlen.

KAPITEL 20

Nach dem Aufmarsch, der lautes Klatschen und Beifallskundgebungen auslöste, ließen sich zwei Männer auf Pferden symbolisch den Schlüssel zur Puerta de los Toriles aushändigen, dem Tor, hinter dem sich die Stiere befanden. Anschließend marschierten die Matadore mit ihren Mannschaften wieder hinaus. In der Arena herrschte erwartungsvolle Stille. Und dann stürmte er hinein, der erste Stier. Nach ein paar Metern blieb er abrupt stehen und orientierte sich. Alles sah so anders aus als auf seiner vertrauten Weide. Zudem war er die letzten Stunden vor dem Kampf in einem dunklen Stall eingesperrt worden, eine ganz besonders stressige Situation für dieses freiheitsliebende und weite Weiden gewohnte Tiere. Aber der richtige Stress begann erst jetzt.

Erstmals standen in seiner unmittelbaren Nähe Menschen, klein und beweglich, nicht auf Pferden oder in Autos. Einer von ihnen, nämlich der inzwischen ebenfalls die Arena betretende Matador schwenkte ein großes, buntes Tuch.

Maria flüsterte: »Die rote Capote ist innen gelb und soll den Stier ein bisschen nervös machen, reizen oder verwirren. Der Matador will sehen, wie sein Gegner reagiert, wie er angreift. Man sagt: Er liest den Stier.«

Dieses Kennenlern-Ritual dauerte nur ein paar Minuten. Trotzdem konnte man die Eleganz und Souveränität des Matadors und die aggressive Kampflust des Stieres deutlich erkennen. Und plötzlich fühlte ich mich, wie in meinen Träumen, als Stier: *Ja, er sollte mich lesen, mein Angriffsverhalten studieren und sich seine Gegentaktiken überlegen. Ich war der Stärkere, der viel Stärkere. Ein gezielter Stoß mit einem meiner Hörner in einer Sekunde der Unachtsamkeit und ich würde ihn besiegen, auslöschen, diesen Menschen, der mich herausforderte.*

Plötzlich ertönte ein Hornsignal und zwei Reiter kamen auf ihren gepolsterten schweren Pferden in die Arena. Sie hielten lange Speere in den behandschuhten Händen und platzierten ihre Tiere hintereinander in etwa fünf Metern Abstand. Auch die Banderilleros waren inzwischen in der Arena aktiv geworden. Sie lenkten den Stier ab, damit die Pikadores auf den Pferden ungestört einreiten konnten. Der Matador hielt sich jetzt im Hintergrund und beobachtete weiter seinen Gegner. Die drei Banderilleros dirigierten den Stier mit Rufen und Gesten zum ersten Pferd. Kampfeslustig stürmte er auf diesen vermeintlich großen Gegner zu und stieß seine Hörner in dessen weiche aber dick gepolsterte Flanke. Das Pferd schwankte kurz zur Seite. Der Stier sah sich schon als Sieger, weil sich der Feind nicht wehrte. Ahnungslos bot der Bulle so seinen ungeschützten Nacken dem wirklichen Angreifer dar. Der saß über ihm auf dem Pferd und nutzte diesen Moment: Mit voller Wucht stieß er seine Lanze von oben in den Nackenmuskel des angreifenden Stieres. Mir blieb fast das Herz stehen. Ich spürte den Schmerz selbst, sah das Blut aus der Wunde schießen und ahnte, was der Stier als Nächstes tun würde: in blinder Wut erneut den Gegner angreifen, einen vermeintlichen Gegner. Der wirkliche versetzte ihm den zweiten schweren Lanzenstich. Der Schmerz ließ das Opfer zum Berserker werden. Wieder und wieder rammte das verletzte Tier seine Hörner in den Bauch des Pferdes. Das Publikum war begeistert, klatschte und rief lobende Worte. So musste ein Stier reagieren. Mutig, stark, angriffslustig – trotz Schmerz, massivem Blutverlust und nachlassenden Kräften. Ich sah, dass der

Stier leicht schwankte; in diesem Moment griffen die Banderilleros erneut ein, machten ihn mit drohenden Gebärden und roten Tüchern auf sich aufmerksam. Er ließ von dem Pferd ab. Beide Pikadores konnten jetzt die Arena verlassen. Nach den Regeln eines Stierkampfes genügten diese zwei schweren Stichverletzungen.

Nun befand sich der Stier mit drei Banderilleros in der Mitte der Arena. Sie tänzelten um ihn herum, lockten ihn in die eine und die andere Richtung, und er schien anfangs verwirrt. Dann griff er einen Banderillero gezielt an, der hinter die Bande fliehen musste. Ein anderer reizte das Tier und lockte es wieder in die Mitte des Kampfplatzes. Dort stieß er mit einem eleganten Sprung, völlig unerwartet für den Stier, von oben einen mit bunten Bändern verzierten Spieß in dessen Schultermuskulatur. Der Stier schien kurz irritiert, attackierte dann umso wütender. Allerdings kam nun ein Angreifer von rechts, ein anderer von links. Sie waren zu dritt, letztlich überlegen, auch weil sie so schnell agierten und der massige Stier nur schwerfälliger reagieren konnte. Bei diesem Teil des Stierkampfes kam es darauf an, vier dieser bunten Spieße so in der Nackenmuskulatur zu platzieren, dass sie für den Matador kein Hindernis darstellten, wenn er den Stier später töten würde. Diese Banderilleros tänzelten also hin und her und das Publikum klatschte jedes Mal, wenn ein Spieß erfolgreich im Fleisch des Tieres versenkt worden war. Der Stier rannte mal hierhin, mal dahin und schien allmählich doch etwas geschwächt.

Und dann verließen auch die Banderilleros die Arena und es wurde wieder extrem still. Ich spürte inzwischen gar nichts mehr. Der Stier stand da, erholte sich etwas und blickte umher, suchte nach einem neuen Feind. Vielleicht hoffte er auch, dass schon alles vorbei war.

Die unheimliche Stille kündigt den Matador an. Er nähert sich jetzt dem Stier. Majestätisch schreitend, hochkonzentriert seinen Gegner im Blick. Etwa vier Meter vor dem Tier bleibt er stehen und bewegt ein kleines rotes Tuch an einem Stock, die Muleta. Anfangs registriert der Stier gar nicht, um was es geht. Dann bewegt der Matador die Muleta etwas schneller und tänzelt ebenfalls hin und her. Jetzt wird er zum Angreifer. Der Stier rast plötzlich in vollem Tempo auf den Matador zu. Der aber lässt ihn ins Leere laufen, nämlich in die Muleta. Er selbst hat seinen Körper elegant zehn oder zwanzig Zentimeter zur Seite bewegt, um das riesige Tier haarscharf an sich vorbeirasen zu lassen. Das Publikum ist begeistert, klatscht, und auch ich fühle mich erleichtert. Dieses Spiel wird nun mehrmals absolviert und der Stierkämpfer begibt sich damit wirklich in Gefahr. Er muss sich sicher sein, den Stier genau auf die Stelle zu lenken, an der er nicht mehr steht. Durch dieses ewige Hin-und-Her wird der Stier sichtbar müde, ja, er verliert sogar seine Kampflust etwas und genau das ist das Ziel – das Ende des Stierkampfes naht.

KAPiTEL 21

Der berühmteste und beste der jeweils drei oder vier
Matadore hat seinen Auftritt meistens als Letzter, sozusagen als krönender Abschluss der ersten Kämpfe. Ich
hatte Miguel fast vergessen, denn die Atmosphäre und
die bisherigen Kämpfe hielten mich in Atem und völlig
gefangen. Maria ging es wohl genauso, obwohl sie in
ihrem Leben ja schon Hunderte von Stierkämpfen gesehen
hatte. In der kurzen Pause vor Miguels Auftritt wurde
die Arena in Ordnung gebracht, der Sand geglättet und
jegliche Spuren des vorherigen Kampfes entfernt.

Maria sagte: »Jedes Mal von Neuem zieht mich der
Kampf in seinen Bann – oft der Stier mit seinem unbändi-
gen Kampfgeist, seinem Mut trotz Schmerz und Blutverlust. Ich fühle mit ihm, bewundere, wie er weitermacht,

durchhält, und für mich als Mensch ist er Vorbild. Der Matador dagegen fasziniert mich nur. Er ist der listige Überlegene – aber er setzt seine Gesundheit und sein Leben aufs Spiel. ›Warum tut er das?‹, fragen wir uns als Zuschauer. Was denkst du, Sofia?«

Ich spürte eine zunehmende Nervosität. Wie würde dieser Mann, dem ich selbst in die Augen geblickt hatte, nun dem Stier in die Augen blicken, sich mit ihm messen? Warum kämpfte er? Des Ruhmes, des Geldes wegen? Diese Antworten wollte meine Begleiterin sicher nicht hören.

»Keine Ahnung, Maria. Vielleicht hat jeder Matador andere Gründe, die alle mit seiner Kindheit zusammenhängen. Wenn ich Miguel noch mal treffen sollte, werde ich ihn fragen.«

»Tu das, Sofia, und dann erzähle es mir«, antwortete Maria und ihr Lächeln erschien mir eigenartig.

Jetzt setzte die Musik wieder ein. Bevor Miguel und seine Torerogruppe, die Cuadrilla, in die Arena marschierten, wurde es in unserer Loge lebhaft, ja unruhig. Menschen drängten sich herein und Maria flüsterte in mein Ohr: »Dreh dich nicht zu ihnen um, Sofia, aber jetzt kommen die wichtigsten Leute dieses Stierkampfes. Alles hochrangige und einflussreiche Männer mit ihren herausgeputzten Frauen und Töchtern. Auch Miguels Eltern sind heute da und sogar zwei Deutsche, wie ich sehe. Eine imposante, blonde Schönheit um die Fünfzig und ihr Begleiter, auch gutaussehend, mit blauen Augen. Kennst du die? Dreh dich aber nicht um, sonst wirst du erkannt! Ich kenne die Frau, war Freundin von Isabella, den Mann hab ich noch nie gesehen.«

Ich blieb stocksteif sitzen und starrte nach vorne. Und dann setzte sich jemand direkt hinter mich und wisperte mir ins andere Ohr: »Hallo, Sofia, schön dich in einem so dramatischen Outfit wiederzusehen. Steht dir sehr gut, dieses Flamenco-Kleid, der Hut mit Schleier – richtig geheimnisvoll, verführerisch. Willst du Miguel verführen oder etwa den Stier?«

Die letzte Frage verstand ich nicht, aber die Stimme erkannte ich wieder. Es war Miguels weiblicher Bodyguard, Michaela. Ich antwortete leise: »Ich will niemanden verführen, nur unerkannt bleiben.«

»Dich kennt doch außer deiner Begleiterin und mir sowieso niemand, oder?«

Ich blickte schnell hinter mich, um das von Maria beschriebene Paar zu begutachten. Dann sagte ich so leise ich konnte: »Doch, mich kennt die deutsche Frau da hinten.«

Tatsächlich saß Susanne Weinbauer vier Reihen hinter uns, aber noch in Miguels abgegrenztem Logenbereich.

Der Mann neben ihr war wohl der Deutsche, den Markus erwähnt hatte.

In diesem Moment schritt Miguel fast majestätisch in die Arena und blieb vor dem Platz des Präsidenten stehen. Er begrüßte zuerst ihn, dann das Publikum, indem er mit der linken Hand seinen Hut, die Montera, abnahm, hochhielt und sich verbeugte – tief in Richtung des Präsidenten, angedeutet mit einer Körperdrehung zum Publikum hin. Ein rauschartiges Klatschen von zigtausend Leuten brandete durch die Arena.

Plötzlich ließ sich Miguel von einem Banderillero etwas reichen. Wie von Zauberhand wurde es still in der Arena. Miguel hielt in der linken Hand seinen Hut, mit der rechten zuerst einen schwarz-roten Fächer, dann Kastagnetten in die Höhe. Die Stille in der Arena erschien mir lauter als der tosende Beifall zuvor.

Miguels tiefe Stimme durchschnitt die Stille: »Ich widme diesen Kampf meiner geliebten Isabella, die so jung sterben musste, weil sie mich glücklich gemacht hat.«

Maria zerquetschte mir fast den Arm. Ich spürte ihre Hand trotzdem zittern und hinter mir hauchte Michaela: »Das war ein Fehler. Das hätte er nicht wagen dürfen. Er beschuldigt Spanier, die ihn verehren, ohne Namen zu nennen. Trotzdem fühlen sich viele angesprochen, denn viele haben ihn wegen dieser Liebe verflucht oder verachtet.«

Ich sagte nichts, aber mein Puls schlug so hart und laut, dass er in meinen Ohren dröhnte.

Mit Trauer in seiner Stimme winkte Miguel nun leicht zu mir hoch und sagte Worte, die den Skandal vervollständigten: »Ich begrüße eine deutsche Freundin von Isabella, die ihr auch die letzte Ehre erweisen will und damit auch mir, dem Mann, der Isabella geliebt hat.«

Jetzt begann ein Pfeifkonzert, Buhrufe und ähnliche verärgerte Bekundungen. In unserer Loge herrschte dagegen absolute Stille, aber ich ahnte, warum Michaela so nah bei uns saß. Miguel hatte sie als Schutz für mich abgeordnet und das Publikum wusste das, denn sein deutscher, weiblicher Bodyguard war wohl vielen Menschen bekannt. Offensichtlich war das von Miguel auch gewollt. Er schien es zu lieben, ungeschriebene Regeln zu brechen, egal womit oder durch wen.

Maria hatte sich gefangen und sagte: »Das ist typisch für Miguel, er hält sich nur an die absolut notwendigen Regeln eines Stierkampfes, ansonsten stellt er seine eigenen auf. Eigentlich erfolgt die Widmung des Kampfes, besser des Stieres, vor dem dritten Teil, also seinem persönlichen Duell mit dem Stier. Vielleicht wollte er mehr Zeit und seine Cuadrilla an der Seite.«

Ohne weitere Verzögerung begann dann der Kampf. Und was für ein Kampf! Dieser Stier raste mit einem Karacho in die Arena, das mir fast schlecht wurde. Wild, zornig und gefährlich. Er stoppte abrupt vor der 1,60 Meter hohen Holzwand, der Barrera, erkannte vielleicht die vielen Menschen dahinter, drehte sich unerwartet schnell um und rannte auf einen der Banderilleros zu. Dieser hatte mit dem plötzlichen Angriff wohl nicht gerechnet. In letzter Sekunde konnte er sich mit einem Sprung über die Holzbande retten. Die anderen Banderilleros versuchten sofort, den Stier abzulenken, wedelten mit ihren großen roten Capotes hin und her, aber das Tier ließ wutentbrannt seine Hörner gegen die hölzerne Umrandung krachen. Das Publikum kreischte vor Schreck und Freude. So ein wilder, kampfeslustiger Stier wurde sofort zum Liebling der Zuschauer, versprach er doch einen Stierkampf auf hohem Niveau. Allerdings mussten die Hörner für einen erfolgreichen Stierkampf intakt sein, wie mir Maria sofort erklärte: »Hoffentlich sind seine Hörner nicht verletzt worden bei diesem Angriff gegen die Holzbande. Das würde den Kampf beeinträchtigen. Es müsste sogar ein anderer Stier eingesetzt werden.«

Aber offensichtlich waren die Hörner dieses Kampfstieres unverletzt geblieben, auch nach einem zweiten, weniger kräftigen Stoß gegen die Holzwände. Ein Sachverständiger, der neben dem Präsidenten saß, hatte das anscheinend schnell und professionell per Fernglas begutachtet. Dann erfolgte das Ablenkungsmanöver der Banderilleros, damit die Pikadores einreiten konnten. Beide positionierten ihre Pferde auf den vorgezeichneten Plätzen. Kaum hatte der Stier sie erblickt, stürmte er mit gesenktem Kopf und rasanten Tempo gegen das erste Pferd. Die Wucht des Angriffs brachte das Reittier zum Straucheln und der Pikador war nicht in der Lage, die Lanze im Nacken des Stiers zu versenken. Dieser ließ sich zwar kurzfristig von den Banderilleros ablenken, stürmte dann aber erneut auf das Pferd zu.

Diesmal allerdings war der Pikador schneller und stieß seinen Speer tief in die Nackenmuskulatur des Angreifers. So tief, dass die Waffe stecken blieb. Das Publikum klatschte, und der Stier griff wieder und wieder die Flanke des Pferdes an. Die Banderilleros brauchten Minuten, um ihn von diesem Opfer abzulenken, dessen Reiter ja keine Waffe mehr hatte. Schließlich waren sie erfolgreich: Der Stier hatte das zweite Pferd als Feind erkannt. Wutentbrannt stürzte er sich nun auf den neuen Gegner und rammte ihm die spitzen Hörner in die dick gepolsterte Bauchseite. Dieser Pikador hatte das Dilemma seines Kollegen ja verfolgt und setzte frühzeitig zum Stoß an. Er stieß seinen Speer im richtigen Moment in die andere Seite des Nackens und zwar mit solcher Wucht, dass auch der Stier etwas in die Knie ging und schwankte.

Blut schoss aus der tiefen Wunde.

Der Bulle hatte sich aber schnell gefangen und griff erneut das Pferd an. Dieses Mal packte der Pikador den Speer des Kollegen und zog ihn aus der Nackenmuskulatur. Ich zuckte zusammen, spürte den fast unerträglichen Schmerz und eine massive Wut auf die Verursacher. Sie waren in der Überzahl und bewaffnet. Die drei Banderilleros tänzelten nun um den blutenden Stier herum, lockten ihn in die Mitte der Arena und versuchten abwechselnd, ihre dünneren Speere in seine Muskeln zu stoßen. Und wieder klatschte das Publikum lautstark bei jedem erfolgreich platzierten Speer.

Wie erwartet griff der Stier die neuen Feinde mit dem gleichen Mut, der gleichen Ausdauer an wie vorher die Pikadores. Allerdings waren die Banderilleros gewarnt, wussten, dass dieses Tier höchste Konzentration und Zusammenarbeit erforderte. Sie hetzten den Stier in alle Richtungen und versenkten ihre vier Speere schneller als üblich in seinem Rücken. Pfiffe des Publikums waren die Folge. Jeder wusste, dass sie ihr Risiko minimierten, dadurch aber Miguel ein größeres überließen. Als die Banderilleros sich zurückzogen, wirkte der Stier weder müde noch besonders beeindruckt von seinen Wunden. Erstmals bekam ich Angst um den Matador.

Miguel hatte hinter der Bande den bisherigen Verlauf des Kampfes beobachtet. Ihm war klar, mit wem er es zu tun hatte: einem kaum geschwächten, höchst aggressiven und kampfbereiten Stier. Er näherte sich langsam und mit würdevollem Schritt seinem Gegner. Miguel war noch etwa zehn Meter entfernt, als das gereizte Tier seinen neuen Feind erblickte. Es schien unsicher. War das überhaupt ein Feind? So still und klein in sicherer Entfernung vor ihm stehend? In diesem Moment bewegte Miguel ganz leicht seine rote Muleta und machte einen weiteren Schritt nach vorn. Jetzt war er eindeutig zum Angreifer geworden. Der Stier rannte auf ihn zu, wuchtig, schnell, gefährlich. Mir stockte der Atem. Es herrschte absolute Stille in der Arena. Miguel bewegte sich kaum. Ging einen minimalen Schritt zur Seite. Der Stier rannte durch die Muleta, nur ein paar Zentimeter an Miguels Körper vorbei. Erleichtertes Klatschen war die Reaktion der Menge. Miguels Aufgabe war es nun, den Stier durch diese mehrmaligen Manöver müde zu machen, müde oder erschöpft durch den bereits erfolgten Blutverlust und die ständige Bewegung.

In den nächsten Minuten – mir kamen sie ewig vor – dirigierte Miguel den Stier mit leichten Bewegungen der Muleta hin und her, aber so nah an seinem Körper vorbei, dass jedem in der Arena die tödliche Gefahr bewusst war.

Natürlich war das ein Schauspiel, eine durch und durch reglementierte Choreografie. Trotzdem wurden immer wieder Matadore verletzt, die es nicht genau berechnet hatten, den Stier nicht so perfekt lesen konnten und deshalb von seinen Hörnern erwischt, in die Luft gewirbelt und meist schwer verletzt wurden.

Ich wusste inzwischen, dass Miguel genau den Moment abpassen musste, in dem der Stier erschöpft seinen Kopf senkte und er ihm mit einem eigens dafür hergestellten Dolch den Todesstoß versetzen konnte. Im richtigen Moment die richtige Stelle im Nacken des Stieres zu treffen, um dessen Leben und Leiden ein gnädiges Ende zu bereiten, das war die Aufgabe des Matadors. Die guten, wie Miguel, waren fast immer beim ersten Dolchstoß erfolgreich, trafen die Halsschlagader und ermöglichten dem Tier einen schnellen Tod. Dieser Moment hieß schon bei Hemingway ›der Augenblick der Wahrheit‹ und war vielen Matadoren zum Verhängnis geworden. Standen sie doch ungeschützt extrem nah vor dem gesenkten Kopf des Stieres mit seinen tödlichen Hörnern.

Wieder flüsterte mir Maria etwas zu: »Dieser Stier ist zäher und deshalb gefährlicher als viele andere. Ich bete für Miguel.«

Und obwohl ich nicht so fromm wie die Spanier war, betete auch ich für ihn.

Eigenartigerweise redete Miguel jetzt mit dem Stier, sprach immer wieder ein paar Worte, die niemand im Publikum verstehen konnte. Und er genoss die Gefahr, das war deutlich zu spüren: Einige Male ging er, dem Stier den Rücken zugewandt, provokant langsam davon. Hätte sein Gegner in diesem Moment mit voller Wucht den Angriff gestartet, wäre Miguel verloren gewesen. Offensichtlich aber konnte er den Schwächezustand des Stieres und dessen Reaktionen genau einschätzen. Außerdem hatte ich das Gefühl, dass Miguel das Tier mit seiner Stimme, seinen Worten beruhigte, sodass es ihn nicht mehr als gefährlichen Angreifer ansah und weggehen ließ.

KAPITEL 22

Und dann kam dieser besondere Moment, in dem der Stier vor dem Matador stand, mit gesenktem Kopf, erschöpft und vielleicht innerlich bereit aufzugeben. Miguel hielt schon den Dolch in der Hand. In diesem Augenblick schrie das Publikum Worte, die ich nicht verstand, die aber die Begnadigung forderten.

Erst jetzt erfuhr ich, dass so wilde und mutige Kampfstiere wie dieses Tier hier begnadigt werden konnten. Das hieß, wenn das Publikum es forderte und der Präsident diesen Wunsch akzeptierte, dann konnte er den Kampf beenden, bevor der Matador den Stier tötete.

Ohne langes Zögern hob der Präsident eine weiße Fahne in die Höhe und Miguel senkte seine Hand mit dem Dolch. In Sekundenschnelle waren die Banderilleros zur

Stelle und lenkten den Stier weg von Miguel. Der marschierte nun zu der Stelle, an der er vorher das Publikum begrüßt hatte. Während der Stier von den Banderilleros in Richtung Stall gelockt wurde, verbeugte sich Miguel vor den klatschenden Zuschauern und dem Präsidenten. Er nickte kurz zu uns in der Gäste-Loge hinüber. Der Beifall, den er bekam, war laut, aber, wie Maria mir zuflüsterte, nicht so frenetisch wie sonst. Ob das daran lag, dass der Stierkampf nicht mit einem perfekt gesetzten Dolchstoß beendet worden war, oder daran, dass Miguel das Publikum durch seinen anfänglichen Auftritt verärgert hatte, blieb unklar für mich. Wahrscheinlich wollte er das Publikum mit seiner deutlich herausgestellten Liebe zu Isabella sogar bewusst verärgern, ihnen zeigen, dass er auch ein liebender und jetzt tieftrauriger Mann war – nicht nur ein begnadeter Matador.

Was ich allerdings deutlich gesehen hatte, war, dass Miguel sich mit einem zufriedenen Lächeln von seinem Gegner abgewandt hatte, nachdem der Präsident dessen Begnadigung signalisiert hatte. Vorher hatte er noch zwei oder drei Sätze in Richtung des Stiers gesprochen, und obwohl ich sie nicht verstanden hatte, fühlte ich, was sie bedeuten sollten: »Gut gemacht, mein Lieber, ein schönes Leben in Freiheit mit vielen Kühen wartet auf dich. Du hast es dir verdient, deine Nachkommen werden wundervolle Kämpfer werden.«

Denn Maria hatte mir vorher schon erklärt: »Es ist gut, dass dieser unerschrockene Stier der Vater wertvoller Nachkommen werden wird. Solche Stiere brauchen die Züchter.«

Miguel verließ die Arena schnell, ohne eine Ehrenrunde zu absolvieren. Maria fragte: »Hast du sein zufriedenes Lächeln gesehen, Sofia?«

Ich hatte mir das also nicht eingebildet und in diesem Moment hörte ich Michaelas Worte in meinem Nacken: »Miguel liebt jeden Stier, aber am meisten die unerbittlich wilden Kämpfer. Ihre Begnadigung bedeutet für ihn, dass die Gene des Stieres weitergegeben werden, und das erfreut seine Stierkämpferseele mehr als ein perfekt vollendeter Kampf.«

Irgendwie hatte ich plötzlich das Gefühl, dass ich von Frauen umringt war, die alle wussten, was in Miguel vorging, denn jetzt kam auch noch Susanne Weinbauer auf uns zu. Erstaunlicherweise sprach sie mich mit meinem Nachnamen an: »Hallo, Frau Weber, wusste gar nicht, dass Sie ein Fan von Corridas sind und mit Isabella befreundet waren. Miguel schien ja erleichtert, dass der Stier begnadigt wurde. Seine öffentliche Liebeserklärung für Isabella macht weder ihren Tod noch seine Mitschuld ungeschehen.«

Dann warf sie Maria einen kühlen Blick zu, nickte leicht und wandte sie sich zum Gehen, ohne meine Reaktion oder Antwort abzuwarten.

Michaela verschwand auch sehr schnell. Offensichtlich hatte ich mich getäuscht. Sie war nicht hier, um mich zu beschützen, sondern um Susanne Weinbauer zu beschatten. Marias Worte bestätigten diesen Verdacht: »Miguel glaubt, dass Isabella von Deutschen ermordet wurde oder von Spaniern im Auftrag von Deutschen. Das habe ich von seiner Putzfrau gehört, die hat neulich aus Versehen ein lautstarkes Gespräch zwischen Isabellas Vater und Miguel mitgehört. Miguel soll zu ihm gesagt haben: ›Suchen Sie den Mörder Ihrer Tochter nicht bei den Menschen, die mich verehren oder lieben, sondern unter denen, die Isabella gehasst haben. Spanier, aber auch Deutsche, die hier in Spanien herumgeistern.‹«

Mir fiel in diesem Moment nur Susanne ein, die Isabella ja öfters in Spanien besucht hatte. Plötzlich aber dachte ich daran, dass auch Michaela eine Deutsche war, Miguel sie aber anscheinend überhaupt nicht verdächtigte, denn sonst hätte er sie zumindest entlassen. Offensichtlich war dieser Stierkämpfer von Frauen umzingelt, die alle sein Bestes wollten und in deren Augen Isabella absolut nicht das Beste war. Und langsam hatte ich den Verdacht, dass meine Vermieterin auch zu diesen Frauen gehörte.

Warum hatte sie Kontakt zu Miguels Putzfrau? Sie hatte es beiläufig erwähnt, als wäre es eine Selbstverständlichkeit. Allerdings stammte Maria aus demselben Dorf wie Miguel und unser Kommissar Pablo, wie Markus gestern nebenbei erwähnt hatte. Und mir war schon aufgefallen, dass die ehemalige Flamenco-Lehrerin einfach alles und jeden zu kennen schien.

»Warum haben die Spanier Isabella überhaupt gehasst?«, fragte ich Maria. Ihre Antwort überzeugte mich: »Weil mehrere Zeitungen davon berichtet haben, dass sie Stierkampfgegnerin ist und Miguel vom Stierkampf weg nach Deutschland locken will.«

Ich musste unbedingt mit Markus sprechen und von ihm hören, wie weit die Ermittlungen fortgeschritten waren, bevor Pablo und er zu dem anderen Fall abberufen worden waren, und wer inzwischen überhaupt als Verdächtiger oder Verdächtige galt. Vielleicht hatte ja ein völlig unbekannter Fremder, ein glühender Stierkampfanhänger, Isabella umgebracht, um Sevilla den besten Stierkämpfer, den die Stadt je gesehen hatte, zu erhalten.

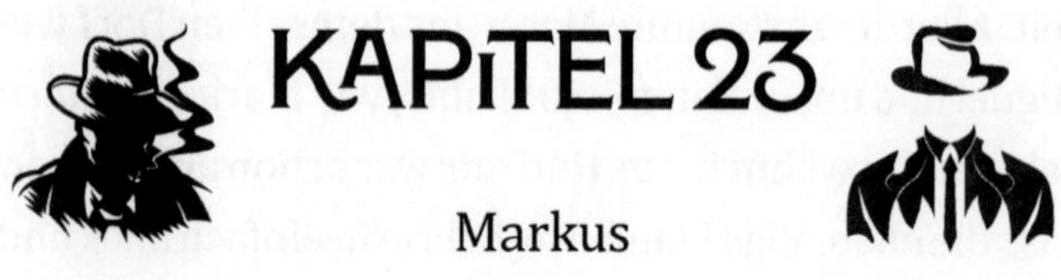

KAPITEL 23

Markus

Samstag, 30. März

Als wir durch das riesige, altmodische Tor der Finca Zahara fuhren, hatte ich das Gefühl, in die Vergangenheit zu reisen. Die endlosen Weiden, die Männer auf Pferden und die riesigen Stallungen in weiter Ferne – eben für diese Pferde und Zuchtkühe – ließen Erinnerungen an Westernfilme aus meiner Jugend hochkommen. Selbst wenn wir uns in Andalusien befanden, war das Leben hier mit dem Cowboyleben in diesen Filmen vergleichbar. Auch auf dieser Ranch beaufsichtigten Männer auf Pferden Viehherden, beschützten sie zwar nicht vor Viehdieben, aber vor anderen Gefahren. Hier wurden sehr teure Kampfstiere der Extraklasse in einem Paradies aufgezogen. Sie kannten nur ihre riesigen Weiden, keinen

Stall, keine Enge, und ihre Nahrung war so üppig, dass ihr Fell glänzte, wenn man sie ein wenig aus der Nähe betrachten konnte. Das war allerdings nur mit einem bestimmten Aufwand möglich. Pablo hatte mir erklärt, dass man lediglich mit Autos in ihre Nähe fahren könne oder eben auf Pferden an die Zäune heranreiten dürfe.

Diese Stiere lebten in wunderbarer Freiheit bis zum Tag ihres Todes und viele Spanier waren der Meinung, dass auch ihr Tod in der Stierkampfarena paradiesisch war im Vergleich zu den ekelhaften Schlachthöfen, in denen sich seit Jahrzehnten nichts verbessert hatte. Ein Kampfstier genoss sein Luxusleben und starb in Würde, nämlich im Kampf. Pablo hatte mir auf der Hinreise all diese Gedanken und Vorstellungen, aber auch Fakten über das Leben auf einer der größten und berühmtesten Stierzuchtfarmen Spaniens erzählt. Wie viele seiner Landsleute war auch er ein absoluter Fan der Corrida de Toros, dieser uralten Tradition.

»Glaube mir, mein deutscher Freund, ein Kampfstier leidet in der Arena vielleicht fünfzehn Minuten, und die Schmerzen merkt er kaum, weil er sich im Kampfstress befindet. Die normalen Stiere, Ochsen oder Kühe aber leiden tagtäglich, erst jahrelang in der Enge ihrer Stallungen, im Mist stehend, und später eingepfercht auf dem Weg zum Schlachthof in engsten Lastwagen, stundenlang, ohne Flüssigkeit und bei sengender Hitze.«

Er zeigte auf die riesigen Weideflächen, die sich rechts und links des Weges zur Finca ausbreiteten und erklärte dann: »Auf diesen Zuchtfarmen für Kampfstiere hat jeder Bulle ein eigenes Areal von über tausend Quadratmetern nur für sich, denn Stiere haben ein immenses Platzbedürfnis, brauchen diese Weiten, sind scheue Herdentiere. Sie sehen ihre Artgenossen und hören sie, auch wenn sie durch Zäune von den anderen getrennt leben. Doch ohne die Zäune würden sie miteinander kämpfen und ihre Kräfte messen. Ihre Hörner könnten verletzt werden; die müssen aber beim Stierkampf intakt sein.«

Wir näherten uns den Wohngebäuden der Züchterfamilie. Seit mehr als zweihundert Jahren existierte diese Stierzuchtfarm; die jetzigen Besitzer waren die Söhne des alten Herrn, der uns nun empfing. Er stand lässig und selbstbewusst etwa auf der Mitte einer Treppe zur großen Eingangstür.

»Hola, Comisario Pablo!«, waren seine ersten Worte. Die verstand ich noch; die folgenden allerdings nur noch bruchstückhaft, denn er redete schnell und im andalusischen Dialekt, der viele für mich unbekannte Ausdrücke enthielt.

Er begrüßte mich erst, nachdem Pablo mich vorgestellt hatte, tat vorher so, als ob ich der Fahrer des Autos wäre, obwohl mein Kollege ja am Steuer gesessen hatte. Der Alte wirkte wie ein herrschsüchtiger Despot auf mich und nicht wie ein gastfreundlicher spanischer Hausherr. Vielleicht kam mir das auch nur so vor, denn er erinnerte mich stark an meinen Vater.

Wir gingen hinter ihm ins Haus und Pablo raunte mir zu: »Er tut nur so arrogant, ist aber ganz in Ordnung, denk dir nichts.«

Dann berichtete Alfonso Romero – so der Name des vermeintlichen Desposten – im großen Salon bei eisgekühltem Zitronentee über den Mord an seinem besten Stierpfleger, Fernando Lopez. Sie hätten ihn heute früh im Stall gefunden. Von einer trächtigen Kuh zerquetscht und zertrampelt – sowohl er, der Hausherr, als auch seine Söhne, die im Moment mit ihren Pferden auf der Weide beschäftigt seien, hätten sofort erkannt, dass es sich um einen Mord handeln musste. Es sei undenkbar, dass dieser erfahrene Mayoral, also ein Stierexperte, sich so unvorsichtig in den Stall einer trächtigen Kuh begeben hätte. Fernando hätte besser als jeder andere gewusst, wie er mit seinen Zuchtkühen und Stieren umgehen müsse, hätte niemals freiwillig einen so engen Stall betreten. Außerdem sei die Stalltür von außen verriegelt worden und an seinen Handgelenken hätten der Hausherr und seine Söhne schon von Weitem Fesselspuren entdeckt.

»Vielleicht hat man ihn sogar betäubt. Jedenfalls kann diesen heimtückischen Mord nur die Mordkommission aus Sevilla richtig aufklären. Deshalb haben wir das Commissariat sofort verständigt. Die örtliche Polizei hat nur die Spurensicherung geschickt.«

Pablo übersetzte mir kurz Romeros Worte. Der Hausherr führte aus, dass er keinerlei Verdacht habe, was die Identität oder die Motive des Täters angehe, denn der Oberhirte sei ein zurückhaltender, freundlicher Mann gewesen, der weder Freunde noch Feinde gehabt habe. Er habe seine Arbeit schon seit vielen Jahren einwandfrei geleistet und sei der Familie loyal ergeben gewesen. Allerdings könne es sein, dass Fernando in Sevilla dubiose Freunde hatte; er sei im letzten halben Jahr öfters am Wochenende in die Stadt gefahren.

Ich bat Pablo, Romero zu fragen, ob Fernando Lopez Isabella gekannt hatte. Bei der Erwähnung ihres Namens verfinsterte sich das Gesicht des Hausherrn. Ich verstand seine Worte dieses Mal perfekt, denn er sprach deutlich, laut und ohne Dialekt. Zwar sah er mich nicht an, aber er wollte wohl, dass ich ihn verstand.

»Diese Isabella hat drei Wochen hier gelebt, als sie frisch aus Deutschland nach Spanien gezogen war. Ich kenne ihren Vater aus der Schulzeit. Hier hat sie Miguel kennengelernt. Als Paar waren die beiden dann nur zweimal hier, einmal zur Tienta de Vacas im April letzten Jahres und einmal zur Geburtstagsfeier meines jüngeren Sohnes, Esteban, im Februar. Selbstverständlich kannte sie Fernando, hat öfters ein paar Worte mit ihm gewechselt. Ob sie ihn Sevilla getroffen hat, weiß ich nicht, kann mir das eher nicht vorstellen. Aber bei Frauen, und erst recht bei deutschen Frauen, weiß man das nie.«

Pablo nickte, ohne eine Antwort zu geben, und schrieb sich ein paar Notizen auf seinen Block. Dann zeigte uns eine Bedienstete unsere Zimmer. Diese lagen im ersten Stock nebeneinander und aus den Fenstern hatten wir einen unbeschreiblich schönen Blick auf die riesigen Weiden und, in weiter Ferne, auch auf die Stiere.

Pablo begann noch am selben Nachmittag mit den Verhören. Ich ließ ihn diese allein durchführen und erholte mich etwas von der langen Autofahrt bei ungewohnter Hitze. Das Thermometer zeigte 28° im Schatten an. Ich war diese Temperaturen nicht gewohnt, fürchtete einen Migräneanfall. Als ich Sofia anrief, meldete sie sich nicht. Sie tat mir leid, musste sie doch nun allein zu ihrem ersten Stierkampf gehen. Und ich konnte mir womöglich gar keinen ansehen, denn bis zum nächsten Wochenende würden wir nicht in Sevilla bleiben. Sofia hatte nur eine Woche Urlaub genommen und mein Chef würde auch nicht wollen, dass ich die Ermittlungen in Spanien länger als ein paar Tage begleitete.

Anscheinend war ich eingeschlafen, denn als es gegen 19:00 Uhr an meiner Zimmertür klopfte, fuhr ich erschrocken hoch. Draußen war es schon schummrig. Pablo kam herein und setzte sich auf einen der zwei Sessel in meinem Zimmer. Er zog seinen Notizblock heraus und berichtete: »Also, Markus, alle Befragten haben Alibis – nicht überprüft, aber glaubhaft. Keiner weiß etwas, aber alle verheimlichen vielleicht etwas.«

»Wie kommst du darauf?«, fragte ich ihn, inzwischen vollkommen wach und auch fit.

»Nur ein Gefühl, aber meine Gefühle sind gut, oft richtig.«

Ja, das ging mir auch so. Und trotzdem halfen uns unsere Gefühle kein bisschen weiter. Pablo fuhr fort: »Auffällig war, dass ein Dienstmädchen eine blonde Deutsche erwähnt hat – nicht Isabella, anderen Namen und älter. Ich glaube, wir müssen den Besitzer fragen, ob deine Susanne – wie war ihr Nachname noch mal? – hier war.«

»Ja, das wäre eigenartig, aber möglich. Diese Tienta de Vacas ist doch ein besonderes Ereignis, oder? Die Auswahl der Zuchtkühe für die nächste Kampfstiergeneration, ist das so?«

»Ja, ein Ereignis oder besser ein Fest für Freunde der Familie und berühmte Toreros. Zuchtkühe sind sehr wichtig, ihre Auswahl ist fast so bedeutsam wie die der Zuchtstiere.«

Ich konnte mir vorstellen, dass Susanne so ein Fest unbedingt hatte miterleben wollen und dass Isabella ihre Freundin zu diesem Event mitgenommen hatte. Aber waren die zwei überhaupt wirklich Freundinnen? Das mussten wir klären. Ich bat Pablo, das Dienstmädchen noch einmal in meinem Beisein zu verhören.

Die Gute war sichtlich nervös, fast ängstlich, als sie nochmals und dann auch noch von zwei Kommissaren verhört wurde. Ich ließ mein Aufnahmegerät mitlaufen, eher heimlich. Pablo sah es, sagte aber nichts.

Das Mädchen gab auf gezielte Befragung an, dass eine blonde Deutsche um die Fünfzig nicht zusammen mit Isabella und Miguel, sondern allein in einem Leihauto erschienen sei. Sie sei vom älteren Sohn des Hauses eingeladen worden; jedenfalls habe sie während ihres Aufenthalts öfter mit ihm geredet und während der Mahlzeiten neben ihm gesessen. Das Dienstmädchen habe nur die Gäste im Speisesalon bedient, nicht draußen während Miguels Aktivitäten in der hauseigenen Arena. Sie gab uns den Namen einer anderen Angestellten, die für die Betreuung der Gäste draußen und in ihren Zimmern zuständig gewesen wäre. Ich bat Pablo, auch dieses Mädchen nochmals zu verhören. Dieser kommentierte: »Ich lerne deutsche Gründlichkeit.«

Ich dachte, *da lernst du was Gutes*, sagte allerdings nichts und lächelte nur höflich.

Und dann hatten wir tatsächlich Erfolg. Dieses Mädchen berichtete, dass die blonde Frau mit dem älteren Sohn gestritten hätte, und zwar in ihrem Zimmer.

»Es ging um Miguel und Isabella. Ich habe die Namen gehört, aber nicht, um was es genau ging. Aber an zwei Worte kann ich mich erinnern: ›Karriere zerstören und viel Geld verlieren.‹«

Wir waren zufrieden. Pablo machte sich Notizen für die Vernehmung des älteren Sohnes, Enrique Romero. Wir hatten mit ihm nach dem Abendessen einen Termin ausgemacht. Er bestätigte die Bekanntschaft mit Susanne Weinbauer, und damit unsere Vermutung bezüglich der Identität der blonden Deutschen. Er habe sie anlässlich eines Stierkampfes in Sevilla kennengelernt. Damals sei sie mit Isabella in Miguels Loge gesessen. Die beiden Frauen seien zu der Zeit gut befreundet gewesen, das habe sich aber dann geändert. Er wisse nicht, warum.

»Susanne hat mich um eine Einladung zur Tienta gebeten, wollte dieses Event mal erleben, ich habe nicht ablehnen können.«

Ohne mit der Wimper zu zucken, fragte Pablo: »Warst du intim mit Susanne?«

»Einmal«, war die knappe Antwort. Ich war überrascht, dass die beiden sich duzten und offensichtlich gut kannten.

Pablo fuhr fort: »Hattest du einen Streit auf dem Zimmer der Deutschen?«

Enrique zuckte kurz zusammen, antwortete dann aber ziemlich ruhig: »Ja, das hatten wir. Sie wollte, dass Isabella und Miguel heiraten und er mit ihr nach Deutschland zieht, das heißt, er sollte mit dem Stierkampf aufhören. Isabella hatte großen Einfluss auf Miguel und Susanne auf Isabella. Ich habe Miguel abgeraten, als Freund und Geschäftsmann. Er wäre in Deutschland ein Niemand gewesen, hat zwar genug Geld, um dort gut leben zu können, aber ihm hätte sicher der Stierkampf und das Gefühl der Arena gefehlt. Er braucht den Applaus des Publikums, das ihn verehrt. Und er braucht edle Kampfstiere. Ich habe das Susanne erklärt und vorher auch schon Isabella. Beide Frauen waren aber völlig uneinsichtig.«

Pablo nickte. Nach dem Verhör sagte er zu mir: »Das wirst du alles nicht verstehen, aber das ist Mordmotiv in Spanien. Mordmotiv für Tötung von Isabella, nicht von diesem Stierpfleger. Vielleicht hängen die Fälle gar nicht zusammen.«

Ich sah das anders. Die zeitliche Nähe und das identische Milieu erschienen mir verdächtig. Vielleicht hatte dieser Fernando irgendetwas gehört oder gesehen, was er dann ausgenutzt hatte, zum Beispiel im Sinne von Erpressung. Er hatte zwar neben den Stallungen gewohnt und nicht im Haus, wo die Gäste untergebracht waren, aber auch dort konnte er Gespräche mitgehört haben.

Kurze Zeit später bekamen wir allerdings die Antwort von dem jüngeren Sohn, Esteban Romero. Dieser erschien mir beim Verhör unsicherer und nervöser als sein Bruder. Ich hatte Pablo gebeten, ihn nur in meiner Gegenwart zu verhören und wollte im Anschluss noch Fragen stellen, die mir vielleicht einfallen würden.

Esteban hatte laut Angaben seines Vaters ein engeres Verhältnis zu dem Toten gehabt. Pablos erste Frage zielte also darauf ab: »Hola, Esteban, dein Vater hat uns erzählt, dass du dem Toten näherstandest als die übrige Familie. Weißt du etwas, das mit seinem Tod zu tun haben könnte?«

Esteban nickte. »Ja, wir waren Freunde, schon seit meiner Jugend, als Fernando hier anfing. Er war nur sechs Jahre älter als ich, aber schon erfahren im Umgang mit Kampfstieren. Er war mein Lehrer und mein Freund. In letzter Zeit hat er sich allerdings verändert, hatte Angst vor jemandem, vielleicht vor jemandem aus Sevilla. Seit etwa vier Monaten ist er öfters in die Stadt gefahren, meistens am Wochenende, und er schien zunächst verliebt und glücklich. Dann, vor etwa drei Wochen, wirkte er völlig verändert, ruhig, schweigsam, und als ich ihn gefragt habe, ob er Ärger hätte, hat er nur genickt, nichts Genaues gesagt. Heute tut es mir leid, dass ich nicht in ihn gedrungen bin, mehr nachgefragt habe. Vielleicht hätte ich seinen Tod verhindern können.«

In etwa verstand ich seine Worte in groben Zügen, aber Pablo übersetzte sie mir noch einmal am Ende des Verhörs. Ich bat ihn, Esteban zu fragen, ob er Isabella näher gekannt hatte. Der Mann verneinte diese Frage. Er habe sie in den drei Wochen, in denen sie auf der Farm gelebt habe, nur selten gesehen und nur zwei- oder dreimal ein paar Worte mit ihr gewechselt. Der Tote habe sie auch nicht näher gekannt, das hätte Fernando ihm bestimmt erzählt, denn sie hätten sich öfters über die Liebesbeziehung zwischen Isabella und Miguel unterhalten. Das Verhältnis sei Tagesgespräch in Züchterkreisen und bei den Toreros gewesen.

Dann sagte Esteban einen Satz, der Pablo und mich hellhörig machte: »Sie war eine verführerische, rothaarige Schönheit, die den Flamenco teuflisch gut tanzte. Wir haben sie einmal tanzen gesehen, mein Bruder und ich, und waren fasziniert. Wenn sie nicht mit Miguel befreundet gewesen wäre, hätten wir uns vielleicht an sie rangemacht. So haben wir jeden privaten Kontakt vermieden, vor allem aber auch, weil mein Vater sie als rotes Gift bezeichnet hat, die Miguel verderbe und vom Stierkampf wegbringen wolle.«

Pablo hakte sofort nach und fragte Esteban, ob er zwischen beiden Morden einen Zusammenhang vermute. Wer könnte den Tod seines Freundes verschuldet haben?

Esteban versuchte offensichtlich, sein Wissen zu verschleiern; er wartete zu lange mit der Antwort und sprach dann sehr schnell, fast hektisch: »Keine Ahnung, habe selbst schon viel überlegt. Muss jemand sein, der sich in den Stallungen auskennt, das Verhalten von Kühen auch abschätzen kann. Oder jemand hat dem Mörder geholfen, mit Ratschlägen. Vielleicht gibt es einen Zusammenhang, ich weiß es nicht.«

Pablo nickte. »Ja, deswegen meine Frage.«

Esteban biss sich auf die Lippe, Schweißperlen standen auf seiner Stirn, aber er schwieg.

Pablo schwieg auch und wartete. Die Stille wurde unerträglich. Und dann platzte es aus Esteban heraus: »Ich habe in der Nacht Frauenstimmen gehört, an dem Abend, und zwar draußen. Es war schon gegen 1:30 Uhr oder noch später. Ich hatte schon geschlafen, dachte, es wären zwei Dienstmädchen, die heimkamen, bin wieder eingeschlafen, konnte nicht ahnen, dass Fernando Gefahr droht.«

Pablo und ich waren sprachlos. Mein spanischer Kollege fing sich zuerst: »Sprachen die Frauen Spanisch?«

»Das kann ich nicht sagen, habe ihre Worte nicht verstanden, nur Frauenstimmen gehört.«

Pablo bedankte sich bei Esteban, beendete für heute die Vernehmungen und ging mit auf mein Zimmer. Dort sagte er: »Inzwischen glaube ich doch, dass die beiden Mordfälle in einem Zusammenhang stehen. Es könnte also auch hier eine Mörderin am Werke gewesen sein. Dienstmädchen der Romeros sind als Täterinnen sehr unwahrscheinlich. Morgenvormittag müssen wir die übrigen Stierpfleger verhören und versuchen, von ihnen die Fingerabdrücke zu bekommen. Und nachmittags, zurück in Sevilla, befragen wir nochmals die Flamenco-Tänzerinnen, Lehrerinnen und Susanne Weinbauer.«

»Und Michaela Meyer«, fügte ich hinzu und dachte: *So wie Sofia sie beschrieben hat, ist sie ganz besonders. Sie besitzt sicher mehr Kraft als die zierlichen, spanischen Frauen.*

KAPITEL 24

Sonntag, 01. April

Die Vernehmung der »Cowboys« ergab keinerlei Neuigkeiten. Alle bestätigten, dass Fernando ein ruhiger, fast kontaktscheuer Einzelgänger gewesen sei, der zwar ein guter und kompetenter Vorgesetzter gewesen wäre, aber mit niemandem von ihnen privaten Kontakt gehabt hätte. Sie ließen uns ohne Murren ihre Fingerabdrücke nehmen und schienen durchwegs kooperativ und ehrlich zu sein.

Anschließend fuhren wir zurück nach Sevilla. Am frühen Nachmittag verhörten wir erneut Susanne Weinbauer. Pablo hatte einen Kollegen beauftragt, sie ins Kommissariat zu bitten. Wir versuchten, sie in Widersprüche zu verwickeln oder ihr Insiderinformationen zu entlocken, scheiterten allerdings an ihrer Professionalität.

Sie bestätigte, dass sie Isabella geraten habe, Miguel mit nach Deutschland zu nehmen, allerdings nur für ein paar Wochen, damit er sehen könne, ob ihm das Leben dort gefallen würde. Wenn nicht, sollte sich Isabella von ihm trennen, denn sie war in Sevilla einfach unglücklich, weil die Leute sie spüren ließen, dass sie unerwünscht war. Vor allem nachdem in der Presse darauf hingewiesen worden war, dass sie Stierkampfgegnerin sei und Miguel nach Deutschland locken wolle.

»Wörtlich stand in mehreren Zeitungen: ›Eine Deutsche nimmt Spanien den zurzeit besten Matador weg. Sie wird ihn unglücklich machen‹. Isabella war total vereinsamt hier in Sevilla, erst recht nach diesen Zeitungsartikeln.«

Auf Pablos explizite Frage gab Susanne Weinbauer an: »Ja, ihr Verhältnis zu mir hatte sich seit einigen Wochen auch verschlechtert, ohne ersichtlichen Grund. Vielleicht war ihr meine enge Beziehung zu ihrem Vater nicht recht. Ich hatte das Gefühl, dass sie mir misstraut, entweder aus Eifersucht in Bezug auf ihren Vater oder weil Miguel mich inzwischen als Hexe bezeichnete. Sie hatte ihm wohl erzählt, dass ich ihr zu einer Trennung von ihm geraten hatte. Zur Stierkampfgegnerin hatte sich Isabella allerdings ohne meinen Einfluss entwickelt. Ich liebe Stiere und den Stierkampf. Jedenfalls hatten wir auch diesbezüglich Meinungsverschiedenheiten. Im Übrigen waren Isabellas stärkste Feinde die Stierzüchterfamilien. Die Spitzen-Matadore sind wichtig für die Preise ihrer Stiere. Die Zuschauer zahlen einfach mehr für ihre Karten, wenn ein so hoch qualifizierter Stierkämpfer antritt. Aus dem gleichen Grund waren auch die Veranstalter der Corridas, also die Pächter der Arenen, spanienweit nicht begeistert über diese Gerüchte. Miguel ist der Magnet jeder Corrida del toros. Ein Garant für klingende Kassen. Diese einflussreichen Geschäftsleute sahen in Isabella deshalb eine Gefahr für ihre Existenz, mindestens für ihre finanzielle Sicherheit. Ihr Tod kam also vielen gelegen. Ob aus diesen verschiedenen Gruppen allerdings jemand einen Mord in Auftrag gegeben hat, das kann ich nicht beurteilen.«

Ansonsten erhielten wir keine besonderen oder neuen Informationen von Susanne, ihr Alibi zum Zeitpunkt von Isabellas Tod war ja nach wie vor unangreifbar, war sie doch während dieser Zeit in Deutschland gewesen. Allerdings hatte sie für den Zeitpunkt von Fernandos Tod kein Alibi. Sie gab an, dass sie in dieser Nacht allein in ihrem Hotelzimmer geschlafen hätte.

Pablo hakte nach: »Kannten Sie den Stierpfleger Fernando überhaupt persönlich?«

»Ja, ich habe ihn bei einer Tienta de vacca kurz kennengelernt, er war ein ruhiger, kompetenter Mann.«

Sie hatte diesen Satz nach einem kurzen Zögern gesagt und mich überfiel plötzlich ein eigenartiges Gefühl. Ich fragte deshalb: »Haben Sie ihn dann später nochmals getroffen oder gesehen?«

Jetzt war ihr Zögern eindeutig und auch Pablo wurde hellhörig, als sie antwortete: »Ja, ich habe ihn mal in Sevilla gesehen, aber nicht mit ihm gesprochen.«

»War er da allein?«, bohrte ich nach.

»Nein, er war in Begleitung eines Mannes. Ich bin mir nicht absolut sicher, aber es könnte sich um Isabellas schwulen Freund aus Deutschland gehandelt haben.«

Pablo hielt den Atem an. »War Fernando Ihrer Meinung nach homosexuell?«, fragte er dann und fixierte Susannes Gesicht wie ein Habicht die Beute.

Sein Gegenüber ließ sich nicht beirren, überlegte sich jedes Wort und antwortete betont langsam, wohl damit Pablo alles verstand, auch die versteckte Kritik: »Nur weil man einen homosexuellen Mann kennt und sich mit ihm in Sevilla trifft, ist man nicht auch homosexuell.«

Pablo nickte. »Ich frage Sie eher nach Ihrer Meinung als Psychotherapeutin, die Menschen und ihr Verhalten anders, meist besser, einschätzen kann, als unsereins.«

Susanne ließ sich nicht schmeicheln. »Eben darum bin ich vorsichtig. Ich will niemand fälschlich in Verdacht bringen.«

Pablo wusste, wann er verloren hatte. Er verabschiedete Susanne Weinbauer mit charmantem Lächeln und bedankte sich für ihre Kooperation. Seine Worte wirkten direkt warmherzig im Vergleich zu Susannes Statement.

Als wir wieder alleine waren und nur noch das herbe Parfum an diese Meisterin des Manipulierens erinnerte, sagte Pablo: »Die Frau ist mit allen Wassern gewaschen. Sie vermutet etwas, schützt aber den Ruf von diesem Fernando. Oder was meinst du, Markus?«

»Sie könnte auch den Täter schützen, wenn der ebenfalls homosexuell ist«, antwortete ich. »Andererseits ist sie auf diesen Gerd Schosser vielleicht nicht so gut zu sprechen, weil er die Freundschaft zwischen ihr und Isabella beeinträchtigt haben könnte. Wir müssen ihn auf jeden Fall noch mal verhören.«

Pablo sah das auch so und dementsprechend nahmen wir erneut Kontakt zu Gerd Schosser auf. Wir erreichten ihn telefonisch und er erklärte sich einverstanden, sich noch mal im Kommissariat befragen zu lassen. Etwa eine Stunde später saß er uns gegenüber. Pablo hatte ihn in einen Vernehmungsraum im Erdgeschoss gebeten und dieses Mal das Mikrofon des Diktiergerätes eingeschaltet. Nach ein paar Begrüßungsworten fragte er: »Kannten Sie Fernando Lopez? Haben Sie von seinem Tod gehört?«

Schosser sah uns mit traurigem Gesichtsausdruck an.

Seine Gefühle wirkten auf mich echt.

»Ja, ich war mit ihm befreundet, sein Tod trifft mich tief. Zwei ermordete Freunde in kurzer Zeit. Es ist einfach furchtbar.«

Nach einer kurzen Pause, in der er sich fangen musste, fuhr Schosser dann fort: »Ich habe ihn vor etwa sechs Monaten in einer Tapas-Bar eigentlich zufällig kennengelernt. Man spürt es irgendwie, wenn sich ein anderer Mann für einen interessiert. Ich gefiel ihm, das war mir nach kurzer Zeit klar. Ich habe ihn dann irgendetwas Belangloses gefragt, denn er hätte sich nie getraut, mich anzusprechen, war ein sehr schüchterner, zurückhaltender Mann. Wir sind uns schnell nähergekommen. Er war eine Seele von Mensch, ich kann mir gar nicht vorstellen, wer Fernando, diesen braven, bescheidenen Mann, tot sehen wollte.«

Pablo ließ sich von Schossers Trauer nicht beeinflussen. »Wo waren Sie denn in der Nacht von Freitag auf Samstag?«

»Hier, in Sevilla, in meinem Hotel. Allein. Ich habe etwa eine halbe Stunde mit Fernando telefoniert, so gegen 21:30 Uhr. Er war in letzter Zeit traurig, ängstlich oder irgendwie anders als in den ersten Wochen unserer Freundschaft. Er hat mir leider nichts Genaues erzählt, hat nur gemeint, dass er Ärger am Arbeitsplatz habe wegen Intrigen von vielen Seiten. Ich habe nicht weiter nachgefragt, weil ich dachte, er erzählt es mir dann schon, wenn er dazu bereit ist. Natürlich habe ich keine Sekunde damit gerechnet, dass er ermordet werden könnte.«

Nun ergriff ich das Wort: »Waren Sie denn schon mal auf dieser Finca oder kennen Sie jemand von der Züchterfamilie?«

Der Deutsche zögerte kurz. »Auf der Finca war ich nie. Fernando hat mir nur über seine Arbeit erzählt. Vor etwa drei Wochen, während wir durch Sevilla gingen, hat Fernando plötzlich gesagt: ›Da vorne steht der Juniorchef, hoffentlich hat er uns nicht gesehen! Lass uns schnell hier ins Lokal gehen.‹ Und dann hat er mich in eine Tapas-Bar geschoben. Ich fand das damals verständlich. Auch wenn man mich nicht sofort als Homosexuellen erkennt, bin ich doch ein gutaussehender Deutscher und Fernando hatte ja nie eine Freundin; da könnte sein Chef schon auf eigenartige Gedanken kommen.«

Pablo nickte und warf mir einen Blick zu. Deshalb befragte ich den Zeugen weiter: »Wann haben Sie Fernando denn das letzte Mal persönlich gesehen?«

Schosser überlegte kurz und antwortete dann: »Samstag vor einer Woche. Wir waren zusammen essen und anschließend in meinem Hotel. Gegen 24:00 Uhr ist er wieder heimgefahren.«

Pablo schaltete das Diktiergerät aus und fragte, wie

lange Schosser noch vorhabe, in Sevilla zu bleiben. Dieser gab an, er plane, wohl in einer Woche zurückzufliegen, und wir könnten uns bis dahin jederzeit an ihn wenden.

Ich dachte: *In einer Woche müssen wir diesen Fall geklärt haben.*

Als wir nach dieser Vernehmung Pablos Büro betraten, sahen wir schon den Autopsiebericht auf seinem Schreibtisch liegen. Fernando Lopez war tatsächlich betäubt und gefesselt in den Stall der Kuh geschoben worden. Der Pathologe hatte eine Notiz gemacht: ›Diesen Vorgang hätten auch zwei Frauen oder sogar eine starke Frau schaffen können.‹

Ansonsten hatte der Pathologe keinerlei frühere Verletzungen festgestellt. Fernando sei durch das Gewicht der Kuh, die seinen Brustkorb und seine Lunge zerquetscht hatte, erstickt. Auf Grund seines betäubten Zustandes habe er wohl kaum gelitten und der Tod sei schnell eingetreten. Womit er betäubt worden sei, ließe sich nicht mehr feststellen. Vermutlich mit Chloroform. Wahrscheinlich habe man ihm ein Tuch, getränkt mit dieser sich schnell verflüchtigenden Substanz, um die Nase gebunden. Um seinen Halsbereich hatte man jedenfalls ein geknotetes Dreieckstuch gefunden.

Pablo kommentierte diese Angaben nicht, sondern

wollte mir etwas anderes sagen. »Ich glaube, ich muss dir die Einstellung der Spanier in Bezug auf Homosexualität erklären. Die meisten Spanier sind tolerant, aber nicht gerade Freunde der Schwulen, vor allem wenn man sie als solche sofort erkennt. In Stierzüchter und Torerokreisen ist das anders, dort gibt es keine Homosexuellen. Verstehst du? Das Thema wird totgeschwiegen. Ein schwuler Matador ist undenkbar und ein Stierzüchtersohn würde seine Kunden verlieren oder nicht als Firmenerbe eingesetzt werden. Ich will sagen, in diesen Kreisen herrschen streng katholische und nationalistische Ehrvorstellungen und Moral. Natürlich ist auch Mord eine Sünde. Die größte Sünde überhaupt. Aber der Mord an Fernando ist sehr eigenartig. Wenn die Kuh ihn nicht zerquetscht hätte, wäre er wieder aufgewacht und hätte unbeschadet den Stall verlassen können. Wenn er den oder die Täter nicht erkannt hat, wäre denen nichts geschehen, es wäre bei einer Warnung geblieben. Vielleicht wollte der Mörder durch die trächtige Kuh ein Gottesurteil vollziehen lassen.«

Er blickte mich mit seinen braunen Augen forschend an, um sicherzugehen, dass ich auch wirklich verstanden hatte, was er mir unbedingt erklären wollte. Deshalb antwortete ich: »Ach, du meinst, der Mörder hat Fernandos Tod in die Hände Gottes gelegt. Also sein Gewissen beruhigt, eine direkte Sünde vermieden.«

»Genauso sehe ich das; deshalb gehe ich von frommen, spanischen Tätern aus«, erwiderte Pablo.

Dann verabschiedeten wir uns, um endlich unser Privatleben zu genießen – nach zweitägigem Abtauchen in die besondere Welt der Stierzüchter. Ich freute mich auf Sofia und hoffte, dass sie schon im Hotelzimmer auf mich warten würde.

KAPiTEL 25

Sofia

Sonntag, 01. April

Maria und ich blieben nach dem letzten Kampf noch ein paar Minuten in unserer Loge sitzen. Dieses besondere Verhältnis von Miguel zu seinem Gegner, diese ruhigen, ja fast freundschaftlichen Worte in den letzten Minuten vor dem Tod seines Opfers hatten mich extrem beeindruckt.

Ja, ich verstand die vielen tausend spanischen Frauen, die Matadore dieser Qualität verehrten, für sie schwärmten und sich heimlich in sie verliebten. Und ja, auch ich fühlte mehr für diesen Mann. Er kämpfte besonnen, respektvoll gegen einen Gegner, der ihm zwar körperlich so überlegen war, dass andere ihn schwächen mussten, bevor er ihn töten konnte; aber er sah den Akt der Tötung als das an, was er war: die rituelle, würdevolle

Schlachtung eines edlen, starken Tieres, das ansonsten in heruntergekommenen, dreckigen Schlachthäusern auf abstoßende, entwürdigende Art und Weise hätte sterben müssen – als Fleischlieferant. Ich hatte Miguels Liebe zu den Stieren allgemein und zu diesem wilden, kämpferischen Prachtexemplar im Besonderen direkt gespürt. Und ob ich es wollte oder nicht, ich fühlte ein unerklärliches Begehren in mir, mich diesem Matador zu ergeben, hinzugeben, meinem Körper seiner ruhigen Dominanz anzuvertrauen.

Maria sah mich an und ahnte wohl die eigenartigen Gefühle, die mich überfielen.

Sie flüsterte: »Keine leidenschaftliche Frau kann sich der Faszination eines Matadors dieser Qualität entziehen. Das ist völlig natürlich. Genieße alles, was du fühlst, denn wer weiß, eines Tages wird es vielleicht keine Stierkämpfe mehr geben. Dann werden auch die wunderschönsten, stärksten Kampfstiere wie Lämmer zur Schlachtbank getrieben werden und schmählich verenden.«

In ihren Augen sah ich die Trauer einer Frau, die Stiere und Tiere allgemein von tiefstem Herzen liebte. Plötzlich wisperte sie: »Sara, Miguels Exfreundin, kenne ich ja seit vielen Jahren, sie war meine Schülerin und hat mir einmal erzählt, dass Miguel Albträume hat, fast nach jedem Stierkampf. Er sieht dann einen riesigen

Friedhof mit Grabsteinen aus schwarzem Marmor, alle in Stierform. Und Bäche von rotem Blut werden zu einem reißenden Fluss, der ihn umwirft, in dem er ertrinkt. Er wacht schweißgebadet auf und dankt Gott, dass er noch lebt. Trotzdem ist er wie sehr viele Spanier davon überzeugt, dass jeder Stier, der in der Arena getötet wurde, ein gutes Ende gefunden hat – durch die Hand eines guten Menschen.«

Ich konnte nur nicken, denn der Kloß in meinen Hals erstickte jedes Wort.

Wir standen beide auf und lösten uns mit Gewalt aus der verstörenden Stimmung dieses Ortes.

Später, in der kleinen Tapas-Bar, in die wir uns zurückzogen, wurde mir klar, dass in den Augen vieler Spanier der Tod Isabellas einen begnadeten Stierkämpfers gerettet hatte und deshalb viele wundervolle Tiere in Würde sterben durften. Erschreckenderweise erschien mir Isabellas Tod Ähnlichkeit mit einem Einschläfern zu haben. Jedenfalls war ich mir sicher, dass ihr Mörder, ob Frau oder Mann, spanischer Herkunft war und geglaubt hatte, nicht anders handeln zu können. Die angewandte Todesform erschien ihr oder ihm wohl die sanfteste, ohne Gewaltanwendung, Blut und Schmerz.

Von der Tapas-Bar zu meinem Hotel waren es nur ein oder zwei Kilometer. Ich entschloss mich, zu Fuß zu gehen.

Maria verabschiedete sich und marschierte in die andere Richtung zu ihrer Wohnung davon. Als ich die Straße überqueren wollte, sah ich direkt vor mir das Auto von Michaela. Sie saß am Steuer, lächelte mich an und zeigte auf den Beifahrersitz. Eine Frau, die zwar keine Spanierin war, aber wahrscheinlich trotzdem für Miguel töten würde. Für einen kurzen Moment überfiel mich eine diffuse Angst. Ein unerwarteter Griff zu einem mit Chloroform getränkten Lappen und ich wäre ihr hilflos ausgeliefert. Sollte ich wirklich in das Auto dieser unheimlichen Frau steigen? Niemand würde davon erfahren – Maria war schon weg, Markus konnte ich telefonisch nicht erreichen.

Ich verließ mich auf meine eigene Kampferfahrung und Instinkte. Diese Frau wollte etwas von mir, das war klar, aber eher nicht meinen Tod.

Als ich neben ihr saß, spürte ich, dass sie in erster Linie wissen wollte, wie ich den gerade gesehenen Stierkampf gefunden hatte, und natürlich, wie Miguel auf mich gewirkt hatte. Ihre Frage bestätigte meine Intuition: »Sofia, wie hat dir nun dein erster Stierkampf gefallen?«

Ich überlegte mir jedes Wort genau. Michaela Meyer war Miguels verlängerter Arm; sie würde nur das tun, was er wollte, was gut für ihn war. Aus ihrer Sicht war eine zweite deutsche Frau, die Miguel in ihren Bann zog, weil sie selbst von ihm fasziniert war und ihn begehrte, ganz sicher nicht in seinem Sinne – hatte er die erste doch gerade verloren, stand noch unter dem Einfluss ihres gewaltsamen Todes.

Also antwortete ich: »Gefallen ist das falsche Wort. Er hat mich fasziniert, begeistert, mir den Atem geraubt. Es war ein Erlebnis, das ich nie vergessen werde. Ich habe jede Sekunde genossen und die Begnadigung dieses wundervollen Stieres hat mich genauso gefreut wie Miguel.«

Michaela lächelte zufrieden. Ich hatte also die richtigen Worte getroffen. In den folgenden zehn Minuten sprach sie über ihre eigenen Erfahrungen mit Stierkämpfen und speziell mit denen, die Miguel als Matador bestritten hatte. Wir saßen im stehenden Auto, dessen Motor lief, damit die Klimaanlage uns kühle Temperaturen schenkte. Michaela wollte sich anscheinend ihre Erlebnisse von der Seele reden: »Miguel hat ja nicht immer das Glück, dass das Publikum die Begnadigung des Stieres fordert, oft muss er das Tier töten. Er hat mir gesagt, dass er vor jedem Dolchstoß zu Gott betet um die Kraft und den Blick, damit er den ersten Stich mit der erforderlichen Wucht an der richtigen Stelle setzt und den Stier sofort erlöst. Ich habe nur zweimal erlebt, dass er das nicht geschafft hat und einen zweiten Versuch absolvieren musste. Danach war er tagelang fix und fertig, direkt depressiv und voller Selbstzweifel. Er ist so ein sensibler Typ.«

Allmählich kam Michaela zum eigentlichen Grund unseres Treffens. Sie hatte ja auf mich gewartet und Maria und mich beschattet. Woher sollte sie sonst wissen, dass wir in dieser Tapas-Bar waren? Plötzlich überkam mich der Gedanke, dass Maria ihr das per Handy auch mitgeteilt haben könnte. Mir fiel ein, dass meine Vermieterin einige Minuten vor unserem abrupten Aufbruch auf der Toilette gewesen war. Vielleicht arbeiteten die zwei Frauen zusammen beim Schutz ihres geliebten Matadors.

Mich fröstelte, als ich Michaelas Stimme hörte: »Miguel würde dich gerne heute Abend zum Essen in sein Haus einladen. Bitte nimm seine Einladung an. Er braucht Ablenkung, die Trauer um Isabella lässt ihn nicht zur Ruhe kommen. Du bist eine ideale Ablenkung für ihn, gerade, weil du eine Deutsche und in festen Händen bist.«

Ja, damit hatte sie recht. Ich war in festen Händen. Die Gefahr, die von Miguel ausgehen konnte, hielt sich deshalb für mich in Grenzen. Als ich zusagte, ging ich jedenfalls davon aus.

 # KAPiTEL 26 

Michaela fuhr mich also ins Hotel, damit ich mich duschen und angemessen anziehen konnte. Ich hatte ihr klar gemacht, dass ich nicht mitkommen würde, wenn Markus schon im Hotel auf mich wartete oder eine Nachricht sein Kommen innerhalb der nächsten Stunde ankündigte. Michaela verstand das und wartete in der Hotelbar auf mich und eine mögliche Absage. Aber Markus hatte keine Nachricht hinterlassen, war jedoch nach mehreren Versuchen schließlich doch telefonisch zu erreichen. Als ich ihm von Miguels Einladung zum Dinner erzählte, war er zwar anfangs etwas skeptisch, sah dann aber doch die Möglichkeit, im Rahmen eines Abendessens wichtige Informationen von ihm zu erhalten. Er selbst würde sowieso erst nach 21:00 Uhr ins Hotel zurückkehren können, weil sie vom Pathologen aufgehalten worden wären. Der wollte den beiden Kommissaren unbedingt noch Fernandos Verletzungen erklären.

Zwanzig Minuten später stand ich Michaela in einem legeren Sommerkleid mit dezentem Ausschnitt und in sanftem Mint gegenüber. Ihr taxierender Blick ließ mich frösteln. So blickten auch Männer, wenn sie Frauen verführen wollten und ihre Beute begutachteten. Michaelas Lächeln war wie immer freundlich, aber ohne Wärme. Diese Frau wirkte unnahbar, ja kühl. Trotzdem klangen ihre Worte überzeugend und echt, wenn sie über Miguels Leiden sprach. Ich fragte mich, warum diese zwei Menschen, der sensible Macho und die emotional verhaltene Frau, die ein Mann sein wollte, seit langer Zeit zusammenarbeiteten, ja, im selben Haus lebten.

Ich nutzte die Gelegenheit: »Ich möchte dich etwas fragen, Michaela. Wie hast du Miguel kennengelernt? Wie bist du zu diesem außergewöhnlichen Job als weiblicher Bodyguard gekommen?«

Michaela ließ sich Zeit mit der Antwort. Vielleicht überlegte sie, ob sie mir diese doch ziemlich persönliche Frage überhaupt beantworten sollte. Dann sagte sie ruhig: „Ich habe ihn vor etwa sechs Jahren bei einem Messerangriff in Madrid zur Seite gestoßen und damit vor einer Stichverletzung bewahrt. Keiner weiß, ob dieses

Messer sein Leben gefährdet hätte, aber er selbst ging davon aus. Bis heute sieht er mich als Lebensretterin, als Werkzeug Gottes an. Er ist ziemlich religiös, musst du wissen.«

»Und du, was bindet dich an ihn?«, fragte ich weiter.

Fast emotionslos sagte sie Worte, die mich berührten: »Ich sah in ihm meinen Bruder, den ich mit achtzehn Jahren an Drogen verloren habe. Ihn konnte ich leider nicht beschützen, meinen kleinen Bruder. Drogen sind so viel gefährlicher als jede Waffe.«

Sie machte eine Pause. Ich hatte das Gefühl, dass sie noch etwas sagen wollte und schwieg. Und dann zeigte sie erstmals Gefühle: »Mit der Zeit lernte ich Miguel zu lieben, wie man einen Bruder liebt, wie ich meinen Bruder geliebt habe. Weil ich eine Frau bin, ist das schwieriger, für Miguel und für mich, vor allem in der Öffentlichkeit. Anfangs haben nämlich viele gedacht, wir wären ein Paar, aber wir haben alle überzeugt. Überzeugt, dass ich sein weiblicher Bodyguard bin, treu ergeben, ohne das geringste erotische oder gar sexuelle Interesse. Zweimal in diesen sechs Jahren habe ich in der Öffentlichkeit, von Paparazzi gefilmt, Angriffe auf Miguel abgewehrt, effektiv wie ein Mann. Seitdem bin ich anerkannt und gefürchtet.«

Ich schwieg weiter, mir fiel irgendwie nichts Sinnvolles ein. Ich stellte mir Michaela mit ihren 1,85 Metern

vor, wie sie sich auf einen Angreifer stürzte, seinen Arm
verdrehte und der vor Schmerz aufschrie. Dann dachte
ich an meine eigene Kampferfahrung als Jugendliche
mit Karate-Ausbildung, Schlagring und Maske, später
als Karate-Sportlerin.

»Hast du eine Ausbildung als Personenschützerin
gemacht?«, fragte ich fast ungewollt aus meinen Erinnerungen heraus.

»Ja«, antwortete sie, »als Mann verkleidet, weil sie auf
dieser Privatschule, die Miguel bezahlt hat, keine Frau
zuließen. Ich war damals arm wie eine Kirchenmaus und
genauso verschüchtert. Ich bin von Deutschland nach
Spanien vor meinem gewalttätigen Freund geflohen. Diese
Kampfausbildung war anfangs als Schutzmaßnahme für
mich selbst gedacht, Miguel hat gesagt: ›Wer so schnell
reagiert, so effektiv einen Messerstecher unschädlich
macht, ohne jede Ausbildung, der sollte seine Fähigkeiten
ausbauen und sich vor jedem Angreifer selbst schützen
können.‹ Ich hatte ihm nach diesem Vorfall erzählt, dass
ich aus Angst vor Angriffen gelernt hatte, jede verdächtige
Bewegung zu registrieren, um schnell fliehen zu können
oder zumindest einen Angriff abzuwehren. Ich hatte viele
Actionfilme angeschaut und Handlungsabläufe geübt
und natürlich jahrelange schmerzhafte Erfahrungen mit
meinem Exfreund hinter mir.«

Ich musste lachen. »Kung Fu««, sagte ich, »ja, diese alte Fernsehserie habe ich auch geliebt, und auf Erfahrung mit gewalttätigen Angreifern kann ich ebenso zurückgreifen.«

Als wir durch das Tor von Miguels Anwesen fuhren, etwa eineinhalb Stunden nach dem Stierkampf, spürte ich erstmals ein tiefes Mitgefühl für Michaela und war froh, dass sie an Miguels Seite ein sicheres Zuhause gefunden hatte.

Miguel stand schon an der Haustür seiner Villa, als Michaela ihr Auto direkt davor anhielt.

»Geh schon mal rein. Ich parke das Auto in den Garagen hinterm Haus und komme dann nach«, sagte sie.

Also stieg ich aus und ging auf die Haustür zu. Miguel lächelte mit einer Wärme, die sich heiß anfühlte im Vergleich zu der Kühle Michaelas. Und dann schritt er tatsächlich mit seinem geschmeidigen Torero-Gang auf mich zu und umarmte mich – gebührlich, ohne meinen Körper an sich zu drücken. Es war eine leichte, lockere Umarmung mit großem Abstand. Trotzdem spürte ich Wärme und Freundlichkeit.

»Wie schön, dass du mich besuchst und ich nicht allein mein Abendessen verspeisen muss. Ich freue mich und bin dankbar.«

Er sprach fast perfektes Deutsch. Wahrscheinlich hatte

er diese Sätze vorher geübt, denn später erschien sein Deutsch weniger geschliffen. Manchmal ließ er spanische Worte einfließen und in diesen Momenten wirkte der Mann erst recht unwiderstehlich und verführerisch auf mich. Es war, als ob der deutschsprechende Miguel ein anderer war, kontrollierter, kopfgesteuerter als der spanische Matador. Den spürte ich nur, wenn er Spanisch redete, vielleicht weil ich die Worte nicht verstand und nur erahnte. In seinem Lächeln und seinen Augen erkannte ich dann Gefühle, die ich mir möglicherweise nur einbildete. Und mehr als einmal in den kommenden Stunden faszinierte mich die beruhigende Autorität, die er verströmte wie ein Parfüm – oder war es ein Aphrodisiakum? Denn ich fühlte mich zeitweise wie ein Stier, der sich ergeben wollte – dem Dolch des Matadors.

Reiß dich zusammen, du siehst oder fühlst Gespenster. Der Mann ist nur ein sanfter Stiertöter, der die Opfer liebt und trotzdem abschlachtet, dachte ich.

Diese Einsicht ließ mich dann wieder die Realität erkennen: Sofia Weber, deutsche Chefsekretärin eines Rechtsanwaltes, geliebte Freundin eines Hauptkommissars, Karate-Kämpferin und jetzt Flamenco-Tänzerin aß mit Miguel Rodriguez, einem der berühmtesten Matadore Spaniens, in seinem Haus in Sevilla zu Abend. Das war die Realität und die war ja schon außergewöhnlich genug, gefährlich war sie auch, ohne dass ich mich als Stier fühlen musste; denn die letzte deutsche Freundin dieses Spaniers war schließlich ermordet worden.

Dieser Gedanke ließ mich endgültig in der realen Gegenwart ankommen. Warum hatte ich diese Einladung angenommen, warum saß ich überhaupt hier? Eben, weil es den Mord an Isabella aufzuklären galt, weil mein geliebter Markus mich als Gehilfin mit nach Sevilla genommen hatte. Also erfüllte ich meine Pflicht und brachte das Thema Isabella ins Spiel.

»Denkst du auch darüber nach, wer Isabella umgebracht hat und warum?«, fragte ich, nachdem ich die Vorspeise, eine wunderbare Kreation aus Lachs und frischen Salaten, genossen hatte und wir auf den Hauptgang warteten.

»Ich denke tagtäglich an Isabellas Tod. Das ›Wie‹ beruhigt mich etwas, sie hat nicht leiden müssen, aber das ›Wer‹ lässt mir keine Ruhe.« Er schaute traurig in die Ferne. Dann sprach er weiter: »Und natürlich das ›Warum‹. Was hat sie getan, dass sie sterben musste? Natürlich haben viele Spanier sie gehasst, aber hassen und morden sind zwei andere Schuhgrößen, oder?«

»Ja, aber manchmal wird Hass so stark, dass morden nur einen kleinen Auslöser braucht. Oder die Gelegenheit«, antwortete ich. Dann stellte ich die wichtigste Frage: »Wer hatte die Gelegenheit, an Insulin zu kommen, und zwar mehrmals? Wer war mit Personen zusammen, die sich selbst mit Insulin gespritzt haben?«

Bei diesen Worten bemerkte ich in Miguels Augen ein noch nie gesehenes Flackern. Er versuchte, sein Erschrecken zu verbergen. Ich erkannte es trotzdem und war mir sicher, dass vor seinem inneren Auge eine verdächtige Person erschienen war. Ich war mir nicht sicher, ob er gewusst hatte, dass Isabella wahrscheinlich mit einer Insulininjektion getötet worden war, oder ob er das gerade zum ersten Mal von mir hörte. Seine Reaktion ließ auf Letzteres schließen.

Es dauerte Minuten, bis er sich gefangen hatte. Er lenkte vom Thema ab, wollte also offensichtlich seinen Verdacht nicht mit mir teilen, sondern die Person schützen. In dem Moment war mir klar, dass dieser Mensch ihm nahestehen musste. Wir sollten deshalb weiter in seinem engen Umfeld suchen oder aber unter einflussreichen Personen, die ihm und seinem Leben beziehungsweise seiner Karriere gefährlich werden konnten. Denn ich war nicht in der Lage, aus dieser kurzen Schreckreaktion abzulesen, ob Miguel um sich selbst Angst hatte oder um den möglichen Mörder.

Das Gespräch wurde unterbrochen, weil Michaela den Raum betrat – gleich hinter der Angestellten, die den Hauptgang servierte. Während wir nun zu dritt die butterweichen Lammkoteletts mit in Speck eingerollten grünen Bohnen verspeisten, wurde kein Wort gesprochen. Jeder genoss dieses Essen, das wohl eine spanische Spitzenköchin zubereitet hatte.

Dann, als das Mädchen die Teller wieder abgeräumt hatte, sagte Michaela: »Miguel, hast du Sofia von deinem Erlebnis erzählt?«

Miguel zuckte zusammen. »Nein, noch nicht«, antwortete er etwas ungehalten. »Lass uns erst den Nachtisch genießen.«

Der bestand aus einer Crema Catalana, die ebenfalls ein Genuss war. Allerdings hatte ich das Gefühl, dass Miguel in Gedanken schon bei diesem Vorfall war, den er mir anschließend erzählen sollte. Michaela hielt das anscheinend als sein Bodyguard für nötig. Sie schien davon auszugehen, dass ich es meinem Kommissar und der es dann Pablo Garcia weitererzählen würde.

Miguel schenkte mir zum Nachtisch ein Glas Sherry ein. »Sofia, probier diesen Oloroso Sherry, er passt so gut zum Dessert.« Dann schenkte er Michaela und sich selbst ein Glas ein und stieß mit uns an. »Auf dieses vortreffliche Essen und die wunderschöne Gesellschaft«, sagte er leise wieder auf Deutsch und sah mich dabei an. Ich lächelte höflich, wartete aber schon gespannt auf das Erlebnis, das ich gleich hören würde.

Miguel blickte mir direkt in die Augen, als er sagte: »Ich muss das auf Spanisch erzählen, Michaela wird übersetzen.« Dann begann er mit seinem Bericht: »Sofia, sicher hat dir dein Kommissar erzählt, dass der Stierpfleger Fernando Lopez ermordet worden ist. Er hat auf der Stierzuchtfarm Romero gearbeitet und gelebt. Zwei Tage vor seinem Tod, abends gegen 21:00 Uhr, habe ich ihn in Sevilla getroffen. Er wirkte völlig verwirrt und rannte hektisch an mir vorbei. Ich rief ihm hinterher, aber er hat nur kurz gestoppt, sich zu mir umgewandt und ganz leicht gelächelt. Dann ist er weitergehetzt. Ich habe ihn unter den vielen Menschen aus den Augen verloren. Etwas später habe ich dann Esteban Romero, den jüngsten Sohn der Familie, in seinem Auto vorbeifahren sehen. Er hat mich, glaube ich, nicht bemerkt, schien auch sehr angespannt. Ich dachte: ›Warum nimmt er Fernando nicht mit nach Hause?‹ Mir wurde klar, dass da was nicht stimmt, dass sich beide vorher vielleicht getroffen und gestritten hatten. Ich wollte Klarheit und habe Esteban auf seinem Handy angerufen. Es hat bei ihm geklingelt, er hat meine Nummer gesehen, weil gespeichert, aber er hat nicht reagiert. Empfang war gut, wir waren ja noch in Sevilla. Am nächsten Tag hat mich Esteban dann angerufen und gefragt, was ich am Abend vorher von ihm gewollt hätte. Da wusste er sicher schon von Fernandos Tod, hat ihn aber gar nicht erwähnt. Seine Stimme klang allerdings so anders, unsicher, misstrauisch. Deswegen habe ich gelogen und gesagt: ›Nichts Besonderes, wollte nur fragen, ob wir uns mal wieder treffen zu einem abendlichen Bummel durch Sevillas Tapas-Bars.‹ Esteban wirkte erleichtert und ich war froh, dass ich gelogen hatte.«

Michaela übersetzte Miguels Bericht, dabei unterbrach sie seinen Redefluss immer wieder. Der Matador wirkte aufgeregt, fast ängstlich.

Zum Schluss sagte Michaela: »Ich habe Miguel geraten, das Ganze der Polizei zu erzählen, aber er wollte partout nicht. Er hat gesagt: ›Ich hänge keine Freunde hin. Außerdem habe ich gar nichts gesehen, nur ein eigenartiges Gefühl gehabt. Und erst als die Sache mit dem Tod von Fernando in den Zeitungen stand, ist mir alles verdächtig vorgekommen.‹ Es wäre gut, Sofia, wenn du deinem Kommissar das so nebenbei erzählst. Ich habe Angst um Miguel. Vielleicht ist er in Gefahr, weil er Esteban gesehen hat, hier in Sevilla, so zeitnah und in derselben Straße wie Fernando. Ich persönlich glaube, dass Fernando und Esteban vielleicht eine Art Liebe, wenn auch platonisch, verband. Miguel hält das zwar für unwahrscheinlich, aber gerade weil Beziehungen unter Männern in diesen Kreisen undenkbar sind, erscheinen sie mir als mögliches Mordmotiv.«

Ich war erstaunt. Michaela hatte an ein mögliches Motiv gedacht, das mir überhaupt nicht in den Sinn gekommen war. Wahrscheinlich waren die Kommissare da viel besser informiert als ich. Deshalb nickte ich und beruhigte beide: »Ja, das mache ich gerne. Ich berichte Markus meine Erlebnisse immer ganz genau, und er entscheidet dann, ob das wichtig ist und ob er etwas unternimmt.«

Miguel blickte erneut tief in meine Augen und sofort schoss mir das Blut ins Gesicht, und dann in den Bauch. Mir wurde heiß, als seine tiefe, butterweiche Stimme leise mein Ohr und gleich darauf mein Herz traf: »Du bist Undercover-Freundin, oder? Aber jeder weiß, dass du Spionin für deutschen Kommissar bist. Das ist gefährlich für spanische Mörder und hoffentlich auch für deutsche.« Nach einer kleinen Pause fügte er hinzu: »Und auch gefährlich für Spionin, die entlarvt wurde.«

Dieser leicht drohende Unterton ließ mich frösteln. Ich hatte ihn vor ein paar Stunden erlebt, den sanft redenden Matador mit der tödlichen Waffe in der Hand, der bereit war, sein geschwächtes Opfer zu töten. *Bin ich geschwächt? Bin ich für Miguel ein gefährlicher Gegner? Spielt Michaela die Rolle der beschützenden Banderillera? Droht mir von mehreren Seiten ein Angriff?*

Ich wusste, dass mich Miguels Blick, seine Nähe, sein

Duft verwirrten, dass meine Hormone mein Gehirn vernebelten. Keine dieser Fragen war von Bedeutung. Ich spielte überhaupt keine Rolle im spanischen Kampf um Ehre und Geld, war nur zwischen die Fronten geraten. Der oder die Mörder von Isabella und Fernando hatten es nicht auf mich abgesehen, wollten nur unentdeckt ihr geordnetes Leben weiterführen. Ich wollte das auch, nämlich mit meinem deutschen Freund. Also riss ich mich los vom gefährlichen Einfluss dieses Matadors und stand auf.

»Vielen Dank für die Einladung zu einem hervorragenden Abendessen mit charismatischen Menschen«, sagte ich und strebte zügig zur Tür. Miguel folgte mir, während Michaela das Auto holte.

Beim Abschied nutzte Miguel die paar Minuten, die wir allein vor dem Haus standen, und umarmte mich, allerdings völlig anders als bei der Begrüßung. Er zog meinen Körper an seinen und ich spürte sein Begehren, als er deutsche Worte in mein Ohr flüsterte: »Ich vertraue dir, Sofia. Spanische Mörder sind sehr sensibel, aber trotzdem gefährlich für Undercover-Polizistinnen und deren Bewunderer. Ich bin dein Bewunderer und also auch in Gefahr.«

Ich wusste nicht, was er genau meinte, vielleicht war es nur eine kleine ironische Anmache, denn ich war ja inzwischen alles andere als eine Undercover-Polizistin. Vielleicht wusste oder vermutete er aber auch mehr als ich ahnte und wollte mich auf seine Weise warnen.

Miguel ließ mich schnell los, als Michaela vor der Haustür hielt. Erstmals hatte ich das Gefühl, dass er so etwas wie Angst vor ihr hatte, unter ihrer Fuchtel stand. Sie hatte in dieser eigenartigen Verbindung offensichtlich die Hosen an. Das wurde mir in diesem Moment erst richtig klar. Die große Schwester passte auf ihren kleinen Bruder auf, damit er keine Dummheiten machte. Sie war auch deshalb sein Bodyguard.

Mich zu begehren, war eine Dummheit – nicht nur in Michaelas, sondern auch in meinen Augen.

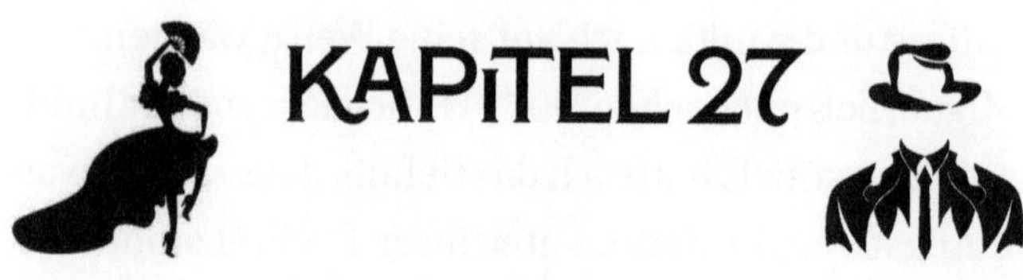

KAPiTEL 27

Später am Abend konnte ich Markus endlich in die Arme schließen. Ich hatte vorher fast eine Stunde allein im Hotelzimmer damit verbracht, mich innerlich von Miguels Ausstrahlung und Einfluss zu befreien. Ja, ich fühlte mich wieder in einer Art von Rauschzustand, zumindest in seinem Bann. Seit ich mit Markus befreundet war, hatte es noch nie ein Mann geschafft, mich so zu faszinieren oder zu irritieren. Ich fand gar nicht das richtige Wort oder ich wollte es nicht finden – denn tief im Innern wusste ich, dass es Begehren hieß, dieses Wort. Ich begehrte diesen Matador – umso mehr, je länger ich ihm nahe war.

Endlich hatte ich mich dazu durchgerungen, der Wahrheit ins Auge zu sehen. War starkes Begehren schon Fremdgehen, Betrug am geliebten Partner? *Nein, auf keinen Fall, erst wenn man zur Tat schreitet oder sich gehen lässt und dem Begehren nachgibt, betrügt man den Geliebten.*

Also entwickelte ich Strategien, um mein Begehren in seine Grenzen zu verweisen – durch vernünftige Analysen und Argumente. Ich wusste, dass das bei mir funktionierte. Mein Kopf, besser mein Verstand, musste meinen Bauch oder das Herz überzeugen, und dabei halfen mir Fakten. Ein Fakt war, dass Miguel mich zum Essen eingeladen hatte, weil er aus Angst um seine Sicherheit und aufgrund von Michaelas Drängen mich dazu bringen wollte, seinen Verdacht beziehungsweise sein Erlebnis an meinen Kommissar-Freund weiterzugeben. Dieser sollte dann mit Pablo reden und eventuell Ermittlungen im Hause Romero durchführen. Das war der wirkliche Grund seiner Einladung, das musste ich mir klarmachen. Es hatte nichts mit irgendwelchen Emotionen von Seiten Miguels zu tun. Er wollte die Romeros nicht persönlich bei der Polizei belasten, sondern indirekt über mich.

Als Markus das Hotelzimmer betrat, hatte ich mein unerwünschtes Begehren erfolgreich eingedämmt und präsentierte einem überraschten und erschöpften Kommissar meine Theorien. Markus kannte mich gut – zu gut. Er wusste, dass ich emotionale Versuchungssituationen mit kopfgesteuerter Ermittlungsarbeit in den Griff bekommen wollte und dies bereits geschafft hatte – im Moment seiner Ankunft. Ja, wir waren ein unschlagbares Team. Jeder akzeptierte die Schwächen des anderen und profitierte von ihnen.

Markus ließ mich nach einer zärtlichen Begrüßung also erst einmal reden und berichten, von dem dramatischen Stierkampf, von Michaelas Vergangenheit, vom Abendessen in Miguels Haus und zum Schluss von der Angst beider wegen Miguels Beobachtungen. Meine persönlichen Schlussfolgerungen hielt ich noch zurück, denn ich sah dem Gesicht meines Kommissars an, dass auch er neue Informationen hatte. Ich beendete meinen Bericht deshalb mit den Worten: »Also, mein Schatz, das waren die Fakten. Jetzt erzähl mir deine und dann schauen wir, ob wir die gleichen Schlussfolgerungen aus diesen Informationen ziehen.«

Markus hatte während meiner Erzählung zwei Wasserflaschen ausgetrunken und ein paar Weintrauben gegessen, außerdem seine Straßenkleidung ausgezogen. Er saß in Unterhemd und Unterhose in einem der Sessel und lächelte.

»Erlaube mir bitte, mich vorher zu duschen. Du bist ja schon frisch und entspannt seit Längerem hier, im kühlen Paradies. Mir macht Spaniens Hitze zu schaffen und dass ich ständig mit einem Strohhut herumlaufen muss. Allerdings wäre ich ohne meinen Cordovan wohl schon längst einem Migräneanfall zum Opfer gefallen. Hier hast du die Akte über Fernandos Tod und alle bisherigen Infos. Lies sie und schau, ob diese Fakten deine Theorie untermauern, während ich dusche.«

Dann ging er ins Bad und ich zog die Akte zu mir herüber. Sie enthielt nur ein paar Seiten, aber die waren verwirrend. Man ging davon aus, dass Fernando in der Nacht von Freitag auf Samstag zwischen 1:00 und 3:00 Uhr von einer oder zwei Personen betäubt und in den Stall einer trächtigen Kuh gezerrt und dort abgelegt worden war. Ob die Kuh von außen gereizt und wild gemacht worden war, zum Beispiel mit Stöcken, ließ sich nicht mit Sicherheit sagen, war aber möglich. Man hatte allerdings weder im Stall noch im Gang oder Lagerraum des Stallgebäudes irgendwelche Werkzeuge wie angespitzte Stöcke oder Ähnliches gefunden, womit die Kuh hätte gereizt werden können. Drei Mistgabeln in einem weiter entfernten Teil der Stallungen waren von der Spurensicherung mitgenommen, außerdem zahlreiche Fingerabdrücke an Stalltüren und anderen Gebäudeteilen gesichert worden. Fernandos Handy hatte man ebenfalls sichergestellt. Es war tief in einem der vielen Heuballen versteckt worden. Das ließ darauf schließen, dass in diesem Handy möglicherweise interessante Informationen gespeichert waren und der oder die Täter nach der Tat das Anwesen nicht verlassen hatten, denn dann hätten sie das Mobiltelefon mitgenommen und irgendwo in freier Natur verschwinden lassen oder zerstört. In Fernandos Zimmer hatte man außerdem ein paar Kassenzettel aus Sevilla und eine Arztrechnung gefunden. Der Arzt konnte erst am Montag vernommen werden.

Als Täter kamen zahlreiche Personen infrage, Männer und Frauen. Man ging davon aus, dass Fernando seine Mörder gekannt hatte. Der vorläufige Untersuchungsbericht des Pathologen ergab keine Hinweise auf ein Abwehrverhalten des Opfers. Er hatte jedenfalls keine Hautpartikel unter Fernandos Fingernägeln oder Verletzungen an seinen Händen gefunden. Letztere waren gefesselt worden, allerdings nur locker. Das sprach auch dafür, dass Fernando betäubt und bewusstlos in den Stall der Kuh gezogen worden war. Man hatte ihm ein mit Chloroform getränktes Tuch um Nase und Mund gebunden, wohl um die Betäubung länger zu gewährleisten. Der Bericht schloss mit der Feststellung, dass die bisherigen Ergebnisse keine Anhaltspunkte dafür lieferten, dass Fernando von derselben Person getötet worden war, die Isabella vergiftet hatte. Die Kommissare mussten also erst die Auswertung der Spuren und des

Handys abwarten.

Ich wollte die Akte schon zur Seite legen, da fiel mein Blick auf ein Fax von Paulus, Markus' Assistenten aus München: ›Hallo, Chef, Sie fehlen uns. Zwar sind hier keine neuen Mordfälle zu bearbeiten, aber Staatsanwalt Böttcher wird zunehmend nervös, weil noch kein Bericht von Ihnen vorliegt. Die Recherche über diese Michaela Meyer hat ergeben, dass es sich wahrscheinlich um eine Michaela Sagerer handelt. Sie hat vor sechs Jahren ihren damaligen Freund in Hamburg krankenhausreif geschlagen und sich dann ins Ausland abgesetzt. Die Beschreibung, 1,85 Meter groß, kräftig und kurze dunkelblonde Haare, männlich wirkend, würde passen. Ob es sich wirklich um diese Person handelt, können nur ihre Fingerabdrücke bestätigen, die müssten also Ihre spanischen Kollegen abnehmen, damit wir sie mit den hier vorliegenden vergleichen können. Michaela Sagerer wird allerdings weder über Interpol gesucht, noch liegt ein internationaler Haftbefehl vor. Keine Ahnung, wie Sie sie nach Deutschland locken können.‹

Mich fröstelte. Michaela war also möglicherweise eine gesuchte Straftäterin. Andererseits waren diese Angaben bestimmt von ihrem verletzten Freund gemacht worden. Das hieß für mich, dass sämtliche Angaben von der Polizei weder überprüft noch bewiesen werden konnten. und dieser Freund hatte ganz sicher sein eigenes Fehlverhalten verschwiegen. Ich glaubte jedenfalls Michaela, dass er sie misshandelt hatte und sie vor ihm fliehen musste. Wenn sie ihn verletzt hatte, dann in Notwehr.

Als Markus aus der Dusche kam und ins Zimmer trat, spürte ich, wie sehr er mir gefehlt hatte. Er strahlte diese bodenständige Rechtschaffenheit verbunden mit Verlässlichkeit und Geradlinigkeit aus, Eigenschaften, die ich jetzt so dringend brauchte. Wahrscheinlich fühlte er meine emotionale Verwirrtheit. Er legte sich im Handtuch eingewickelt neben mich aufs Bett.

»Hast du schon alles gelesen? Morgen wird ein arbeitsreicher Tag, an dessen Ende wir hoffentlich Fernandos Mörder festnehmen können. Vielleicht auch den von Isabella, wenn es dieselbe Person ist. Oder aber wir erhalten Hinweise, wer sie umgebracht hat.«

Markus war eher der Meinung, dass der Mörder von Isabella nicht derselbe war wie der von Fernando, das Täterverhalten war zu verschieden. Isabella war friedlich eingeschlafen und Fernando hatte man, wenn auch betäubt, von einem Tier zertrampeln und zerquetschen lassen. Möglicherweise hatte der Täter dabei zugeschaut. Plötzlich fielen mir Marias Worte ein: ›Isabella lag friedlich in ihrem Bett. Sie hat nicht gelitten.‹

Fernando hatte wahrscheinlich auch nicht gelitten, weil er betäubt gewesen war. Aber trotzdem konnte ich mir nur einen Mann als Täter vorstellen. Einen Mann, der mit großen Tieren zu tun hatte.

Markus Überlegungen stimmten mit meinen überein und seine Worte klangen für mich überzeugend, was das Motiv anbelangte: »Miguels Erlebnis zwei Abende vor Fernandos Tod bestätigt im Grunde Pablos Vermutung. Er glaubt, dass Fernando von einer verheimlichten homosexuellen Neigung Estebans gewusst hat; woher auch immer. Er behauptet, platonische Freundschaften zwischen homosexuellen Männern seien in so katholischen Ländern wie Spanien möglich, weil diese sexuelle Ausrichtung eben offiziell verurteilt wird. Jedenfalls wäre ein homosexueller Stierzüchter in der Familie für die Romeros ein geschäftsschädigender Skandal, ja eine Katastrophe. Mit allen Mitteln würden sie versuchen, diese Neigung eines ihrer Familienmitglieder vor der Öffentlichkeit zu verheimlichen. Pablo hat mit Nachdruck darauf hingewiesen, dass es in Stierkampfkreisen einfach keine Homosexuellen gibt, geben darf. Er hat gesagt: ›So weit geht die Aufgeschlossenheit und Toleranz der Spanier nicht. Homosexualität und Stierkampf passen genauso wenig zusammen wie Homosexualität und Fußball in allen Ländern der Welt.‹ Wir glauben deshalb, dass die

Romeros erpresst oder bedroht wurden, möglicherweise beides zugleich, oder sich davor fürchteten. Fernando soll allerdings ein braver Mann gewesen sein, loyal gegenüber der Familie. Auch wenn er von Estebans homosexuellen Neigungen wusste, würde er die Familie nicht erpressen. Warum er sterben musste, bleibt deshalb unklar. Vielleicht hatte der Mörder Angst vor einer Person, die Fernando nahestand. Deshalb spielt wohl noch jemand eine Rolle, den wir nicht auf dem Schirm haben.«

Wir wussten, dass wir durch Spekulationen nicht weiterkommen würden und versuchten, Abstand von diesem unangenehmen Thema zu gewinnen – Abstand von allen spanischen Einflüssen – durch Nähe zu unseren deutschen Gewohnheiten wie Kuscheln, Küssen, Liebesgeflüster ...

KAPITEL 28

Montag, 02. April

Diese Therapie half uns beiden. Am nächsten Morgen fühlten wir uns frisch und ausgeruht. Wir entwarfen einen Aktionsplan für mich. Ich sollte in der Flamenco-Schule die verdächtigen Frauen unter die Lupe nehmen: die zuckerkranke Tänzerin und vielleicht auch die Leiterin der Schule selbst. Möglicherweise würde ich zudem etwas über Miguels Exfreundin, Sara, in Erfahrung bringen, die auch eine Exschülerin der Academica Martha Berlanga war, wie mir Maria erzählt hatte. Markus und Pablo wiederum würden heute Estebans Vater und Bruder näher beleuchten und überprüfen, ob Michaela in irgendeiner Beziehung zu Esteban oder Fernando gestanden hatte und eventuell eine Rolle in diesem Drama spielte. Klar war jedenfalls beiden Kommissaren, dass eine Verbindung bei den Motiven für diese beiden Morde bestand, auch wenn es möglicherweise zwei Täter gab. Die Stierkampf- und Stierzüchterlobby spielte bei diesen Verbrechen eine Rolle. Ich stimmte innerlich zu, hatte aber trotzdem das Gefühl, dass wir irgendetwas Wichtiges übersahen, sozusagen ein Mauerblümchen mit Motiv: still, grau, leise und unscheinbar.

Der Tag in der Flamenco-Schule bestätigte mein Bauchgefühl. Flora Gomez begrüßte mich deutlich reservierter als sonst, machte keine Anstalten, mich in ein Gespräch zu verwickeln.

In der ersten Pause, die von 10:00 bis 10:30 Uhr dauerte, setzte ich mich neben die Tanzschülerin mit Diabetes. Sie hieß Angelina und sprach doch einigermaßen Deutsch, wie sich jetzt herausstellte. Zusammen mit meinen rudimentären Spanischkenntnissen redeten wir holperig über unsere Fortschritte als Flamenco-Tänzerinnen und Angelina sagte: »Oft bin ich frustriert, weil mein Talent nicht gut genug ist, auch wenn Flora das Gegenteil behauptet. Aber ich sehe, wie schnell andere Fortschritte machen. Ich bin schon sechs Monate auf dieser Schule und übe fleißig.«

Ich nickte. »Dieses Gefühl kenne ich auch«, behauptete

ich, obwohl ich ja erst so wenige Unterrichtsstunden gehabt hatte. »Ich glaube, der Flamenco muss einem irgendwie im Blut oder in den Genen liegen.«

Angelina lächelte. Dann fragte sie plötzlich: »Bist du im Haus von Miguel gewesen? Das Gerücht geht hier rum. Manche sehen in dir eine zweite Isabella.«

»Ja«, antwortete ich, »es war aber eher ein Zufall. Das Taxi hat mich vor einem falschen Hotel abgesetzt und zufällig hat mich dort Miguels Bodyguard aufgegabelt – ohne Handy und ohne Sprachkenntnisse war ich ziemlich hilflos.«

Angelina überlegte kurz. »Dieser Bodyguard ist undurchsichtige Person für uns Spanier. Manche denken, sie ist vielleicht ein Mann. Bodyguard ist gar kein Frauenberuf in Spanien und anderswo auch nicht, oder? Niemand kennt diese Frau persönlich. Seit der Messerattacke, damals vor vielen Jahren, ist sie immer an Miguels Seite. Er will das wohl so. Wie findest du sie?«

»Ich fand sie zwar zurückhaltend, aber doch freundlich. Ich denke schon, dass sie eine Frau ist. Es gibt eben auch etwas männlichere Frauen, die Gefahr und Kampf nicht fürchten, aus welchen Gründen auch immer.«

Angelina stand auf. »So, ich muss jetzt auf Toilette. Bis nachher.«

Sie verließ den Tisch und ließ ihre Handtasche zurück.

Jeder hätte mit einem schnellen Griff die kleine Kühlbehälterbox mit ihren Insulininjektionen öffnen und eine entnehmen können. Natürlich musste dieser jemand wissen, dass sie in ihrer Handtasche so eine Box aufbewahrte. Aber ich ging davon aus, dass das sämtlichen Mitschülerinnen klar war. Vielleicht hätte Angelina das Fehlen einer Injektion gar nicht bemerkt, oder aber sie hätte es verschwiegen, weil sie ja ihre Krankheit geheim halten wollte. Sie selbst erschien mir eher naiv und völlig unverdächtig.

Als sie von der Toilette zurückkehrte, lächelte Angelina mich an und fuhr mit unserem vorherigen Thema einfach fort: »Hast du Miguels frühere Freundin Sara Sanchez schon mal gesehen?«

»Nein, wo sollte ich sie auch treffen, sie ist ja nicht mehr hier auf der Schule, oder?«

»Nein, sie tanzt in einem Lokal in der Altstadt von Sevilla. Sie hat wirklich Talent, einfach umwerfend! Miguel war früher Stammgast in diesem Lokal, war ganz verrückt nach Sara wie viele andere spanische Männer.«

Ich überlegte mir meine Antwort kurz, wollte sie weiter aus der Reserve locken. »Na ja, wenn mich ein Mann nur begehrt, weil ich eine gute Flamenco-Tänzerin bin, dann kann er mir gestohlen bleiben!«

Angelina zuckte zusammen. »Sara hat auch so ähnlich

gefühlt. Jedenfalls hat Miguel Isabella begehrt, bevor die auch nur einen Schritt Flamenco tanzen konnte. Das hat Sara am meisten getroffen. Später, als Isabella auch noch eine tolle Flamenco-Tänzerin war, hat Sara gegen Isabella gehetzt, sogar öffentlich.«

Ich schwieg und dachte: *Warum erzählt mir dieses Mädchen die Liebesgeschichte zwischen Sara und Miguel?*

Angelina sprach weiter, bevor ich antworten konnte. Offensichtlich bewegte sie dieses Thema. »Ein paar Tage vor Isabellas Tod hat Sara auch bei mir über sie geschimpft. Sie war immer noch verletzt, liebt noch Miguel. Ich habe nichts gesagt, Streit von zwei Frauen wegen Mann ist schlecht.«

»Ja«, entgegnete ich, »in Deutschland nennt man das Zickenkrieg, das sind die schlimmsten Kriege. Kennst du den Ausdruck?«

Angelina verneinte durch Kopfschütteln.

Dann hatte ich einen Einfall: »Hast du schon gehört, dass der oberste Stierpfleger auf der Finca der Romeros ermordet worden ist?«

Angelinas Gesicht verdüsterte sich sofort. Ich spürte, wie sie überlegte. Sie wollte nichts Falsches sagen, aber wohl auch nicht lügen. Schließlich antwortete sie: »Ja, das stand in allen Zeitungen.«

Ich schwieg und wartete. Angelina erschien nervös.

Mein Schweigen irritierte sie offensichtlich. Und dann flüsterte sie, fast ängstlich: »Sara soll die uneheliche Tochter vom alten Romero sein. Das sagen Leute hinter Hand, weil er lange Jahre den Unterricht an dieser Flamenco-Schule für sie gezahlt hat. Er ist aber auch mit unserer Flora eng befreundet. Alle stecken unter einer Decke. Wenn du außen stehst, darfst du nicht zu viel wissen und sagen, ist gefährlich.«

»Da könntest du recht haben, Angelina«, meinte ich und erhob mich.

Ich hatte genug Infos bekommen, mehr als genug. Mir schwirrte der Kopf. Ich war mir sicher, dass Pablo diese Fakten oder Gerüchte auch kannte; lebte er doch seit vielen Jahren hier und war sicher über die Verbindungen von Miguels Exfreundin zu der Romero-Familie informiert. Möglicherweise hatte er sie Markus also verschwiegen. Ich fragte mich, warum.

Deswegen entschloss ich mich, Markus anzurufen und ihm nahezulegen, Sara Sanchez nochmals zu verhören. Er wirkte am Telefon zurückhaltend, meldete sich nur mit »Hallo«. Aber er sah ja meinen Namen, also redete ich drauflos: »Hallo, Markus, kannst du nicht reden?«

»Genau«, antwortete er kurz angebunden.

»Gut. Also, ich habe erfahren, dass Sara Sanchez den alten Romero gut kennt. Es gibt das Gerücht, dass sie seine uneheliche Tochter sein soll. Ich denke, Pablo verschweigt dir etwas. Für mich ist sie verdächtig und es besteht ein enger Zusammenhang zu Isabellas Fall.«

Markus zögerte kurz, dann sagte er: »Okay, ich werde daran denken, gerade sind wir in einer anderen Vernehmung. Bis nachher.«

Wir legten beide auf. Das war geschafft!

Am Nachmittag konzentrierte ich mich, so gut ich konnte, auf meinen Spanischunterricht. Trotzdem gingen mir Angelinas Worte nicht aus dem Kopf: ›Alle stecken unter einer Decke. Wer als Außenstehender zu viel weiß, lebt gefährlich.‹

Als ich die Schule gegen 16:00 Uhr verließ, wartete Maria vor der Tür auf mich. In ihrem Gesicht erkannte ich Angst, oder vielleicht war es auch Ärger.

»Hallo, Maria, schön, dass du mich abholst. Oder ist etwas passiert?«

Sie antwortete leise und in abgehackten Worten: »Ja, die deutsche Blonde, du weißt, die Therapeutin. Sie war heute bei mir und erschien mir verdächtig.«

Ich ergriff ihren Arm und flüsterte: »Beruhige dich, lass uns da hinten in das Café gehen, da finden wir um diese Zeit sicher einen ruhigen Tisch.«

Maria folgte mir wie in Trance. Sie war mit ihren

Gedanken woanders, das spürte ich.

Im Café fing sie sofort an zu reden: »Sie hat mich rausgeschickt, diese Frau, unter dem Vorwand, sie wolle noch mal meinen guten Sherry genießen. Und wie ich den dann aus der Speisekammer im Keller geholt habe, ist mir mit Schrecken eingefallen, dass sie auch drei Tage vor Isabellas Tod diesen Sherry probiert hat. Während ich ihn damals geholt habe, war sie auch allein im Wohnzimmer. Du weißt, da liegen meine Insulininjektionen. Sie hätte sich unbemerkt zwei oder drei nehmen können, ich zähle sie doch nicht nach!«

Maria schwieg und starrte mich an. Ich spürte ihre Angst und Wut auf Susanne Weinbauer.

»Vielleicht hat sie heute auch Injektionen mitgehen lassen. Ich habe Angst, dass es wieder einen Mord gibt. Pass du bloß auf dich auf!«

Ich war irritiert. Warum dachte Maria, dass ich in Gefahr war?

Ohne dass ich diese Frage stellte, beantwortete sie sie: »Diese Frau hat sich hauptsächlich nach dir erkundigt, ob du jetzt im Hotel beim Kommissar schläfst, ob du auf der Romero-Finca warst und bei Miguel. Sie hat anfänglich behauptet, sie wolle dich besuchen, und ich habe gesagt, du hast zwar das Zimmer noch gemietet, schläfst aber sehr selten hier. Und dann hat sie den Wunsch nach dem

Sherry geäußert und beim Trinken ihre Fragen gestellt. Anschließend ist sie freundlich lächelnd wieder gegangen. Also, was wollte diese Person?«

Das fragte ich mich in diesem Moment auch. Maria hatte mit ihrer Vermutung vielleicht recht: Susanne Weinbauer hatte sich möglicherweise Insulininjektionen besorgen wollen. Und der Verdacht lag nahe, dass sie auch damals bei ihrem ersten Besuch welche hatte mitgehen lassen.

»Maria«, sagte ich, »das ist wirklich ein sehr seltsamer Besuch. Kann tatsächlich sein, dass sie dich aus dem Zimmer locken wollte, das sehe ich auch so. Und dass ich bei Markus wohne, weiß sie längst, auch, dass ich bei Miguel war. Das hat sie ja erfahren, weil er mich beim Stierkampf öffentlich erwähnt hat. Zumindest, dass ich ihn näher kenne, das weiß sie ganz si...«

Plötzlich unterbrach mich Maria: »Da fällt mir ein, sie hat gefragt, ob ich den alten Romero näher kenne. Die Frage hat mich total durcheinandergebracht. Denn ja, er ist ein ehemaliger Freund von mir. Wir sind gleich alt und waren als Teenager zwei oder drei Jahre lang eng befreundet.« Sie lächelte wehmutsvoll und fügte dann hinzu: »Aber so arme Mädchen wie mich heiratet der natürlich nicht, das war mir schon damals klar. Ich war trotzdem verliebt in ihn und er auch in mich, da bin ich mir sicher.«

Sie versank in Schweigen und Erinnerungen. Ohne lange zu überlegen, fragte ich: »Hat er dich in letzter Zeit auch mal besucht?«

In Marias Augen sah ich Erschrecken. Ihre Worte machten es nicht besser: »Ja, eigenartigerweise hat er vor etwa drei Wochen völlig unerwartet und unangemeldet wieder mal bei mir vorbeigeschaut. Nach so vielen Jahren! Hat behauptet, er wäre gerade in der Nähe. Und jetzt, weil du das so fragst, fällt mir ein, dass er sich auch nach Isabella erkundigt hat, so wie die Deutsche heute nach dir. Oh, mein Gott!«, stammelte sie dann. »Das darf nicht wahr sein! Er war ja auch allein im Wohnzimmer, weil ich natürlich meinen guten Sherry geholt habe, um ihn mit ihm zu trinken, mit meinem ehemaligen Geliebten.«

Ich verstand Marias Angst und Schrecken nur zu gut. Dieser Besuch von Alfonso Romero war noch auffälliger als der von Susanne. Trotzdem versuchte ich, meine Vermieterin zu beruhigen.

»Das muss natürlich gar nichts heißen, Maria. Alfonso hat vielleicht wirklich Lust bekommen, dich wieder einmal zu sehen, deine Stimme zu hören.«

Maria nickte. »Ja, damals habe ich das auch geglaubt, aber heute, nach zwei Morden, davon einer mit Insulin, fällt mir das schon schwerer.«

»Soll ich heute Nacht bei dir schlafen?«, fragte ich,

denn Maria wirkte plötzlich so aufgewühlt, zitterte und in ihren Augen standen Tränen.

Statt auf mein Angebot zu reagieren, sagte sie: »Es wäre furchtbar, wenn meine Insulininjektionen als Mordwaffe hergenommen worden wären und ich mit Schuld trage, weil ich sie nicht sicher weggeschlossen habe.«

Ich tätschelte ihren Arm. » Beruhige dich, Maria. Kein Mensch kann mit so was rechnen. Pistolen und Revolver müssen sicher versteckt werden, aber keine Insulininjektionen. Nein, nein, Schuld trifft dich absolut nicht, aber dein Misstrauen und dein Bericht sind wichtig. Du musst sie den Kommissaren erzählen. Die tappen immer noch im Dunkeln.«

Was Maria dann sagte, konnte ich im ersten Moment gar nicht richtig einordnen: »Das habe ich bei meiner ersten Vernehmung schon alles Pablo erzählt.«

Aber als ich später auf der Straße stand, wurde mir klar, was diese Worte bedeuteten: Pablo hatte Marias Angaben nicht zu Protokoll gegeben, hatte sie verschwiegen.

Warum? Wen will er schützen?, fuhr mir durch den Kopf.

KAPITEL 29

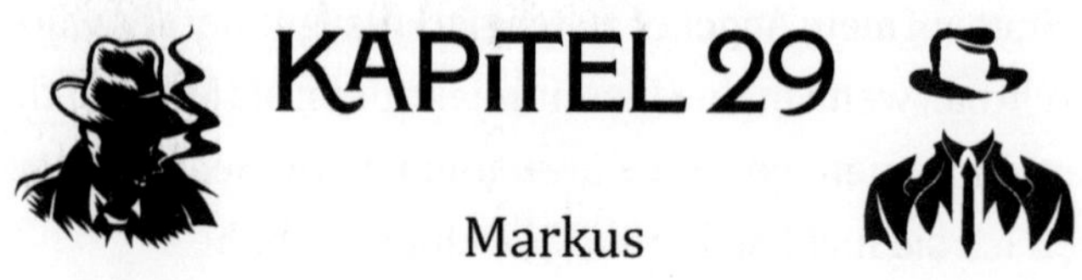

Markus

Montag, 02. April

Die Fahrt zur Romero-Ranch verlief ruhig. Pablo erzählte, dass er einen angenehmen Familiensonntag verlebt habe; Schwiegereltern und Geschwister seiner Frau mit Kindern hätten am Nachmittag den siebten Geburtstag seiner Tochter gefeiert. Danach wechselte er das Thema abrupt. Offensichtlich war er in Gedanken schon bei den bevorstehenden Vernehmungen.

»Alfonso Romero ist ein ausgeprägter Macho. Mit zunehmendem Alter wird er immer schwieriger. Lass mich bitte allein mit ihm sprechen, sonst sagt er vielleicht nichts oder nur die Hälfte. Deutsche Kommissare sieht er sicher als unerwünschte Eindringlinge in spanisches Leben an. Ich versuche, das Aufnahmegerät mitlaufen zu lassen. Wenn er das aber nicht will, musst du mit meinem Bericht nachher zufrieden sein.«

Ich nickte. »Okay. Letztlich bin ich nur zur Unterstützung im Fall Isabella Martinez hier und wir haben keinerlei Beweise, dass der Mord an Fernando mit dem ihren in Verbindung steht.«

Pablo nickte erleichtert. »Eben, so ist es.«

Dann wagte ich einen Vorstoß. »Ich könnte allerdings in der Zeit das Küchenpersonal noch mal genauer befragen.«

»Wenn der Alte damit einverstanden ist, von mir aus gerne«, antwortete Pablo.

Fünfzehn Minuten später hielten wir vor dem Hauptgebäude. Auch dieses Mal begrüßte uns Alfonso Romero auf der Treppe seines herrschaftlichen Hauses stehend. Nach ein paar Floskeln fragte ihn Pablo, ob ich mich unter dem Personal umhören dürfe. Erst wollte der Alte nicht – das merkte ich an seinen Augen; sie verdunkelten sich und die Falte zwischen den Augenbrauen wurde tiefer. Dann überlegte er es sich aber anders.

»Ja, ich habe nichts dagegen, aber nur das Küchenpersonal, nicht die Stier- und Pferdepfleger, die sind nicht bereit, einem deutschen Kommissar Rede und Antwort zu stehen.«

Pablo nickte und ich lächelte gewinnend. Frauenvernehmungen waren ja sowieso meine Spezialität, aber das konnten die beiden Spanier nicht wissen. Offensichtlich wusste Alfonso auch nicht, dass wir die Stierpfleger bereits zu zweit vernommen hatten.

Alfonso ging also zuerst mit uns beiden in die Großküche im Erdgeschoss. Auf Spanisch sagte er ein paar Sätze zu den anwesenden vier Damen. Alle nickten beflissen und ich fragte noch nach einem Raum mit abschließbarer Tür. Die Köchin, etwa fünfzig Jahre alt und etwas stämmig, zeigte auf eine Tür, die im rechten hinteren Bereich der Küche zu sehen war.

»Da ist ein ruhiger, kühler Raum«, sagte sie und sprach dann ein junges Mädchen an: »Geh du gleich als Erste mit, weil du nachher die Kartoffeln schälen musst.«

Damit machte sie klar, dass ich mir mit den Vernehmungen nicht zu viel Zeit lassen sollte.

Es ging dann auch sehr schnell, weil dieses Mädchen absolut gar nichts wusste. Sie war erst seit drei Wochen hier angestellt und kannte noch nicht einmal alle Namen der vielen Mitarbeiter. Fernando hatte sie ein paarmal beim Essen im Speisesaal des Personals gesehen, aber nie ein Wort mit ihm gesprochen.

Die nächste Zeugin war etwa fünfundzwanzig und seit vier Jahren auf dem Hof. Sie kannte Fernando ziemlich gut, weil sie aus demselben Dorf stammte. Allerdings hielt sich ihr Kontakt mit ihm in Grenzen, arbeitete er doch in einem völlig anderen Bereich des Hofes.

»Ich bin so gut wie nie in den Pferde- oder Kuhstall gegangen, vor so großen Tieren habe ich ziemlich Respekt. Eigentlich habe ich auch nur zweimal mit Fernando gesprochen. Das erste Mal nach Isabellas Tod. Da hat er zu mir gesagt: ›Sie hat sich einflussreiche Feinde in Spanien gemacht. Ich hätte aber nicht gedacht, dass die vor Mord nicht zurückschrecken.‹ Er wirkte damals auf mich echt schockiert, hat aber nichts Weiteres gesagt und ich habe nicht nachgefragt.«

»Hatten Sie denn das Gefühl, dass er mehr über diese einflussreichen Feinde wusste?«

»Ja, das hatte ich schon irgendwie. Und als er dann selbst Opfer wurde, sind mir diese Worte wieder eingefallen. Ich hatte richtig Angst. Deshalb habe ich bei meiner ersten Vernehmung durch die Ortspolizei dieses Gespräch auch nicht erwähnt.«

Ich hatte ihre erste Aussage vor mir liegen und tatsächlich hatte sie mit keinem Wort erzählt, dass sie mit Fernando ein Gespräch über Isabellas Tod geführt hatte. Sie hatte nur angegeben, dass sie in dieser Nacht mit einer anderen Küchenhilfe gegen 2:00 Uhr heimgekommen wäre, mit deren Auto. Ich überflog ihre Angaben in dem Bericht: ›Ich bin gleich nach Ankunft in mein Bett gegangen, habe weder etwas gesehen noch gehört und das Haus war völlig dunkel. In keinem Fenster hat Licht gebrannt.‹

Dann fragte ich: »Die Fenster nach hinten konnten Sie nicht sehen, oder?«

»Nein. Unsere Zimmer sind im Nebengebäude, und vom Hof und unserer Eingangstür aus sehen wir nicht, ob in den rückwärtigen Zimmern des Hauses Licht brennt.«

»Wer schläft denn auf der Rückseite?«, fragte ich weiter, obwohl ich einen Plan vorliegen hatte, auf dem alle Zimmer und Namen vermerkt waren.

» Nur der Seniorchef und seine Frau. Die Söhne haben ihre Wohnungen nach vorne.«

Als Nächstes verhörte ich die stämmige Küchenchefin, doch diese machte überhaupt keine verwertbaren Angaben: »Ich bin jeden Abend hundemüde nach diesem Knochenjob. Ich gehe meistens gegen 21:00 Uhr ins Bett. Auch in dieser Nacht habe ich nichts gehört oder gesehen.«

Ich ließ es dabei bewenden und fragte nur noch: »Wer putzt denn die Wohnungen der Familie Romero?«

»Das ist Martha«, antwortete die Küchenchefin. »Sie ist aber gerade noch mit Putzen beschäftigt und erst gegen 11:00 Uhr fertig.«

»Aha, dann vernehme ich jetzt die vierte Küchenhilfe und warte auf Martha.«

»Gut.« Die Chefin nickte und rief die vierte Küchenhilfe

herbei, eine etwa achtundzwanzigjährige Frau, die völlig unscheinbar wirkte.

Ich erwartete keinerlei neue Informationen von ihr. Aber diese Person reichte mir gleich zu Beginn ein kleines Notizheft und flüsterte verschwörerisch: »Ich habe nicht reingeschaut, ich weiß auch nicht, von wem es ist. Aber ich habe es auf dem WC unter Klopapierrollen in einem Briefumschlag verschlossen und mit meinem Namen drauf gefunden.«

In ihren Augen erkannte ich Angst, als sie mir den Briefumschlag überreichte. Mein Puls schnellte in die Höhe. Vielleicht hatten wir endlich eine Quelle, die uns Aufschluss gab. Ich fragte das Mädchen: »Warum glauben Sie, dass dieses Notizbuch in einem Zusammenhang mit Fernando steht? Jeder andere hätte ja auch einen an Sie adressierten Briefumschlag mit einem Notizbuch dort verstecken können.«

Sie antwortete, etwas beschämt lächelnd: »Nun, Fernando hat mich gemocht und er ist jeden Mittag auf dieses WC gegangen, denn er wusste, dass ich das immer gesehen habe und dieses WC auch putze. Jedenfalls hatte er einmal zu mir gesagt: ›Dein Lächeln erinnert mich an das von meiner Mama.‹ Mehr nicht. Aber er hat mich immer freundlich begrüßt und manchmal gefragt: ›Alles in Ordnung?‹ Das waren viele Worte für ihn, die er nie zu jemand anderem gesagt hat. Deswegen gehe ich davon aus, dass er dieses Heftchen für mich ins WC gelegt hat. Er war ein schweigsamer Mann, ein einsamer Wolf, sein Tod hat mir Angst gemacht.«

Ich nickte verständnisvoll und hoffte, dass ich alles richtig verstanden hatte. Sie sprach schnell und leise, wirkte ängstlich. Am Ende der Vernehmung flüsterte sie: »Bitte sagen Sie nicht der spanischen Polizei, dass ich Ihnen das Heft gegeben habe – wenn möglich.«

»Ich werde es versuchen«, antwortete ich.

Die Vernehmung des Zimmermädchens Martha eine halbe Stunde später ergab nichts Neues. Sie erzählte mir nur, dass das Ehepaar Romero in getrennten Schlafzimmern schlafe, seit vielen Jahren schon, und der Seniorchef nachts öfters gar nicht zu Hause nächtige oder sehr spät heimkomme. Dann dürfe sie am nächsten Morgen sein Zimmer nicht putzen. Einerseits weil er lange schlafe und andererseits das Zimmer auch als Büro benutze und an solchen Morgen dort auch frühstücke.

»Putzen stört ihn dann nur. Normalerweise frühstückt er unten, mit der Familie, so gegen 7:30 Uhr.«

An dem fraglichen Morgen habe er vielleicht gar nicht gefrühstückt, denn der Tod von Fernando sei ja schon kurz vor 6:00 Uhr festgestellt worden. Und dann sei es im

Haus drunter und drüber gegangen, das gesamte Personal sei in die Küche geschickt worden. Martha habe den Chef nicht persönlich gesehen, aber seine Stimme gehört, wie er das Personal in die Küche kommandiert habe, damit niemand Spuren im Hof oder den Stallungen zerstörte.

Gegen 13:00 Uhr trafen Pablo und ich uns am Auto. Er wollte sofort nach Sevilla zurückfahren und ich stellte keine Fragen.

Erst als wir schon zehn Minuten unterwegs waren, sagte er: »Der Alte mauert, die Söhne haben Angst vor ihm, und seine Frau konnte ich gar nicht vernehmen wegen Migräne. Es ist furchtbar. Wir kommen so nicht weiter.«

Aus unerklärlichen Gründen erwähnte ich das kleine Notizbuch mit keinem Wort. Ich hatte noch nicht einmal hineingeschaut und es in meiner Jackentasche verstaut.

Am Nachmittag schrieben wir unsere Berichte und lasen die E-Mails und Befunde der Spurensicherung. Die Kuh, die Fernando zerquetscht hatte, war tatsächlich mit einer Mistgabel gereizt worden, an der Kuhhaare mit Blutspuren des Tieres gefunden worden waren. Fingerabdrücke hatte man an allen Mistgabeln und auch an der Stalltür in rauen Mengen sichergestellt; die meisten waren unverwertbar, weil sie abgewischt worden waren. Nicht besonders gründlich, aber immerhin.

Bei der Obduktion und im Labor wurden in Fernandos Blut keinerlei Spuren von Alkohol oder Drogen nachgewiesen. Man ging weiterhin von einer Betäubung mit Chloroform aus. Gestorben war er durch Ersticken aufgrund der schweren Quetschungen innerer Organe, vor allem der Lunge. Es standen noch einige Untersuchungen aus, die uns wohl keinen Schritt weiterbringen würden, solange wir gegen eine Mauer des Schweigens rannten.

In der nächsten Viertelstunde erreichte uns ein Fax von meinen Assistenten Paulus aus München. Er schrieb: ›Dein Verdacht hat sich bestätigt, Chef. Der dubiose Freund von Susanne Weinbauer, dieser Marius Webermann, ist ein Privatdetektiv, der entweder von Isabellas Vater oder Susanne Weinbauer engagiert worden ist. Wir konnten das noch nicht genau ermitteln. Grüße aus dem regnerischen Deutschland.‹

Pablo starrte mich an. »Wie bist du auf diese Idee gekommen?«

»Keine Ahnung«, antwortete ich, »reines Bauchgefühl. Wir müssen Susanne und Webermann auf jeden Fall noch mal verhören. Sie haben vielleicht wertvolle Beweismittel gefunden, die sie uns verschweigen können, solange wir sie nicht offiziell danach befragen.«

Pablo nickte und schritt sofort zur Tat. Ein Anruf, und eine Stunde später saßen Susanne Weinbauer und ihr Detektiv in Pablos Büro. Webermann legte seine Lizenz vor.

Wir begannen mit der Vernehmung von Susanne, die wie immer total cool wirkte. Webermann musste in einem anderen Raum warten und schien deutlich nervöser.

Pablo begann die Befragung mit einer vorwurfsvollen Frage und einer Drohung: »Warum haben Sie uns neulich verschwiegen, dass Sie mit dem Privatdetektiv Herrn Webermann eigene Ermittlungen anstellen? Wenn Sie deren Ergebnisse vor uns verheimlichen, machen Sie sich strafbar, ganz besonders in einem Mordfall. Ich frage Sie also jetzt offiziell: Was ist bei Ihren Ermittlungen herausgekommen?«

Susanne ließ sich nicht irritieren. Freundlich und lässig erzählte sie ihre Story, ohne direkt auf Pablos Worte einzugehen: »Isabellas Vater hat schon in den Wochen vor ihrem Tod Angst um seine Tochter gehabt. Diesem Miguel und seinem weiblichen Bodyguard hat er nicht über den Weg getraut. Isabella kannte Webermann von früher, allerdings nur flüchtig. Aber sie hat dann schnell Vertrauen gefasst, als er sich als alter Bekannter ihres Vaters zu erkennen gab.«

Pablo unterbrach ihren Redefluss: »Uns interessieren nur Ihre jetzigen Ermittlungsergebnisse.«

Er reagierte gereizt auf Susannes lockere Art. Ich hielt mich zurück. Susanne tat so, als ob Pablo sie gar nicht unterbrochen hätte.

»Während dieser Wochen, in denen sich Isabella und Marius näherkamen, hat er sowohl in ihrem Zimmer als auch in ihrem Auto Kameras und Mikrofone installiert. Deren Aufzeichnungen können Sie gerne haben. Sie enthalten allerdings wenig Aufschlussreiches.«

Pablo erwiderte: »Haben Sie diese Aufzeichnungen dabei? Überlassen Sie uns die Bewertung. Wir haben schließlich auch Ermittlungsergebnisse, von denen Sie nichts wissen, und deshalb können Sie keine endgültige Beurteilung abgeben. Vor Gericht dürfen Ihre Aufzeichnungen sowieso nicht verwendet werden.«

»Ja, eben, deswegen haben wir weiter recherchiert«, antwortete Susanne mit ihrem kühlen und arroganten Lächeln. »Marius wird Ihnen die Bänder sowie einen schriftlichen Bericht mit den restlichen Ergebnissen übergeben.«

Plötzlich fiel mir eine andere Frage ein. Also wandte ich mich an Susanne: »Haben Sie beide auch auf der Romero-Ranch ermittelt?«

»Ja«, antwortete Susanne, und aus den Augenwinkeln sah ich, wie Pablo zusammenzuckte. Er fing sich schnell und unterbrach meine Befragung: »Ich hoffe, Sie haben keine Wanzen im Hause Romero installiert? Das würde teuer für Sie werden.«

In diesem Moment war mir plötzlich klar, dass Pablo jemanden in der Familie Romero schützte. Er versuchte offensichtlich, Susanne einzuschüchtern. Diese ließ sich aber nie einschüchtern, das wusste ich aus früheren Fällen. Pablo wusste das nicht. Er glaubte ihr wohl, als sie sagte: »Nein, das Haus von so hoch angesehenen Familien würden wir nie verwanzen, wir sind doch nicht lebensmüde. Der Romero-Fall geht uns ja auch gar nichts an.«

Bei diesen Worten blickte sie mir direkt in die Augen und ich las darin: *Nimm später privat Kontakt zu mir auf.*

KAPITEL 30

Etwa zwei Stunden später rief ich Susanne Weinbauer von unserem Hotel aus an. Sofia lag neben mir im Bett und hörte mit.

»Hallo, Frau Weinbauer, habe ich Ihren Blick vorhin richtig gedeutet? Wollten Sie mir noch privat etwas sagen?«

»Ja, lieber Kommissar Schreiner, Sie haben das ganz richtig interpretiert. Diese spanische Armada werden Sie nie besiegen, weil Ihr Pablo nämlich auch dazugehört und Ihnen ständig in den Rücken fällt. Also muss ich Ihnen helfen. Holen Sie sich morgen früh ein Tape in unserem Hotel ab. Wir frühstücken gegen 8:00 Uhr im Frühstücksraum. Hören Sie es sich bis zum Ende an, bevor Sie irgendetwas mit Pablo besprechen.«

Ich sagte ihr also zu, sie morgen im Frühstücksraum ihres Hotels zu treffen. Sofia flüsterte: »Wie gut, mein Schatz, dass du ein Händchen für starke Frauen hast, deren einzige Schwäche es ist, dir zu helfen.«

Ich flüsterte zurück: »Ja, aber auch nur, weil ich ihnen auch schon mal geholfen habe.«

Dienstag, 03. April

Am nächsten Morgen fuhr ich ins Hotel Giralda Center und traf tatsächlich Susanne und ihren Privatdetektiv beim Frühstück an. Ich setzte mich kurz an ihren Tisch, wechselte ein paar höfliche Worte und legte meinen rechten Unterarm vor mich auf den Tisch. Susanne erzählte ein kleines Erlebnis vom Stierkampf am letzten Wochenende und schob dann mit großer Geste eine ihre blonden Haarsträhnen aus dem Gesicht. Gleichzeitig spürte ich einen kalten, kleinen Gegenstand unter meiner Hand. Weder ich noch eine Person von den benachbarten Tischen hätte dieses kleine Manöver registrieren können, weil sie in der nächsten Sekunde ihre Haare kunstvoll auf dem Kopf drapierte, mit einer Nadel feststeckte und so die Aufmerksamkeit auf ihre schöne blonde Frisur lenkte.

Tja, dachte ich, *sie ist einfach ein Profi.*

Nach diesem kurzen Besuch im Frühstücksraum eines fremden Hotels fuhr ich sofort wieder in mein eigenes zurück. Sofia war schon zur Flamenco-Schule aufgebrochen. Sie hatte sich ein Fahrrad geliehen und fühlte sich in Sevillas engen Gassen sicher damit. Für mich wäre das eher nichts gewesen; ohne eine schützende Blechhülle um mich herum kam ich mir zu verletzlich vor.

Gestern Abend hatten wir uns zusammen das Notizbuch angeschaut, das Fernando an die Küchenhilfe adressiert hatte. Es enthielt Angaben, die er wohl gemacht hatte, weil er schon damit gerechnet hatte, dass man ihn aus dem Weg räumen wollte. Natürlich hatte er Spanisch geschrieben und wir verstanden nicht alles hundertprozentig. Trotzdem schockierten uns seine Worte.

Ich übersetzte die Eintragungen ins Deutsche und Sofia schrieb den Text auf einen Din-A4-Zettel. Fernando hatte mit kleiner, krakeliger Schrift auf mehrere Seiten verteilt seine Ahnungen oder besser Vermutungen zu Isabellas Tod und seinem bevorstehenden eigenen festgehalten. Auch wenn er den Namen Romero nicht erwähnte, war klar, dass er mit ›sie‹ diese Familie meinte. Es kamen wohl nur der Alte und sein ältester Sohn Enrique infrage. Fernando hatte aus dem Gedächtnis einige Bemerkungen der Familienmitglieder aufgeschrieben: ›Der Chef hat Isabella mehrmals als rote Hexe oder roten Teufel und einmal als Flamenco-Nutte bezeichnet. Nach ihrem Tod hat er zu seinen Söhnen gesagt: *Jetzt muss Miguel nur die Trauer überwinden und dann kann er wieder frei leben und sich eine passende Freundin suchen. So wird er die Deutsche schnell vergessen.* Die Söhne haben zugestimmt und Enrique behauptet: *Damit ist es vom Tisch, dass er nach Deutschland abhaut und als Matador aussteigt.*‹

Dann berichtete Fernando über einen Streit, den er gehört hatte: ›Ich habe nur Isabellas Worte verstanden, nicht mitbekommen, was der Chef zuvor gesagt hatte. Aber seine Worte haben Isabella wohl so in Wut versetzt, dass sie laut geschrien und dem Alten gedroht hat. Sie hat ihn als sturen Egoisten bezeichnet, dem das Glück anderer Menschen wie Miguel oder Esteban völlig egal sei, der geldgierig und skrupellos nur eigene Vorteile im Auge habe und der die Öffentlichkeit täusche.‹

Den Ausdruck Öffentlichkeit hatte Fernando unterstrichen. Vielleicht sah er dieses Wort als Hinweis an, dass Isabella irgendetwas der Öffentlichkeit mitteilen wollte.

Zum Schluss hatte er geschrieben: ›Sie machen sich nie die Hände selbst schmutzig, geben Auftrag an Abhängige oder Schwache.‹

Genau konnten wir diesen letzten Ausdruck nicht übersetzen, von der Bedeutung war er aber unmissverständlich.

Sofia hatte dann die Essenz des übersetzten Texts auf einer halben Seite zusammengefasst. Diese Zeilen las ich mir jetzt noch einmal durch: ›Isabella wurde getötet, weil sie Miguel aus Spanien und vom Stierkampf weglocken wollte und weil sie Dinge wusste, die in Spanien niemand erfahren sollte. Mich werden sie deshalb auch töten. Und weil ich weiß, dass sie Isabella auf dem Gewissen haben.‹

Ich hatte Pablo angerufen und mein Erscheinen im Büro auf 9:00 Uhr angekündigt, ohne diese Verspätung zu begründen. Schließlich war er nicht mein Vorgesetzter. Deshalb konnte ich jetzt das Band von Susanne Weinbauer in aller Ruhe in mein Abspielgerät legen und es mir anhören. Es war offensichtlich schon bearbeitet worden. Jeder einzelne Abschnitt wurde mit Datum und Uhrzeit eingeleitet. Unter dem 24. März – Isabellas Todestag – um 15:13 Uhr waren zwei Frauenstimmen zu hören, die sich eher unterkühlt unterhielten. Die erste Stimme fragte: »Was ist so wichtig, dass du es nur in meinem Zimmer und unter vier Augen, sagen kannst?«

Die zweite antwortete auf gebrochenem Deutsch: »Du bist in Gefahr. Frage nicht, von wem ich das weiß, glaube mir einfach. Verlasse Sevilla, so schnell du kannst.«

Daraufhin entgegnete die erste Stimme: »Das würde dir so passen, damit du wieder leichtes Spiel bei Miguel hast!«

Die zweite Stimme erwiderte: »Das denkst du, und ich

würde auch so denken, aber es ist nicht die Wahrheit. Sie haben Angst um ihre Existenz, falls du Miguel mitnimmst nach Deutschland, falls er mit Stierkampf aufhört. Er ist Geldquelle für viele Spanier.«

Dann vernahm man ein längeres Schweigen. Schließlich wieder die Stimme, die in einwandfreiem Deutsch sprach und wohl Isabella gehört: »Ich überlege mir deine Warnung. Danke und gute Nacht.«

Man hörte das Scharren eines Stuhles, dann eines anderen und die leisen Worte »Ich bete für dich« von der Person, die wahrscheinlich die Tür öffnete und hinter sich wieder schloss.

Dann ging es mit einer neuen Aufnahme weiter. Diese wurde wieder mit einer Zeitansage eingeleitet: Am 24.03.2001, 23:48 Uhr, also in derselben Nacht waren anfangs keine Stimmen, sondern nur Geräusche zu vernehmen, zunächst das leise Öffnen der Tür. Diese war offenbar nicht abgeschlossen; jedenfalls hörte ich keinen Schlüssel, der sich im Schloss drehte, nur das Öffnen und dann auch das leise Schließen der Tür. Es folgte wieder Stille.

Plötzlich flüsterte eine Stimme: »Isabella, estas despierto?«

Ich wusste, dass das hieß »Bist du wach?«, ich konnte allerdings nicht sagen, ob es eine Männer- oder

Frauenstimme war, die da sprach, oder ob ich sie schon mal gehört hatte. Durch das Flüstern ließ sich die Stimme nicht identifizieren. Nach einiger Zeit hörte ich Geräusche, ähnlich wie ein schnelles Bewegen von Armen oder Beinen. Mein Herzschlag beschleunigte sich und ich hielt die Luft an. Wahrscheinlich hatte Isabella im Schlaf etwas um sich geschlagen, sei es, weil sie den Stich der Injektion wie einen Mückenstich gespürt hatte, sei es, weil sie einfach kurz erwacht war. Dann hörte man ruhiges Atmen, das plötzlich in einen unnatürlich langsamen Atemrhythmus überging. Mich fröstelte – das Band lief weiter. Nach etwa fünf Minuten wurde das Atemgeräusch unregelmäßig, zwei sehr lange Pausen und dann völlige Stille. Isabella hatte aufgehört zu atmen. Das Band lief weiter. Plötzlich sagte eine leise Stimme:»Te deseo paz.«

Die Mörderin oder der Mörder wünscht dem Opfer einen friedlichen Schlaf, dachte ich und zuckte zusammen, als ich das Geräusch der sich schließenden Tür hörte. Das war die letzte Aufnahme auf diesem Band.

Mir war schlecht. Ich spürte den Kopfschmerz heranziehen wie dunkle Gewitterwolken. Wer war der Mörder – oder war es wirklich eine Mörderin? Der Sprecher oder die Sprecherin der letzten leise gesprochenen Worte konnte nur durch Stimmanalyse identifiziert werden. Dazu mussten wir von allen Verdächtigen Stimmproben anfertigen lassen. Das würde uns mindestens zwei Tage kosten, und wenn das Gericht das Band nicht anerkannte, waren wir genauso weit wie zuvor.

Ich entschloss mich, Pablo auch von diesem Band nichts zu sagen, sondern darauf zu warten, was Sofia aus Sara Sanchez herausbringen würde. Nach dem, was ich gerade auf diesem Band gehört hatte, hielt ich es für wahrscheinlich, dass Sara wusste, wer der Mörder oder die Mörderin war. Sie mussten wir zum Reden bringen. Sofia war bestens dafür geeignet. Ich durfte als deutscher Kommissar sowieso keine spanischen Personen verhören und erst recht nicht im Zusammenhang mit dieser illegalen Abhöraktion.

Vorerst fuhr ich also ins Büro, um an der Vernehmung von Isabellas Vater teilzunehmen. Alfredo Martinez hielt sich seit Fernandos Tod auffällig zurück. Wir hatten ihn weder telefonisch noch persönlich gesprochen. Zuvor hatte er sich täglich nach unseren Fortschritten erkundigt. Pablo erschien das wohl auch erwähnenswert, denn er begann die Vernehmung mit den Worten: »Señor Martinez, lange nichts von Ihnen gehört. Ich dachte schon, Sie hätten Sevilla verlassen. Haben Sie von dem tragischen Tod auf der Romero-Farm gehört? Was meinen Sie, besteht zwischen den beiden Morden ein Zusammenhang?«

Martinez' Reaktion auf diese Worte hatte ich nicht

erwartet. Er wurde blass und unsicher. Ich bemerkte ein Zittern seines linken Unterlides, auch seine Stimme war leiser im Vergleich zu seinem früheren Auftreten, das mit lautstarken Vorwürfen gespickt gewesen war.

»Ja, das glaube ich«, sagte er schließlich. »Der Stierpfleger ist gestorben, weil er Isabellas Mörder kannte. Jeder ist in Gefahr, der dem Mörder gefährlich werden kann oder zu viel weiß.«

Er blickte dabei Pablo in die Augen und Pablo senkte den Blick. Mein spanischer Kollege tat so, als ob er die Akten, die vor ihm lagen, studierte. Dann sagte er: »Das sehe ich auch so. Isabellas Mörder wollte mit dem Tod Fernandos nicht nur seine Täterschaft vertuschen, sondern auch andere Fakten und Vorkommnisse. Diese müssen wir zuerst ermitteln. Können Sie uns dabei helfen?«

Martinez sah mich an. Ich schüttelte minimal den Kopf. Er hatte es gesehen und ich hoffte inständig, dass er weder Susanne noch ihre Abhöraktionen erwähnen würde. Denn klar war, dass Susanne ihm ihre Ermittlungsergebnisse mitgeteilt hatte und dass er wusste, dass ich das Tape besaß. Jetzt antwortete er mit einer betont ruhigen und emotionslosen Stimme: »Sie wissen, dass ich der spanischen Polizei nicht vertraue; ihre Beziehungen zu Verdächtigen sind mir zu eng. Wenn ich also etwas wüsste, würde ich es Ihnen nicht sagen und dem deutschen

Kollegen auch nicht, denn er arbeitet offensichtlich sehr freundschaftlich mit Ihnen zusammen. Ich werde mich an die Oberstaatsanwaltschaft in Madrid wenden. Und wenn auch ich umgebracht werden sollte, wird der deutsche Kommissar wissen, was er zu tun hat.«

Beinahe hätte ich geklatscht. Martinez' Ansprache war genau richtig. Er hatte Pablo in die Enge getrieben. Der erkannte das ebenfalls und reagierte wie erwartet: »Ihre Verdächtigungen sind unerträglich. Nur weil Sie ein trauernder Vater sind, werde ich Sie nicht wegen Beleidigung und übler Nachrede anzeigen. Es steht Ihnen frei, Madrid einzuschalten. Der Fiskalgeneral del Estado wird ganz sicher unparteiisch seine Pflicht erfüllen.«

Nach einer kurzen Pause, in der sich Pablo offensichtlich sammeln musste, fragte er: »Kannten Sie Fernando Lopez persönlich?«

Diese Frage war interessant. Plötzlich war ich mir gar nicht mehr sicher, ob Pablo zu den Romeros hielt. Auch Martinez wirkte erstaunt, antwortete dann aber, wohl wahrheitsgemäß: »Ja, er hat sich bei mir nach Isabellas Tod gemeldet. Hat mir sein Beileid ausgesprochen und gesagt, wie leid ihm ihr Tod tue. Ich hatte ihn vorher noch nie gesehen und war von seinen Worten überrascht. Fernando hatte telefonisch um diese Unterredung gebeten und wir haben uns in einem Café getroffen. In diesem ziemlich kurzen Gespräch hat er angedeutet, dass Isabella sich mächtige Spanier zu Feinden gemacht habe und dass jeder vorsichtig sein müsse mit dem, was er sage, denn es gehe um viel Geld, um Existenzen. Damals habe ich verstanden, dass die Motive für den Tod meiner Tochter mit Miguel und dem Stierkampf zu tun haben.«

Für Pablo und mich war klar, dass Martinez nichts Genaueres wusste. Ich hielt meine Informationen weiter zurück, hatte ich doch immer noch das Gefühl, dass Pablo entweder mit der Familie Romero unter einer Decke steckte oder aber von ihnen unter Druck gesetzt werden konnte.

KAPITEL 31

Nach der Vernehmung dieses verbitterten Vaters gingen wir kurz in den schattigen Garten. Wir mussten der Enge des Büros entfliehen. Pablo hatte diesen Vorschlag gemacht, und als wir auf der Bank neben dem kleinen, plätschernden Springbrunnen saßen, fühlte ich das gegenseitige Misstrauen wie eine Mauer zwischen uns. Wenn keiner von uns diese trennende Wand durchbrach, waren unsere Ermittlungen zum Scheitern verurteilt. Ich wusste das, konnte aber nicht über meinen Schatten springen und Pablo alle meine Informationen preisgeben.

Plötzlich sprach er mich mit Vornamen an: »Markus, ich verstehe, dass du mir und anderen Spaniern misstraust. Martinez ist Spanier, und selbst er misstraut uns, also der Polizei. Das ist normal in so einem schwierigen, verzwickten Fall. Misstrauen ist manchmal auch gesund, sogar lebensrettend, und meistens klug. Ich habe nichts gegen dich als Mensch. Deswegen sage ich dir, ich kann dich und deine Verlobte nicht schützen, wenn ihr eigene Wege geht, von denen ich gar nichts weiß. Und die ich vielleicht auch nicht wissen muss. Aber ich will keine weiteren deutschen Leichen in Sevilla, vor allem keine, die ich persönlich gut kenne und schätze, das musst du mir glauben.«

Ich war gerührt und gleichzeitig befremdet. Waren seine Worte eventuell als Drohung zu verstehen? Sicher aber wollte er uns warnen. Ich glaubte ihm, dass er uns nicht schützen konnte, auch wenn er es gewollt hätte. Er hätte vier oder fünf Polizisten für unseren Personenschutz anfordern müssen, und das wäre nicht bewilligt worden. Man hätte uns höflich, aber bestimmt nach Deutschland zurückgeschickt.

Also nickte ich und beschwichtigte ihn: »Danke, Pablo, ich weiß das. Wir haben keine anderen oder besseren Informationen, die Aufschlüsse über den oder die Täter geben, als du sie hast. Und wir sind auf der Hut, denn auch Personenschützer wären nicht allgegenwärtig, weder auf den Straßen noch im Hotel.«

Pablo nickte. »Da hast du leider recht. Schauen wir uns mal den Bericht dieses Herrn Webermann an«, lenkte er ab.

Er hatte die DIN-A4-Seite des Privatdetektivs in einer Klarsichthülle mitgenommen und hielt sie so, dass wir sie beide lesen konnten. So saßen wir nun einträchtig nebeneinander wie Klassenkameraden und lasen den Bericht Zeile für Zeile durch. Er war auf Deutsch, sodass ich immer wieder bestimmte Worte oder Sätze übersetzte, auf die Pablo zeigte. Das Ergebnis dieses Berichtes war ernüchternd. Sie hatten nur herausgefunden, dass Esteban homosexuell war und möglicherweise eine Affäre mit Gerd Schosser gehabt hatte. Ihre Vermutung stützten sie auf einen Besuch Estebans in Schossers Hotelzimmer. Er sei am Pförtner vorbei und verkleidet in Schossers Zimmer geschlichen. Westermann schrieb allerdings am Ende seines Berichtes: ›Es bleiben viele Personen verdächtig: so der alte Romero und sein ältester Sohn sowie einige Flamenco-Tänzerinnen, allen voran Miguels Exfreundin Sara Sanchez, außerdem die Vermieterin Maria Diaz. Michaela Meyer müssen wir noch genauer überprüfen. Sie wurde von uns zeitweise observiert und hat mit Fernando Lopez zwei Tage vor dessen Tod gesprochen. Die beiden haben sich in einem Park nacheinander auf eine Bank gesetzt und so getan, als ob sie sich nicht kennen würden. Nach etwa fünf Minuten sind sie wieder nacheinander in verschiedene Richtungen weggegangen.‹

Ich wusste ja, dass wir hier nur die Hälfte der

Erkenntnisse zu lesen bekamen, die Susanne und Webermann zusammengetragen hatte. Was Pablo darüber dachte, konnte ich nicht sagen. Er flüsterte: »Die zwei leben auch gefährlich.«

Dann sprach er jedoch etwas aus, das ich auch so sah: »Wir müssen diesen Schosser jetzt nochmals vernehmen. Er hat uns einfach verschwiegen, dass er mit Esteban auch ein Verhältnis hatte.«

Die erneute Vernehmung von Gerd Schosser fand am Nachmittag statt. Er wirkte ängstlich und misstrauisch. Nachdem Pablo die Personalien nochmals aufgenommen hatte, fragte er: »Wie lange sind Sie schon durchgehend in Sevilla?«

»Seit 5. März, etwa drei Wochen vor Isabellas Tod. Ich bin damals hierhergekommen, um sie zu trösten und zu beraten. Sie hat mich darum gebeten. Isabella hat keine Sekunde mit ihrem Tod gerechnet und nie an Selbstmord gedacht, wie in spanischen Zeitungen vermutet wurde. Wenn Sie nichts dagegen haben, will ich am Montag wieder zurück nach Deutschland reisen.«

Pablo nickte. »Das ist eine gute Idee. Ich denke, Sie werden jetzt alle noch offenen Fragen beantworten können und sind dann frei, zu gehen, wohin Sie wollen.«

Dann begann er sofort mit der ersten Frage: »Hatten

Sie Kontakt zu anderen Männern der Romero-Ranch außer Fernando Lopez?«

»Ja, mit Esteban, aber erst nach Fernandos Tod. Er hat mich im Hotel besucht und seiner Trauer über den Tod seines Freundes freien Lauf gelassen. Er ist sicher nicht Fernandos Mörder.«

Pablo reagierte ungehalten. »Diese Beurteilung überlassen Sie lieber uns, der Polizei.«

Er nickte kurz in meine Richtung und ich fuhr mit der Befragung fort: »Was hat Esteban denn noch gesagt bei diesem Besuch?«

»Er hat mir geraten, nach Deutschland zurückzureisen. Esteban hat es nicht direkt gesagt, aber durch die Blume, dass auch ich in Gefahr bin. Er hat behauptet: ›Meinen Besuch bei Ihnen habe ich verkleidet und geheim gemacht, damit ich Sie nicht zusätzlich gefährde. Fernando wusste zu viel und seine Mörder denken, dass auch Sie, als sein Liebhaber, zu viel wissen. Verlassen Sie Sevilla, so schnell Sie können.‹ Dann hat er wieder seinen Hut tief ins Gesicht gezogen, den Jackenkragen hochgestellt und seine Sonnenbrille aufgesetzt. Er war nicht länger als zehn Minuten in meinem Zimmer, hatte sich nicht vom Pförtner anmelden lassen, hatte einfach an meine Tür geklopft.«

Pablo stellte noch ein paar belanglose Fragen, die nichts

Neues ergaben. Dann entließen wir Fernandos Freund.

Zu mir sagte Pablo: »Der Mann ist wirklich in Gefahr. Ich werde zwei Leute zu seinem Schutz abstellen. Bin froh, wenn er abgereist ist.«

Inzwischen war ein weiteres Ergebnis der Spurensicherung eingegangen. An Fernandos Gürtel hatte man Fingerabdrücke gefunden, die mit denen auf einer Mistgabel übereinstimmten und weder Fernando noch einem der Stallhelfer oder Cowboys gehörten. Das wussten wir, weil diese uns ohne Probleme ihre Fingerabdrücke hatten abnehmen lassen. Damit war klar, dass wir jetzt dasselbe bei den Männern der Familie Romero tun mussten. Normalerweise hätten wir zwei Mann von der Spurensicherung hingeschickt, Pablo aber sagte: »Da müssen wir selbst noch mal hinfahren und Erklärungen abgeben. So einfach werden diese Männer nicht ihre Finger zur Verfügung stellen.«

Ich nickte. »Zumindest nicht der alte Romero.«

»Der könnte sogar bei mir Schwierigkeiten machen, aber versuchen müssen wir es«, antwortete Pablo.

Erneut war ich mir nicht mehr sicher, auf wessen Seite mein Kollege stand. Vielleicht wollte er doch Fernandos Mörder finden, egal wer es war.

Anscheinend ahnte Pablo, in welche Richtung meine

Überlegungen gingen. Auf der Fahrt zur Farm sagte er plötzlich: »Nur zu deiner Information: Viele reiche Spanier unterstützen ärmere Polizisten, um sie in ihrer Schuld zu wissen. Oft lassen das Polizisten ahnungslos geschehen. Es sind meist nur kleine Vorteile oder Zuwendungen wie unter Spaniern üblich. Karten zum Stierkampf oder zu anderen Ereignissen, ein paar Kilo hervorragendes Stierfleisch und so weiter. Ich gehöre auch zu diesen Polizeibeamten – wie jeder andere im Büro. Wir drücken deshalb manchmal ein Auge zu, aber natürlich nicht bei Mord und Totschlag.«

Ich sagte zuerst nichts, dann kam ich mir unhöflich vor. »Klar, das habe ich auch nicht angenommen.«

Wir schwiegen beide, bis wir das Herrenhaus erreicht hatten und schon von Weitem den Alten auf der Treppe stehen sahen. Er begrüßte uns dieses Mal reservierter, ohne ein Lächeln im sonnengebräunten Gesicht.

»Señores, anscheinend gefällt es Ihnen auf unserer Finca extrem gut. Wie Sie wissen, haben wir Gästezimmer, vielleicht sollten Sie ein paar Nächte hierbleiben.«

Pablo lächelte gequält. »Das können wir uns zeitlich nicht leisten, wir stehen extrem unter Druck. Aber Sie könnten uns helfen, indem Sie uns Ihre Fingerabdrücke abnehmen lassen.«

Jetzt wurde Alfonso Romero richtig sauer. »Dazu werden

Sie einen richterlichen Beschluss brauchen, wenn ich sie Ihnen nicht freiwillig gebe, oder? Und das tue ich nicht. Wo sind wir denn hier? Brave Bürger, die viele Steuern zahlen, alteingesessene Familien mit hervorragendem Leumund müssen, um ihre Unschuld zu beweisen, ihre Fingerabdrücke abgeben? Ich werde auch meinen Söhnen und dem Hauspersonal raten, das zu verweigern.«

Wir hatten die lange Fahrt also umsonst gemacht.

Während Alfonso Romero die letzten Stufen zur Eingangstür wieder hochstieg und vor sich hin zeternd, erschien Esteban an der Tür. Vielleicht hatte er nachschauen wollen, mit wem sein Vater so laut schimpfte. Dieser berichtete ihm kurz, weswegen wir hier waren. Bevor sein Vater ihn zurückhalten konnte, rief er uns zu: »Packen Sie Ihre Werkzeuge schon mal aus! Ich lasse mir gerne meine Fingerabdrücke abnehmen, habe nichts zu verbergen.«

Pablo strahlte und nahm seinen kleinen Klapptisch aus dem Auto. Schnell war auch das übrige Equipment aufgestellt. Der alte Romero verschwand wortlos im Haus, doch während Esteban die Prozedur über sich ergehen ließ, erschien sein Bruder Enrique an der Tür. Er stieg langsam die Treppe zu uns herunter. Sein Gesichtsausdruck war ernst, als er sagte: »Sie machen nur das, was erforderlich ist, und letztlich können wir uns mit dieser

Aktion von jedem Verdacht reinwaschen.«

Dann ließ sich auch er die Fingerabdrücke abnehmen.

Ich dachte: *Nicht von jedem Verdacht wäscht dich das rein, zum Beispiel nicht von einem Auftragsmord, bei dem du deine eigenen Hände nicht benutzt hast.*

Auf der Heimfahrt sagte Pablo: »Alfonso Romero bleibt verdächtig, aber er hat die Tat auf keinen Fall allein begangen. Er nimmt bei all seinen Unternehmungen jemand mit, sozusagen als Rückenstärkung, wenn nicht seine Söhne, dann Freunde oder Untergebene. Ich glaube, er hat vorhin nur nicht über seinen Schatten springen können. Und er weiß natürlich auch, dass, wenn er richtig verdächtig wäre, wir einen richterlichen Beschluss hätten.«

Nach einer kurzen Pause fuhr er fort: »Er lässt uns nur zappeln, so ist er nun mal.«

Zurück im Kommissariat überschlugen sich die Ereignisse. Wir hatten unsere gesammelten Fingerabdrücke im Labor der Spurensicherung abgegeben und uns gerade ins Büro verzogen, als ein Anruf einging: Susanne Weinbauer war von einem Auto angefahren worden und lag schwer verletzt im Krankenhaus Hospital Victoria Eugenia.

Pablo reagierte entsetzt. »Siehst du! Ihr lebt jetzt umso gefährlicher, je näher wir dem Mörder kommen! Ich denke, das sollte eine Warnung für alle Deutschen sein, die in diesem Fall ermitteln, egal ob offiziell oder privat.«

Ich sah das auch so. Wir rannten fast zu Pablos Auto. Während der Fahrt schwiegen wir beide. Erst an der Anmeldung des Krankenhauses flüsterte Pablo mir zu: »Hoffentlich ist Susanne Weinbauer ansprechbar und kann uns Hinweise auf den Täter geben.«

Ich dachte: *Oder die Täterin*.

KAPITEL 32

Der behandelnde Arzt erklärte uns, dass Susanne noch nicht ansprechbar sei, aber auch nicht in Lebensgefahr schwebe. »Sie hat Glück gehabt, dass sie auf diverse Müllsäcke gefallen ist, nachdem sie durch die Luft geflogen ist. Laut Bericht der Verkehrspolizei und des Krankenwagenfahrers wurde sie beim Aussteigen aus ihrem Auto, das am rechten Straßenrand geparkt war, von einem Van angefahren und durch die Luft geschleudert. Wäre sie auf dem Asphalt der Straße aufgeschlagen, hätte sie andere, wahrscheinlich tödliche Verletzungen im Kopfbereich davongetragen. So haben die weichen Müllsäcke Schlimmeres verhindert. Es sind lediglich der rechte Unterarm und das linke Jochbein gebrochen.«

Wir konnten nur durch eine Glasscheibe einen Blick

in ihr Zimmer auf der Intensivstation werfen. Susannes Kopf war bandagiert und der Arm geschient. Man hatte sie leicht sediert, um ihre Schmerzen zu lindern.

Der Arzt meinte, dass wir sie in etwa zwei Stunden kurz vernehmen dürften, also sprachen wir in der Zwischenzeit ausführlich mit den zwei zuständigen Polizisten und dem Sanitäter. Die Polizisten hatten am Unfallort die Aussagen von drei namentlich bekannten Zeugen fixiert. Alle drei liefen im Grunde genommen auf das Gleiche hinaus.

Ein Blumenhändler, gegenüber dessen Laden Susanne geparkt hatte, behauptete, dass der schwarze Van mit ziemlicher Geschwindigkeit direkt auf sie zugefahren sei: »Es ging alles ganz schnell, keine quietschenden Bremsen, und als sie durch die Luft flog, ist der Fahrer einfach weitergefahren, als ob gar nichts geschehen wäre. Keine Ahnung, ob man an dem Auto Spuren erkennen kann. Ich habe kein Glas splittern gehört, eigentlich gar nichts gehört, auch kein Schreien der Frau.«

Eine Passantin, die etwa dreißig Meter hinter dem Unfallgeschehen auf dem Bürgersteig gegangen war, hatte den Van bemerkt und ebenfalls eine Frau durch die Luft fliegen sehen. Sie habe sich weder die Automarke noch das Nummernschild merken können: »Es war aber ein schwarzer Kombi oder so ähnlich, jedenfalls ein größeres, schwereres Auto, das nicht mal langsamer geworden ist.«

Der dritte Zeuge war ein Mann, der aus einem Fenster im Erdgeschoss geschaut hatte. Er behauptete, der Fahrer des Fahrzeugs sei ein Mann gewesen, mit Baseball-Cap, ziemlich jung. Sollte eine Person auf dem Beifahrersitz gesessen haben, dann habe die sich geduckt, also versteckt. Möglich sei das schon; der Mann habe so einen dunklen Schatten auf dem Beifahrersitz gesehen. Auch er bestätigte, dass das Auto nicht abgebremst hatte. Er habe sich Teile des Nummernschildes merken können: Ein S für Sevilla und dann noch eine 5. Außerdem bestand er darauf, dass das Fahrzeug aus einer Parklücke, etwa vier Autos hinter dem von Susanne, herausgefahren wäre und dann sofort stark beschleunigt hätte. Er habe das Gefühl gehabt, der Wagen hätte darauf gewartet, dass die Frau vor dem Hotel parkte und aus ihrem Auto stieg.

Damit wurde also Pablos Mordtheorie bestätigt. Etwa zwei Stunden später verhörten wir dann die noch leicht schläfrige Susanne. Sie wirkte verloren, ja, blass und zerbrechlich in ihrem weißen Krankenhausbett und dem hellblau gestreiften Krankenhausnachthemd. Sie konnte keinerlei verwertbare Hinweise geben, war völlig ahnungslos vor dem Hotel aus dem Auto gestiegen und hatte die Tür ihres Wagens abschließen wollen. Vor dem Aussteigen habe sie zwar in den Seitenspiegel geschaut, aber kein einziges Auto wahrgenommen. Den Wagen, der sie angefahren habe, könne sie deshalb auch nicht beschreiben.

Wir wünschten ihr gute Besserung und Pablo beruhigte sie mit den Worten: »Ich lasse einen Polizisten vor Ihrem Zimmer Wache halten, damit Sie auch wirklich sicher sind.«

Susanne lächelte dankbar und schlief schon fast wieder ein.

Bevor ich ins Hotel fuhr, ließ ich mir noch die Ergebnisse der Spurensicherung auf mein Handy übertragen: Es waren weder Reifen- noch Bremsspuren gefunden worden. Susannes Seitenspiegel war durch das Auto des Unfallverursachers abgebrochen worden. Man hatte zwar schon mit bloßem Auge sichtbare dunkle Lackspuren darauf entdeckt, über diese allerdings den Fahrzeugtyp zu identifizieren, würde Tage in Anspruch nehmen.

Zurück im Hotel musste ich feststellen, dass Sofia noch nicht da war. Ich versuchte, sie anzurufen, jedoch ohne Erfolg. Kurze Zeit später rief sie zurück, allerdings befand ich mich da gerade unter der Dusche.

Sie hatte auf den Anrufbeantworter gesprochen: »Hallo, mein Schatz, ich komme erst gegen 21:00 Uhr zurück, bin noch bei Sara Sanchez.«

Als Sofia um 22:00 Uhr immer noch nicht da war, wurde ich unruhig. Ich hatte ihr zwar auf den Anrufbeantworter ihres Handys gesprochen, dass Susanne überfahren worden sei und sie vorsichtig sein solle. doch sie hatte sich daraufhin nicht mehr gemeldet.

Gegen 22:15 Uhr rief ich Pablo an. Der war um diese Uhrzeit wie alle Spanier noch mit seiner Familie um den Esstisch versammelt. Er versprach, mich abzuholen, und sofort eine Fahndung nach Sofias Leihauto rauszugeben. Denn seit zwei Tagen hatte sich Sofia neben dem Fahrrad auch einen Kleinwagen gemietet, um vor allem im Dunklen nicht immer mit dem Taxi fahren zu müssen.

Als mich Pablo zwanzig Minuten später anrief, stand er schon mit seinem Dienstwagen vor dem Hotel. Ich war inzwischen aufgeregt und froh, dass er mich so schnell abholte. Es sah Sofia überhaupt nicht ähnlich, auf meine Nachricht nicht zu reagieren.

Pablo blickte auch ernst drein, als er sagte: »Die Verkehrspolizei hat Sofias Leihwagen schon gefunden; er stand noch geparkt vor dem Mietshaus, in dem Sara Sanchez wohnt. Diese ist sofort befragt worden und hat angegeben, dass Sofia gegen 20:30 Uhr ihre Wohnung verlassen habe. Sie wisse nicht, wohin Sofia hinwollte.«

Mir war sofort klar, dass etwas Schlimmes passiert war.

Pablo sagte: »Wir reden jetzt nochmals mit Sara Sanchez. Vielleicht kann sie uns Hinweise geben, auch wenn sie selbst gar nicht ahnt, dass diese wichtig sind.«

KAPITEL 33

Sofia

Dienstag, 03. April

Ich hatte die Telefonnummer von Sara Sanchez von meiner gesprächigen Mitschülerin erhalten. Während ich Saras Nummer wählte, überlegte ich, ob ich sofort mit offenen Karten spielen oder sie über den Grund meines Anrufs im Unklaren lassen sollte. Ich war mir sicher, dass jede und jeder in der Flamenco-Szene inzwischen über die Deutsche Sofia Weber Bescheid wusste.

Saras Stimme klang sympathisch, als sie »Hola« sagte. Ich antwortete: »Guten Abend, Sara, hier spricht Sofia Weber. Weißt du, wer ich bin?«

Sie schwieg kurz und sagte dann auf fast perfektem Deutsch: »Ja, die Verlobte eines deutschen Kommissars.«

»Genau. Könnten wir uns treffen und unter vier Augen

reden?«

»Ja, hast du meine Adresse? Ich bin zu Hause.«

Ich bestätigte, dass mir ihre Adresse bekannt war und dass ich jetzt losfahren würde, ich wäre in gut fünf Minuten bei ihr.

»Okay, ich räume noch ein bisschen auf«, sagte Sara, wohl aus Spaß.

Ich verstaute mein Rad im Leihwagen, den ich auf einem Schulparkplatz abgestellt hatte, weil es vor dem Hotel kaum Parkplätze gab. Nach dem Gespräch mit Sara würde es wahrscheinlich schon dunkel sein, und in der Dunkelheit wollte ich nicht mit dem Rad durch Sevillas Gassen fahren. Ich hoffte, vor Saras Haus parken zu können.

Ich hatte Glück: Als ich fünf Minuten später vor dem fünfstöckigen Altbau, in dem Sara wohnte, hielt, war wirklich gerade ein Platz frei geworden. Ich klingelte unten an der Haustür und der Türöffner summte sofort.

Sara wohnte im dritten Stock. Sie stand schon in der Wohnungstür und lächelte mich an. Ich verstand Miguel. Sara war eine Schönheit – nicht makellos, aber umwerfend mit ihren blauen Augen im braun gebrannten Gesicht, das von schwarzen Locken umrahmt war. Sie trug die Haare offen und einen grünen Jogginganzug aus Samt.

Jeder Mann würde ihrem Charme erliegen, dachte ich, als

sie mit einer einladenden Geste in ihre Wohnung deutete. »Komm rein in das Reich einer spanischen Single-Frau, die von vielen Männern begehrt und doch verlassen wird.«

»Das ist oft das Schicksal schöner Frauen. Es ist schwer, den Richtigen unter den vielen Verehrern zu finden«, sagte ich, während ich ihr Wohnzimmer betrat. Schon beim ersten Schritt in umhüllten mich orientalische Düfte von berauschender Sanftheit: Minze, Zitrone, andere, mir unbekannte Früchte.

»Das hast du gut gesagt«, antwortete Sara lächelnd, »aber du weißt, dass Finden und Behalten in der Liebe oft zwei Paar Schuhe sind.« Bei diesen Worten deutete sie auf einen Sessel.

Ich setzte mich und sog den verführerischen Duft ihres Zimmers ein. Sara setzte sich mir gegenüber und plötzlich hatte ich das Gefühl, dass sie die Quelle dieses Duftes war.

»Willst du Wasser, Limonade oder vielleicht ein Bier? Alles schon gekühlt.«

Ich zeigte auf die Wasserkaraffe. Die kühle Flüssigkeit aktivierte allmählich wieder meinen Verstand. Ich war überrascht, wie gut Sara deutsch sprach, fragte aber nicht nach, sondern begann sofort mit meinem Anliegen: »Du hast Isabella ja gekannt, ich nicht. Aber ich kenne Miguel. Er hat mich neulich entführen lassen.«

Sara lachte. »Ich habe davon gehört. Unter den

Flamenco-Schülerinnen wurde nur noch darüber geredet. Für dich hat sich ein Traum erfüllt, den viele träumen. Trotzdem würde keine dieser Mädchen eine Frau töten, die Miguel liebt. Jede würde hoffen, dass er sie irgendwann verlässt und dann vielleicht eine andere auswählt, denn das ist ja schon öfter passiert. Toreros haben meistens eine Schwäche für Flamenco und Flamenco-Tänzerinnen.«

»Ja, davon habe ich gehört«, antwortete ich, »aber von mir fühlte er sich bedroht. Ich bin ja auch noch gar keine Tänzerin.«

Sara schwieg kurz, dann sagte sie überraschend: »Er fühlt sich von vielen Menschen bedroht seit Isabellas Tod. Ich bin froh, dass er in der Nacht ihres Todes bei mir war und ich ihm ein Alibi geben konnte. Damals war er wütend auf Isabella, aber noch der alte Miguel: ein Macho, gewohnt, dass er seinen Willen bekommt. Isabella war die erste Frau, die nicht das tat, was er wollte. Das hat ihn natürlich wütend gemacht, aber andererseits hat er sie umso mehr bewundert und begehrt. Das Gefühl hatte ich jedenfalls an diesem Abend. Er spielte wirklich ernsthaft mit dem Gedanken, eine mehrwöchige oder sogar -monatige Auszeit zu nehmen und mit Isabella nach Deutschland zu ziehen. Das wussten einige Menschen, denen das absolut nicht gepasst hat – und einer von ihnen ist Isabellas Mörder.«

Sie schwieg und ich wartete, ob sie noch etwas hinzu-
fügen würde. Aber ich wartete vergebens.

»Und wohl auch der von Fernando Lopez«, sagte ich
dann.

Sara nickte nur angedeutet, meinte dann aber: »Ich
denke, sein Tod hat andere Gründe.«

Dann blickte sie mir direkt in die Augen, und ihre Art
zu reden veränderte sich. Sie betonte jedes Wort und
sprach sehr langsam: »Sofia, auch du bist in Gefahr, denn
dein Kommissar beeinflusst Pablo. Der ermittelt jetzt in
Kreisen, in denen er gefährlichen Leuten auf die Füße tritt,
ob er will oder nicht. Und die treten zurück. Und wie geht
das am besten? Indem sie die Freundin oder Angehörige
der Kommissare bedrohen oder auch verletzen – nicht
unbedingt töten. Pass trotzdem auf dich auf.«

Ich nickte. »Ja, wir wissen das und können uns wehren«,
sagte ich schließlich. Dann stellte ich die Frage, wegen der
ich überhaupt hier war: »Du hast Isabella auch gewarnt,
sagt mein Freund. Kannst du mir verraten, vor wem?« Ich
blickte ebenfalls in ihre Augen, tiefblau und unergründlich.

»Ich werde vom alten Romero finanziell unterstützt, seit
vielen Jahren. Niemand beißt die Hand, die einen füttert,
aber ich spüre, dass diese Hand auch Böses tun kann.
Sie hat Macht nicht nur über mich, sondern über viele
andere Menschen, auch außerhalb der Familie Romero.«

Dann schwieg Sara, und ich wusste, dass sie nicht mehr sagen würde. Ich stand also auf. »Danke, Sara, für deine Gastfreundschaft und Warnung. Pass du auch auf dich auf.«

Draußen im Flur des Wohnhauses schlug mir ein unangenehmer Geruch nach Zwiebeln, Curry und altem Fett entgegen. Die Realität bedrängte mich mit voller Wucht. Ich überlegte, warum ich in Saras Wohnung mit dem lieblichen Duft eine Gefahr für ihre Besitzerin gespürt hatte. Mir fiel kein plausibler Grund ein.

KAPITEL 34

Als ich wieder auf der Straße stand, schwirrten tausend Gedanken durch meinen Kopf. Sara hatte den alten Romero als möglichen Täter erwähnt, zumindest aber als Auftraggeber. Damit bestätigte sie unseren Verdacht, aber mehr auch nicht.

Verdacht ist das eine, Beweise das andere, dachte ich. *Wie bekommen wir Beweise, wenn jeder nur Andeutungen macht oder Vermutungen äußert?*

Ich war gerade dabei, meine Autotür aufzuschließen, als plötzlich neben mir eine dunkle Gestalt stand. Ich ballte die Faust und der Autoschlüssel drückte sich schmerzhaft in mein Handinneres. Schnell trat ich einen Schritt zurück, um den richtigen Schwung für einen Schlag holen zu können.

Da erkannte ich das Gesicht unter der Kapuze und hörte gleichzeitig die bekannte Stimme von Michaela: »Hola, Sofia, hast du Sara einen Besuch abgestattet? Ihre Bewacher haben damit gerechnet.«

Und bevor ich auch nur erfasste, was ihre Worte wirklich bedeuteten, spürte ich das feuchte, ekelhaft riechende Tuch im Gesicht, dann die Schwärze vor meinen Augen.

Als ich wieder wach wurde, konnten meine Augen nichts erkennen und meine Ohren nur eine beängstigende Stille hören. Ja, die Stille ließ mich erahnen, dass ich mich weit weg von einer Stadt mit Verkehr und Menschen befand, vielleicht in einem Keller mit dicken Mauern – auf jeden Fall lebte ich!

Und dann blies mir ein heißer Wind ins Gesicht. Ein eigenartiges Geräusch drang durch meine Ohren in mein Gehirn: Neben mir atmete ein Tier, ein großes Tier.

Ich erstarrte, blieb regungslos liegen. *Totstellen*, war der einzige Gedanke, der mich durchzuckte.

Dann wurde es plötzlich hell. Licht blendete mich und das Tier. Ich rührte mich weiter nicht, das Tier sprang auf.

Nach einigen Minuten erfassten meine Augen die Situation. Ich lag gefesselt auf Stroh in einem Stall. Dicht an einer Gitterwand konnte ich mich keinen Millimeter bewegen. *Karateschläge unmöglich*, fuhr es mir durch den Kopf.

Über mir sah ich in die großen Augen eines Stieres. Sie beobachteten mich, sein Atem streichelte mein Gesicht. Die Gitterwand schützte mich vor ihm, und er fühlte sich durch sie wohl auch sicher vor mir. Er stand riesig groß und unbeweglich da, wartete wohl, ob das Licht Gefahr bedeutete. Ich dagegen bewegte jetzt langsam und vorsichtig meinen Kopf, um diese Frage zu klären.

Am anderen Ende des Stalls, nahe der Tür, stand Michaela in Kapuzenshirt, Jeans und mit einer Taschenlampe in der Hand. Ihr Gesicht lag im Schatten. Ich konnte es nicht erkennen, aber ihre Stimme klang weich, ja traurig: »Tut mir leid, Sofia. Dieses Mal sind wir bei einem anderen Gastgeber, und ich bin nicht deine Betreuerin, sondern deine Bewacherin. Der Jungstier könnte dein Mörder werden.«

Ich wartete und schwieg in der Hoffnung, dass sie noch eine Erklärung abgeben oder den Namen des Gastgebers verlauten lassen würde. Aber sie sagte nichts mehr.

Nach einigen Minuten, in denen ich nur das leise Schnauben des Stieres hörte, fragte ich: »Und was soll das Ganze? Was will dein Auftraggeber von mir?«

»Von dir will er vorerst nichts, sondern von den Kommissaren. Ich habe ein Foto von dir und dem Stierkopf neben deinem schlafenden Gesicht gemacht. Es ist sehr schön geworden, romantisch und doch bedrohlich zugleich. Dieses Foto wird dein Kommissar bekommen und ich hoffe, Pablo weiß, was zu tun ist. Ich weiß es nicht, bin nur Werkzeug.«

Ich schwieg, überlegte, was die Kommissare tun konnten. Vermutlich lag ich in einem Stall auf der Romero-Ranch. Markus und Pablo würden auch davon ausgehen, aber um eine so große Farm zu stürmen, benötigten sie zwanzig oder dreißig Polizisten. Es war sehr unwahrscheinlich, dass sie so viele organisieren konnten. Also mussten sie versuchen zu verhandeln – aber mit wem und worüber? Was hatten sie als Gegenleistung anzubieten? Sie konnten vielleicht behaupten, Isabella hätte Selbstmord begangen, ein Abschiedsbrief sei gefunden worden, und die Ermittlungen deswegen einstellen. Letzteres war wahrscheinlich das Ziel der Romero-Familie. Und was würde Isabellas Vater dann unternehmen? Hatte er vielleicht jetzt schon Kontakt mit dem Generalstaatsanwalt aufgenommen? Dann waren Pablo die Hände gebunden.

Allmählich wurde meine Stellung unbequem. Ich lag auf der rechten Seite, meine Hüfte und Schulter schmerzten. Außerdem musste ich Wasser lassen.

»Soll ich einfach ins Stroh pissen oder ziehst du mir die Unterhosen aus?«, fragte ich.

»Ich kann mich nicht bewegen, ich habe eine enge Eisenkette um meinen Bauch und die ist an einem Eisenring befestigt. Außerdem sind meine Füße gefesselt«, antwortete die Frau, die, wie ich nun erkannte, alles andere als meine Bewacherin war. Sie befand sich genauso wie ich in der Gewalt von skrupellosen Mördern und auch in Lebensgefahr.

In meinen Augen war Michaela ein Bauernopfer: jahrelang von ihrem Mann geschlagen und gedemütigt, schließlich zur Täterin geworden und nach Spanien geflohen. Auch wenn Miguel sie bei sich aufgenommen hatte, konnte er sie nur vor der Justiz schützen, nicht vor spanischen Kriminellen. Vielleicht wurde er sogar selbst von diesen Leuten bedroht oder erpresst. Andernfalls hätte er doch Michaelas Verschwinden bemerken müssen und hätte schon die Polizei verständigt.

Meine Gedanken erschienen mir verwirrt, wohl noch durch die Folgen des Chloroforms. Ich versuchte vorsichtig, mich auf den Rücken zu drehen. Trotzdem zuckte der Stier zurück und schnaubte aufgeregt. Das Reden von Menschen hatte er toleriert, Bewegungen nicht.

Michaela und ich, wir schwiegen beide. Ich lag nun auf dem Rücken und streckte langsam die Beine aus. So konnte ich es wieder schmerzfrei eine Zeit lang aushalten. Inzwischen würde Markus das Foto in Händen halten – natürlich ohne Fingerabdrücke oder Hinweise auf meinen Aufenthaltsort.

Ich dachte: *Die Romeros werden nicht so blöd sein und mich auf ihrer eigenen Farm verstecken. Nein, sie werden ein anderes Gefängnis für mich gefunden haben.*

Mein Gehirn funktionierte wieder besser. »Weißt du, wo wir uns befinden?«, fragte ich Michaela.

»Ja, auf einer kleinen Farm, die einem Freund der Romero-Familie gehört. Sie liegt etwa dreißig Kilometer von Sevilla entfernt und zwanzig Kilometer von der Romero-Ranch. Hier werden nur noch Stiere zur Fleischgewinnung gezüchtet. Der Besitzer steht wahrscheinlich in der Schuld des alten Romero. Die Stierzüchter haben viele Freunde und viele, die ihnen etwas schulden – eine Hand wäscht die andere.«

Ich überlegte krampfhaft, wie wir uns befreien konnten. Gefesselt und an eine Kette gebunden, aber mit frei beweglichen Füßen – was bedeutete das? Auf jeden Fall konnte Michaela mich nicht losbinden, auch wenn sie es gewollt hätte. Aber sie wollte es wahrscheinlich nicht, sie musste ihre Aufgabe erfüllen. Ich fragte mich, warum oder womit die Romeros sie in der Hand hatten, unter Druck setzten – mit ihrer Vergangenheit? Irgendwie kam mir das unwahrscheinlich vor. Vielleicht verhielt sich alles ganz anders. Vielleicht wurde Miguel bedroht und Michaela versuchte, ihn zu schützen. Womit konnte man Miguel bedrohen? Mit dem Mord an Isabella!

Meine Gedanken drehten sich im Kreis. Vielleicht hatten die Kommissare Informationen, die mir unbekannt waren. Vielleicht würden sie uns hier finden.

Als Nachwirkung des Chloroforms war ich wohl eingeschlafen. Denn als ich aufwachte, war es wieder stockdunkel um mich herum. Ich spürte den Stier dicht neben mir; die Geräusche und die Wärme seines Atems beruhigten mich.

»Bist du noch da?«, fragte ich leise in Michaelas Richtung, bekam aber keine Antwort. Vielleicht war sie auch eingenickt – konnte sie im Stehen schlafen?

»Hallo, Michaela, bist du wach?«, fragte ich etwas lauter.

Inzwischen hatten sich meine Augen an die Dunkelheit gewöhnt. Vorsichtig blickte ich in ihre Richtung, aber da war niemand mehr, kein Schatten, keine Person. Der Stall war menschenleer, nur ich lag gefesselt im Stroh. Aber im Stall neben mir lag der Stier.

 # KAPITEL 35 

Der Jungstier hatte sich an meine Gegenwart gewöhnt, verhielt sich ruhig, schnüffelte hin und wieder in meine Richtung oder kam mit seinem breiten Schädel nah an das Gitter. Erneut streichelte sein nach Heu riechender, heißer Atem mein Gesicht.

Im Stall war es dunkel und kühl. Seit einigen Stunden hatte ich nichts getrunken. Meine Lippen und mein Rachen waren ausgetrocknet. Ich hatte den unteren Teil meines Körpers so weit wie möglich zur Seite geschoben und meine Blase ins Stroh entleert. Die feuchte Unterhose war mir nur minutenlang unangenehm, dann dachte ich: *Du wirst nicht wegen einer nassen Unterhose sterben.* Ununterbrochen drehte sich in meinem Kopf ein Gedankenkarussell. Wellenartig durchflutete mich ein diffuses Angstgefühl, vom Bauch hoch in mein Gehirn, um dort kleine Panikattacken auszulösen. Wenn sie wieder abgeklungen waren, konnte ich klare Gedanken fassen, versuchen, sinnvolle Strategien zu finden.

Der Stier hatte sich hingelegt, ich hörte seine Kiefer das Heu bearbeiten. Dieses monotone Geräusch beruhigte mich. Dann redete ich mit ihm – er hörte zu. Ab und zu bewegte ich meine Beine und meine Arme, so weit das mit den Fesseln möglich war. Ich wollte, dass sich das Tier auch an Bewegungen gewöhnte. Er zuckte tatsächlich nicht mehr weg, schnaubte nicht mehr ängstlich, blieb ruhig. Nach einiger Zeit interessierte es ihn gar nicht mehr, was ich machte. Ja, ich hatte das Gefühl, dass er vor sich hindöste. Ich fiel auch wieder in einen leichten Schlaf.

Mittwoch, 04.April

Und dann, nach langen Minuten, oder waren es Stunden, hörte ich ein Geräusch. Vor dem Stall oder dem Farmgebäude fuhr ein Auto vor. Ich versuchte, meine Muskeln anzuspannen, zog die Knie an meinen Körper, um sie einem Angreifer mit Schwung in den Bauch stoßen zu können. Aber niemand öffnete die Tür zu meinem Gefängnis.

Stattdessen wurde die Tür zum Stall des Stieres aufgestoßen und etwas Schweres hineingeschoben. Die Tür wurde sofort wieder verschlossen und ich hörte das mehrmalige Umdrehen eines Schlüssels. Ich verhielt mich absolut still, bewegte mich nicht, atmete kaum.

Das Auto entfernte sich, der Stier wirkte etwas nervös, stand auf, schnaubte, blieb aber in seiner Stallecke. Ich redete mit ihm, leise, sanft wie zuvor. Meine Stimme kannte er.

Er beugte seinen Kopf wieder herunter zu mir und hörte mir zu. Das Paket lag nah an der Stalltür und bewegte sich nicht. Ich flüsterte dem Stier leise Worte an seine Nüstern, die er nah an mein Gesicht hielt: »Braver Junge. Bleib ganz ruhig, dir passiert hier am allerwenigsten. Du bist überhaupt nicht in Gefahr. Was immer da auch liegt, es ist tot oder schwer verletzt oder betäubt, gar keine Gefahr für dich. Bleib bei mir.«

Und ich versuchte, ihm auch etwas heißen Atem ins Gesicht zu blasen. Er wurde ruhiger. Mein Atem war ihm nicht unangenehm. Vielleicht beruhigte er ihn sogar. Auf jeden Fall blieb er in seiner Ecke und nah bei mir, ging nicht auf das Paket zu. Ich hatte keine Ahnung, wer oder was in den Stall des Tieres gestoßen worden war.

Etwa fünf Minuten später hörte ich ein Stöhnen – leise, aber menschlich. Der Stier reagierte nicht. Ich streichelte seinen Kopf wieder mit meinem Atem. Dann wurde das Stöhnen des Paketes lauter und ich sah eine leichte

Bewegung. Mir war klar, dass am Eingang des Stalles ein Mensch lag, ob gefesselt oder verletzt, wusste ich nicht.

»Hallo, bist du wach, Michaela?«, versuchte ich es auf gut Glück.

»Ja, ich habe schreckliche Schmerzen, aber ich kann mich bewegen, bin nicht gefesselt«, hörte ich die leise, stockende Antwort.

»Beweg dich nicht! Du weißt, dass du im Stall des Stieres liegst! Er hat sich inzwischen an mich gewöhnt, aber du bist ihm fremd und zu nah, du bist eine Gefahr für ihn.«

Michaela sagte nichts, stöhnte nur leicht. Sie durfte auf keinen Fall aufstehen oder sich schnell bewegen – dann war sie verloren!

»Was haben sie mit dir gemacht?«, fragte ich.

»Was sie immer machen, wenn sie die Macht haben: mich zu etwas zwingen, das ich nicht will.«

»Und was war das?«, fragte ich, weil ich mir nicht sicher war, ob sie von einer Vergewaltigung sprach oder nur allgemein über das Machtgehabe von Männern.

»Sie haben mit Schlägen und Drohungen versucht, dass ich ein Geständnis unterschreibe, in dem ich zugebe, dass ich Isabella getötet, Susanne Weinbauer angefahren und dich entführt habe. Ich glaube, sie haben mir mehrere Rippen gebrochen.«

»Wer sind diese ›sie‹?«

»Alfonso und Enrique Romero, der Vater und der älteste Sohn.«

Ich verstand trotzdem nicht, um was es ging. Schließlich hatte mich Michaela ja wirklich entführt und vielleicht auch tatsächlich Susanne angefahren. Ich traute mich nicht, weiter in sie zu dringen.

Nach einigen Minuten des Schweigens und einer unheimlichen Stille begann sie zu sprechen: »Sie wollten, dass ich den Mord an Isabella schriftlich gestehe mit dem Hinweis, dass du und dein Kommissar mir auf die Schliche gekommen seid und ich euch stoppen wollte, indem ich Susanne Weinbauer anfahre. Weil das nicht zum Erfolg geführt hat, musste ich dich entführen. Sie hätten mich dann vom Stier zertrampeln und es als Unfall aussehen lassen.«

So war das also. Diese zwei Männer schreckten vor nichts zurück. Wahrscheinlich hätten sie auch mich getötet, wenn es erforderlich geworden wäre. Dann sagte sie einen Satz, den ich nicht wirklich verstand: »Natürlich hatten sie mich in der Hand – wegen Susannes Unfall und weil ich in der Nacht von Fernandos Tod gezwungen wurde, verschiedene Gegenstände anzufassen.« Sie machte eine Pause, das Sprechen strengte sie an. Als sie fortfuhr, zitterte ihre Stimme; ich spürte ihre Angst, ihre Schmerzen: »Sie hatten mich in dieser Nacht auf die Ranch gelockt, behauptet Miguel sei in Gefahr. Ich wusste damals nicht, um was es wirklich ging, aber ich war mir sicher, dass meine Fingerabdrücke der spanischen Polizei nicht vorlagen. Deshalb habe ich ihrem Druck nachgegeben, ohne zu ahnen, was das wirklich bedeutete. Als ich am nächsten Tag von Fernandos Tod erfuhr, geriet ich in Panik. Jetzt konnten sie mich erpressen und ich hatte sogar Miguel in Gefahr gebracht. Schließlich war ich sein Bodyguard, die Polizei könnte denken, dass ich ihn vor den Folgen einer schweren Straftat beschützen wollte. Nur deshalb habe ich dann ihrem Druck nachgegeben und Susanne angefahren.«

»Warum hast du mich entführt und hierhergebracht? Wir hätten ja beide fliehen können«, fragte ich schließlich.

»Ja, du hast Recht, das hätten wir können, aber ich wollte selbst deinen Kommissar und Pablo zum Aufhören bewegen. Die beiden müssen unbedingt die Ermittlungen abbrechen, sonst sterben weitere Menschen. Natürlich wollte ich dich auf keinen Fall verletzen oder gar töten und natürlich habe ich Isabella nicht umgebracht. Das ist dir ja sicher klar, oder?«

Ich glaubte ihr. Michaela befand sich in einer lebensgefährlichen Situation und war sehr geschwächt. Da war wahrscheinlich niemand in der Lage, sich Lügen auszudenken. Außerdem erschien mir ihre Geschichte logisch.

Die Kommissare waren den Mördern anscheinend so nah gekommen, dass diese massiv zurückschlugen, um ihre Überführung und Festnahme zu verhindern. Mir war klar, dass diese alteingesessenen Finca-Besitzer weder fliehen und alles hinter sich lassen noch ihre Unschuld beweisen konnten, solange Michaela lebte. Sie reagierten wie Stiere, die, in die Enge gedrängt, wild alles angriffen, was ihnen als Feind vorkam.

Mein Stier hatte sich inzwischen wieder hingelegt, direkt neben mich und mit dem Kopf zu mir gewandt. Anscheinend liebte er meine Stimme, meinen Atem und beides beruhigte ihn.

Ich versuchte behutsam, meine gefesselten Hände zu heben und durch das Gitter seine Stirn zu berühren. Er zuckte zuerst kurz zurück, aber ich redete weiter und dann ließ er sich tatsächlich kraulen.

»Hallo, du Schöner, du Starker! Lass dich kraulen, verwöhnen! Ja, so ist es brav. Wir lieben dich, glaub mir das. Wir brauchen deine Hilfe, bitte, verhalte dich einfach ruhig, bleib hier bei mir, beachte die andere Person gar nicht.«

Michaela fragte: »Was hast du vor?«

»Ich beruhige ihn, ziehe seine Aufmerksamkeit auf mich. Versuche du, langsam aufzustehen, und bleib dann an der Tür. Wenn er sich an dich in aufrechtem Zustand gewöhnt hat, kannst du ein paar Schritte machen.«

Vorsichtig und mit möglichst wenigen Bewegungen setzte sich Michaela auf. Sie wartete einige Minuten, bevor sie unter leisem Stöhnen aufstand und schließlich eng an die Stallwand gedrückt, verharrte. Der Stier blieb ruhig liegen, genoss wohl meine sanften Berührungen und mein Atmen.

Michaela stand nah an der Tür und flüsterte: »Und jetzt? Ich sehe keinen Schlüssel, kein Werkzeug, das ich verwenden könnte.«

»Aber über dir siehst du einen viereckigen Holzverschlag. Das ist sicher ein Fenster, das sie mit Holzbrettern vernagelt haben. Ich kann dünne Lichtritzen erkennen. Offensichtlich wird es schon hell.«

»Du hast recht«, antwortete sie. »Ich könnte versuchen, diese Bretter im Ganzen wegzureißen. Vielleicht bin ich stark genug und halte die Schmerzen aus. Aber wenn der Stier durch den Lärm wild wird, weiß ich nicht, ob ich dann so schnell das Fenster zerschlagen und hochsteigen kann. Breit genug scheint es zu sein.«

»Versuch es, so leise und langsam wie möglich«, war meine Antwort.

Ich kraulte den Stier weiter und überlegte, ob ich ihm etwas vorsingen wollte. Mir war eingefallen, dass sich das Pferd, das ich in jungen Jahren besessen hatte, immer total beruhigt hatte, wenn ich während eines Ritts in brenzligen Situationen zu singen begann. *Vielleicht hilft dieses Singen auch bei einem Stier*, dachte ich.

Zu Michaela sagte ich: »Ich fange jetzt an zu singen. Und wenn ich so drei Minuten gesungen habe, können wir beurteilen, ob der Stier das mag oder nicht. Wenn er ruhig bleibt, hört er zu, und dann kannst du es versuchen.«

Ich streichelte also das weiche, krause Fell des Tieres zwischen den Hörnern, blies meinen Atem in seine Nüstern und begann dann leise zu singen. Mir fiel nur ›Summertime‹ ein, ein altes Lied aus ›Porgy and Bess‹, das ich auswendig konnte. Ich sang es weich und sanft und spürte, wie der Stier lauschte. Seine Ohren sah ich nicht, aber ich stellte mir vor, dass er sie wie ein Pferd zu mir drehte, um meine melodische Stimme besser zu hören.

Ich sang das Lied vielleicht viermal, hörte das Brechen des Holzverschlags, sang weiter, kraulte weiter, atmete weiter und der Stier blieb ruhig neben mir liegen. Vielleicht schlief er sogar.

Als Michaela mit einem Faustschlag das Fenster zertrümmerte und unter Stöhnen herausstieg, wusste ich, dass wir gesiegt hatten. Der Stier zeigte nicht das geringste Interesse an dem Lärm und dem, was vier Meter von ihm entfernt passierte. Sogar das Dämmerlicht des neuen Tages irritierte ihn nicht.

Michaela verschwand ohne ein Wort des Abschieds. Trotzdem atmete ich auf und flüsterte meinem neuen Freund zu: »Jetzt kann ich nur warten. Vielleicht schlafen wir beide eine Runde. Ich bin so froh, dass du bei mir bist.«

KAPiTEL 36

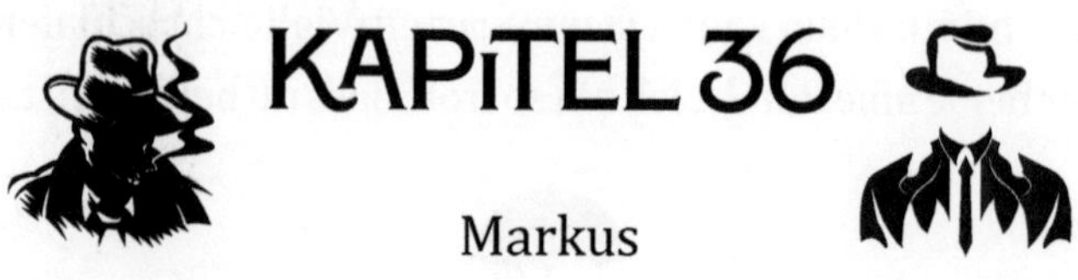

Markus

Die Vernehmung von Sara Sanchez ließ meine Angst um Sofia steigen. Sara geriet von einer Sekunde auf die andere in Panik, als Pablo ihr mitteilte, dass man Sofia entführt hatte: »Direkt nach dem Besuch bei dir, sozusagen vor deinem Haus. Wir haben Sofias Auto unten auf einem der Parkplätze gefunden. Der Entführer muss gewusst haben, dass sie dich besuchen will.«

Die junge Frau wurde blass und ihre Hände begannen zu zittern. Pablo erkannte sofort seine Chance. Er redete allerdings so schnell auf sie ein, dass ich nur Bruchstücke verstand. Auch ihre Antwort war in einem andalusischen Dialekt, leise, schnell, kaum verständlich für mich. Pablos Gesicht erschien mir nach ihrer Antwort angespannt, aber er legte ihr seine Hand auf die Schulter und sagte beruhigend: »Du hast keine Schuld, Sara. Niemand ist in der Lage, böse Menschen so einzuschätzen, dass er ihre Taten verhindern kann – dann gäbe es ja kaum noch Mord und Totschlag.«

Sara nickte und Pablo bat sie, am nächsten Tag auf dem Kommissariat vorbeizuschauen. Im Auto sagte er zu mir: »Sie hat unseren Verdacht bestätigt. Der alte Romero übt Druck auf jeden und jede aus, um seine Ziele zu erreichen. Er will, dass wir die Ermittlungen einstellen, will uns mit Susannes Unfall und Sofias Entführung Angst machen. Ich habe mir das schon gedacht, jetzt hat Sara es bestätigt. Allerdings können wir nichts beweisen. Wir können nicht einfach zur Romero-Farm fahren und dort Sofia suchen. Ich glaube auch nicht, dass man sie auf diesem Anwesen versteckt hält. Sara meint, bei befreundeten kleinen Stierzüchtern, weil viele von denen in der Schuld beziehungsweise in einer Abhängigkeit von den Romeros stehen. Sie werden deshalb alle schweigen und nichts preisgeben. Ich denke, wir müssen auch zu illegalen Mitteln greifen. Das geht nur über diesen deutschen Privatdetektiv Webermann. Ich rufe ihn an.«

Und schon hatte Pablo sein Handy gezückt. Ich wusste nicht, an welche illegalen Mittel er dachte, konnte mir nur vorstellen, dass Webermann doch Abhörgeräte in der Villa der Romeros installiert hatte. Diese könnten uns Aufschluss geben, aber auch nur, wenn innerhalb der Räume wichtige Gespräche geführt worden wären. Den Außenbereich konnte niemand abhören.

Pablo bat Webermann um ein Gespräch. Dieser befand sich gerade auf dem Weg ins Krankenhaus zu Susanne. Er hatte eine Besuchsgenehmigung bekommen, damit Susanne beim Aufwachen auch in der Nacht ein vertrautes Gesicht sehen durfte. Inzwischen war es schon 22:35 Uhr. Webermann war bereit, am Eingang auf uns zu warten. Wir fuhren sofort los.

»Dieser Deutsche könnte Alfonso Romero unter Druck setzen, ja, erpressen. Mit Fakten, die wir ihm liefern müssen«, sagte Pablo, während er durch die Straßen Sevillas raste.

»Und welche wären das?«, fragte ich überrascht.

»Sara hat sie mir gerade verraten«, war Pablos Antwort.

Ich musste das einfach glauben. Webermann wartete schon auf uns, hatte sich auf eine Steinbank neben der Eingangstür des Krankenhauses gesetzt. Er wirkte nervös, gehetzt und sein Lächeln gequält, als er sagte: »Spanien ist gefährlicher, als man vermuten könnte. Susanne hat sich überschätzt, erstmals, seit ich sie kenne.«

Pablo nickte. »Man hat Sofia entführt. Wahrscheinlich dieselben Täter, die Susanne angefahren haben. Wir brauchen Ihre Hilfe. Haben Sie irgendwelche Hinweise, die uns weiterhelfen könnten bei der Suche nach den Tätern oder Auftraggebern?«

Webermann zögerte, dann sagte er: »Wir hatten Wanzen im Stall der Romeros installiert. Das Tape liegt in meinem Auto, Sie können es haben. Susanne wird eh keine privaten Ermittlungen mehr durchführen, denke ich.«

Ich musste lächeln. *Da kennst du sie schlecht, sie wird erst recht weitermachen.*

Pablo ging mit Webermann zu dessen Auto, ich blieb auf der Steinbank sitzen. Als mein Kollege zurückkam, hielt er das Tape triumphierend in der Hand. »So, jetzt werden wir dem Täter auf die Pelle rücken. Lass uns ins Kommissariat fahren und dieses illegale, aber wichtige Beweisstück gemeinsam anschauen.«

Im Kommissariat mussten wir über eine Stunde nach einem geeigneten Abspielgerät suchen. Offensichtlich war eines defekt und das andere von einem Kollegen mitgenommen worden. Inzwischen waren wir so müde, dass wir beschlossen, uns einen kurzen Erholungsschlaf zu gönnen.

Mittwoch, 04.April

Wir hatten vielleicht drei Stunden auf den Sofas in Pablos Büro geschlafen, als uns das Klingeln des Telefons in die Höhe fahren ließ. Der diensthabende Polizist an der Pforte legte ein Gespräch hoch in unser Büro. Pablo nahm den Anruf entgegen und sein Gesicht begann zu strahlen. »Eine Frau, die sich nur als Michaela gemeldet hat, hat die Adresse der Farm durchgegeben. Dort soll Sofia gefesselt, aber unverletzt in einem Stall liegen. Wir sollen vorsichtig sein, weil sich im Stall nebenan ein Stier befindet. Ich kenne diese Farm. Der Bauer züchtet Bullen zur Fleischgewinnung, keine Kampfstiere. Da besteht ein gewisser Unterschied. Diese Tiere sind Menschen gewöhnt und friedlicher. Wir fahren sofort dorthin, ich fordere Verstärkung an. Die Fahrt dauert etwa fünfundvierzig Minuten. Wir werden im Morgengrauen ankommen. Jetzt ist es ja schon 4:30 Uhr.«

»Und wo ist Michaela?«, fragte ich.

»Keine Ahnung«, antwortete Pablo. »Sie hat sofort nach diesen Angaben aufgelegt. Die Kollegen konnten nicht ermitteln, von wo aus sie angerufen hat. Wir konzentrieren uns jetzt erst mal auf die Befreiung von Sofia und die Festnahme des Farmbesitzers, der wird dann schon reden.«

Vierzig Minuten später standen wir vor einer heruntergekommenen Farm neben einer großen Weide, auf der fünf Stiere friedlich grasten. Menschen sahen wir nicht. Etwa hundert Meter von uns entfernt stand ein verfallener

Stall mit einem Vordach als Schattenspender für die Stiere.

»Sofia könnte in diesem Stall sein«, meinte Pablo und wies hinüber. »Der sieht stabiler aus als das alte Haus.«

Wir fuhren auf einem Feldweg zum Stall. Der wirkte völlig ruhig und verlassen. Kein Geräusch war zu hören.

Leise stiegen wir aus, schlichen mit gezückten Pistolen zur vorderen Tür des Gebäudes. Gerade wollte Pablo den Schlüssel herumdrehen. Da hörten wir den Stier. Er schnaubte nervös, direkt hinter der Tür. Pablo wich zurück. Über uns sahen wir ein eingeschlagenes Fenster. Ich war mir sicher, dass wir Sofia gefunden hatten. Die Frage war nur: In welchem Zustand?

Ein leises »Hilfe« ließ mich erleichtert aufatmen. Auf jeden Fall lebte sie noch!

Pablo drehte den Schlüssel vorsichtig um. Der Stier schnaubte lauter, stieß seine Hörner gegen die Holztür.

»Ich mache jetzt auf und wir bleiben hier in Deckung, gleich hinter der Tür und der Mauer. Der Stier darf uns nicht sehen. Wenn das klappt, wird er raus zu den anderen laufen. Notfalls müssen wir hochspringen und durchs Fenster klettern.«

Pablo öffnete vorsichtig die Tür, wir versteckten uns dahinter und warteten. Zuerst geschah nichts. Das einfallende Tageslicht, auch wenn es noch sanfte Morgensonne war, hatte den Stier vielleicht irritiert.

Plötzlich hörten wir Sofias samtweiche Stimme: »Lauf raus, mein Lieber, die Herde und die Weide rufen. Ich danke dir.«

Und als ob der Stier ihre Worte verstanden hatte, trat er zögerlich mit den Vorderbeinen aus dem Stall. Er blickte in die Ferne, entdeckte wohl seine Kollegen und rannte mit voller Wucht los. In einem kräftigen Galopp erreichte er schnell die Herde – wurde einer von Andalusiens Stieren.

Ich betrat sofort den Stall, aber er war leer. Hinter einer Gitterwand sah ich Sofia im benachbarten Stall liegen.

»Ihr müsst eine andere Tür nehmen, die auf der Rückseite des Gebäudes. Ich bin froh, dass ihr da seid«, sagte sie.

Wir rannten um das Gebäude herum und fanden die Tür. Allerdings war sie mit einem dicken Eisenschloss gesichert, weit und breit war kein Schlüssel zu sehen. Pablo zog seine Waffe.

In dem Moment spürte ich die Kugel dreißig Zentimeter von meinem Kopf entfernt vorbeizischen. Sie schlug in die Holzwand ein. Ich warf mich auf den Boden. Pablo schoss zweimal schnell auf das Schloss, bevor auch er sich fallen ließ. Mit dem Fuß versuchte er, die Stalltür zu öffnen. Vergeblich.

Dann sah er die Mistgabel. Er ergriff sie und benutzte sie als Hebel. In diesem Moment hörten wir den nächsten Schuss und Pablo schrie auf. Er war am Bein erwischt worden. Ich sah das Blut spritzen. Trotzdem konnte er die Tür noch aufhebeln. Er robbte sofort in das dunkle Innere des Stalles. Ich wälzte mich hinterher, sah zuerst nur tiefe Dunkelheit. Dann erkannte ich die gefesselte Gestalt am Boden.

»Das wurde aber auch Zeit. Meine Fesseln werden schon lästig«, flüsterte Sofia.

Inzwischen hatten sich meine Augen an die schummrigen Lichtverhältnisse gewöhnt. Ein Blick auf Pablos Wunde zeigte mir, dass keine Arterie verletzt worden war, es sickerte nur noch wenig Blut heraus.

Ich zog also mein Messer und zerschnitt Sofias Fesseln. Dann küsste ich ihren trockenen Mund und sagte: »Bleib noch ein bisschen liegen. Wir wurden angegriffen, müssen uns erst um den Schützen kümmern.«

Ich robbte wieder zur Tür und blickte hinaus. Gegen die tiefstehende Morgensonne erkannte ich nur einen Schatten. Pablo schrie aus dem Inneren des Stalles heraus »Policía Sevilla!« und gab einen Warnschuss ab; er schoss einfach durch den offenen Stalleingang nach oben in den Himmel.

Dann hörten wir einen Fluch und die spanischen Worte: »Policía? Ich dachte, es sind Einbrecher, die meinen Stier töten und sein Fleisch klauen wollen. Es tut mir leid, wenn ich jemanden verletzt habe.«

Pablo rief: »Waffe hinlegen. Fünf Schritte zurückgehen und Namen laut sagen.«

Der Mann schien zu gehorchen, wir hörten ihn zurückgehen. Dann nannte er seinen Namen.

Pablo war inzwischen aufgestanden und humpelte vor die Tür. Ich folgte ihm. Der Mann, der draußen stand, hielt die Hände hoch; er war etwa sechzig Jahre alt und wirkte total erschrocken.

»Ich wollte keinen Polizisten anschießen, das müssen Sie mir glauben!«

Das taten wir; uns war klar, dass er von Sofias Entführung und ihrer Unterbringung in diesem Stall nichts geahnt hatte. Pablo ließ den Mann warten und humpelte zu unserem Auto, holte den Verbandskasten heraus und verband seine Wunde. Ich holte langsam und liebevoll Sofia aus ihrem Gefängnis, stützte sie auf dem Weg zu unserem Wagen und reichte ich ihr sofort eine Wasserflasche.

»Trink langsam, mein Schatz!« Zu Pablo gewandt sagte ich: »Kommst du klar? Ich bringe dich ins Krankenhaus, die Wunde muss ärztlich versorgt werden und Sofia muss ins Hotel.«

Pablo nickte, setze sich auf den Beifahrersitz unseres Autos und rief den Farmer herbei. Er nahm dessen Personalien auf und verhörte ihn kurz.

Die Angaben des Mannes bestätigten unsere Vermutung.

Er wusste nicht, dass man einen seiner Jungbullen in diesem Stall eingesperrt hatte, erst recht nichts von den zwei entführten Frauen. Er habe die Herde aufgesucht, um nach dem Rechten zu sehen, und festgestellt, dass ein Stier fehlte. Deshalb sei er über den etwas entfernt verlaufenden Feldweg zu diesem Stall gefahren. Manchmal legten sich die Stiere dort in den Schatten, suchten Ruhe und Dunkelheit. Er sei seit drei oder vier Tagen nicht auf der Weide gewesen. Er habe keine Ahnung, wer die Frauen hier eingesperrt habe. Jeder X-beliebige hätte Gelegenheit dazu gehabt. Allerdings, einen Stier hierherlocken, dazu müsse man wissen, wie man mit dem Tier umzugehen habe; das könnten nur Stierzüchter oder ihre Arbeiter.

Pablo sagte zum Abschluss: »Erscheinen Sie heute Nachmittag auf dem Kommissariat und überlegen Sie sich gut, was Sie uns zu den Stierzüchtern, die den Stier hierhergelockt haben, sagen wollen. Ansonsten werden wir Sie wegen Entführung, versuchten Mordes und Körperverletzung eines Polizeibeamten mit einer Schusswaffe anzeigen.«

Dann fuhr ich los. Als wir die Schnellstraße nach Sevilla erreicht hatten, sagte Pablo: »Ich lasse mich später von Kollegen aus dem Krankenhaus abholen. Nimm du das Videoband von Webermann mit und schau es dir im Hotel schon mal an.«

Sofia hatte inzwischen zwei kleine Wasserflaschen ausgetrunken und war dann eingeschlafen. Ein paar Minuten später folgte ihr Pablo ins Reich der Träume. Ich war hellwach und überaus froh, dass beide noch lebten.

KAPITEL 37

Im Hotel schleppte sich Sofia zuerst in die Dusche. Ich stützte sie, stellte mich in der Duschkabine neben sie, seifte sie ein und befreite ihren Körper von Stroh und jeglichem Schmutz. Dann wickelte ich sie in ein großes Badetuch und half ihr ins Bett. Schon im Auto hatte sie zwei Flaschen Wasser getrunken, jetzt löffelte sie, im Bett sitzend, zwei Becher Joghurt und einen Grießpudding mit Genuss in sich hinein. Festes Essen wollte sie im Moment nicht zu sich nehmen. Sie aß allerdings noch ein paar Datteln und einen Frischkäse. Auch Erdbeeren, die ich gestern gekauft hatte, erschienen ihr verlockend.

Nach dem Essen ließ sie sich in die weichen Kissen fallen, schnurrte wohlig minutenlang vor sich hin und begann dann zu erzählen, vor allem von ihrem neuen

Freund, dem Stier: »Sein Atem hat mich beruhigt und meiner anscheinend ihn. Wir haben uns gegenseitig so schöne Minuten bereitet, haben uns die Angst genommen, sind Freunde geworden.«

Ich wartete auf Details über die Entführung, aber meine tapfere, wunderbare Geliebte und Stierfreundin war erneut eingeschlafen. Ich hielt ihre Hand und wartete, bis ihr Atmen den Tiefschlaf anzeigte.

Dann holte ich das Abspielgerät und legte das Tape hinein, das uns Webermann gegeben hatte. Zuerst hörte ich nur Männerstimmen, die wohl vor dem Stall der Romeros miteinander sprachen. Die Personen kamen näher und ich konnte einige Wortfetzen, schließlich sogar einen ganzen Satz verstehen: »Es muss sein, wir können kein Risiko eingehen. Er kann unsere ganze Familie vernichten.«

Diese Worte wurden von einer dunkleren Stimme gesprochen, die ich dem alten Romero zugeordnet hätte. Dann hörte ich eine etwas hellere, die sagte: »Wir hätten ihm Geld und ein Ticket nach irgendwohin anbieten können.«

Die dunkle antwortete wieder: »Ja, hätten wir. Aber wenn er das abgelehnt hätte, wären wir genauso weit wie jetzt. Er dagegen wäre gewarnt worden, hätte Vorkehrungen treffen können.«

»Welche Vorkehrungen?«

»Nun, zum Beispiel einen Rechtsanwalt engagieren, dem hätte er einen Bericht, Fotos oder was auch immer als Beweis hinterlegen können.«

»Das ist sehr unwahrscheinlich. So was liegt Fernando nicht. Aber egal jetzt, wir können nicht mehr zurück«, sagte die hellere, jüngere Stimme resigniert. Dann hörte ich ein Scharren, Schiebegeräusche und eine Tür, die beim Verschließen quietschte.

Die jüngere Stimme sagte: »Die Kuh reagiert gar nicht, sie erkennt ihn vielleicht. Dein Plan geht nicht auf.«

Der Sprecher wirkte fast erleichtert, aber der andere erwiderte: »Dann muss ich nachhelfen. Jedes Rindvieh kann man reizen und aggressiv machen.«

Ich hörte, wie er wohl eine Mistgabel von der Wand nahm und gegen die Stallwand stieß. Die Kuh schnaubte, wurde unruhiger. Plötzlich gab sie einen quietschenden Laut von sich. Der Mann schlug wieder gegen die Holzwand, dann vermutlich wieder gegen die Kuh. Erneut hörte ich einen Schmerzenslaut vom bedrängten Tier. Das erste Krachen seines schweren Körpers gegen die Wand ließ mich zusammenzucken. Die gereizte Kuh wollte flüchten. Ich registrierte das Trampeln ihrer Hufe, hörte aber keinen Laut von einem Menschen am Boden. Zwischendrin die jüngere Stimme: »Ich gehe! Ich kann das nicht mitansehen.«

»Schwächling!«, sagte der andere Mann.

Nach mindestens fünf Minuten, in denen das Tier sich weiter gegen die Wand presste und mit den Hufen herumstampfte, wurde es plötzlich ruhiger. Die Kuh schnaubte noch ein paar Mal, dann herrschte absolute Stille. Auch die Aufnahme war am Ende angekommen.

Ich nahm das Band aus dem Abspielgerät. Mir war klar, dass kein Richter diese Aufnahme als Beweisstück anerkennen würde. Sie war illegal zustande gekommen, niemand konnte die Stimmen wirklich identifizieren und die ganze Szene hätte irgendwo stattfinden oder sogar von Schauspielern gesprochen werden können. Auch wenn wir die Stimmen analysieren ließen und sie identisch waren mit denen von Alfonso und Enrique Romero, würde es nicht für eine Verurteilung der beiden Männer reichen.

Ich legte mich erschüttert und traurig neben Sofia, mein Kopf dröhnte, weil ich den schweren Tierkörper gegen die Wand prallen hörte, wieder und wieder. Trotzdem schlief ich ein.

Etwa drei Stunden später weckte mich der Anruf meines Chefs, Staatsanwalt Böttcher: »Mein lieber Schreiner, Ihr Flug zurück ist bereits gebucht. Morgen ist Ihr Arbeitsurlaub in Sevilla vorbei. Haben Sie den Mörder von Isabella

Martinez gefunden? Ihr Vater sagt nein, was sagen Sie?«

»Er hat recht. Wir sind zwar nah dran, aber noch weit von einem Beweis entfernt. Wir wissen immer noch nicht, ob ihr Mörder ein Mann oder eine Frau war.«

Böttcher stöhnte auf. »Ach du Schreck, da haben Sie ja riesige Erfolge zu verzeichnen! Egal, Sie kehren zurück. Martinez weiß Bescheid und ist einverstanden. Er will nach diesem Mordanschlag auf Susanne Weinbauer keine Personen mehr gefährden. Er ist froh, dass sie überlebt hat. Frau Weinbauer wird im selben Flugzeug wie Sie zurückfliegen, Sie sind sozusagen auch ihr Bodyguard.«

Ich bedankte mich und weckte Sofia. »Guten Morgen, mein Schatz, wir haben nur noch den heutigen Tag. Morgen geht unser Flug zurück. Böttcher hat gerade angerufen und mir das mitgeteilt. Bist du schon wieder fit oder lässt du dich heute einfach mal im Hotel verwöhnen und machst höchstens einen kleinen Spaziergang in Sevillas wunderschönen Parks und Gärten? Pablo wird dir sicher einen Beschützer zur Seite stellen.«

Sofia blickte mich an. »So weit kommt es noch! Nein, ich gebe noch nicht auf. Ich brauche auch keinen Beschützer. Jetzt weiß ich, dass ich vorsichtiger sein muss. Ich fahre auf jeden Fall heute noch in die Flamenco-Schule, ich muss mich doch von allen verabschieden. Besonders auch von Maria Diaz, die besuche ich nachmittags.«

»Okay, wie du willst«, antwortete ich. »Schreib mir bitte jede Stunde eine Nachricht, wo du bist.«

»Alles klar«, antwortete Sofia, »das bekomme ich hin.«

KAPITEL 38

Im Büro erfuhr ich, dass Pablo bereits den Stierzüchter verhört hatte, auf dessen kleiner Farm Sofia festgehalten worden war. Inzwischen war es schon 10:00 Uhr. Der Mann war gegen 9:00 Uhr auf dem Kommissariat erschienen, wollte unbedingt ein Geständnis ablegen. Da Pablo nicht mehr schlafen konnte, war er froh, dass der Tag mit einem positiven Erlebnis weiterging. Allerdings war das Geständnis nur bedingt hilfreich. Der Stierzüchter gab zu, von einer unbekannten Person 500.000 Pesetas in einem Briefumschlag erhalten zu haben. Dieser Umschlag sei in seinem Briefkasten am Haus deponiert worden. Er habe niemanden gesehen, sondern nur einen anonymen Anruf erhalten, in dem eine gedämpfte und verzerrte Stimme gesagt habe: »Schau in deinen Briefkasten und meide den Stall in den nächsten vier Tagen.«

Er habe das Geld genommen und die Weide drei Tage nicht aufgesucht. Die Geldsumme hätte etwa dem Wert von zwei Stieren entsprochen. Er habe deshalb damit gerechnet, dass man ihm die zwei Stiere entwenden würde, aus welchen Gründen auch immer. Manchmal würden normal aufgezogene Stiere als Kampfstiere ausgegeben und bei kleinen Corridas in Dörfern eingesetzt, wie er erklärte. Die Kampfstierzüchter würden diese Jungstiere heimlich holen lassen, als ihre eigenen ausgeben und entsprechend höhere Preise verlangen. An eine Entführung von Menschen oder überhaupt an ein anderes Verbrechen habe er zu keiner Sekunde gedacht.

Pablo sagte zu mir: »Wenn wir Glück haben, befinden sich auf seinem Briefkasten oder auf dem Brief Fingerabdrücke des Überbringers. Zwei Beamte sind schon unterwegs zum Gehöft des Bauern.«

Du hast immer noch keine Vergleichsabdrücke vom alten Romero, dachte ich, sagte aber nichts, gab ihm stattdessen das Band von Webermann.

»Hier ist das Tape. Man hört zwei Männerstimmen, die Alfonso und Enrique sein könnten. Und, ja, diese Aufnahme könnte den Tatablauf von Fernandos Mord beweisen. Ich glaube aber nicht, dass es vor Gericht zählt.«

Pablo lächelte und nickte. Er steckte das Tape ein und

sagte: »Es kann allerdings als Druckmittel hilfreich sein.«

Drei Stunden später wussten wir, dass die Fingerabdrücke auf Briefumschlag und Briefkasten identisch mit denen auf der Mistgabel, der Stalltür und dem Gürtel des Toten aus dem Mordfall Fernando Lopez waren.

Pablo strahlte. »Damit bekomme ich einen richterlichen Beschluss und kann die Fingerabdrücke von Alfonso Romero abnehmen lassen, egal was für einen guten Rechtsanwalt er einschaltet.«

Ich war gespannt.

Pablos Vermutung bewahrheitete sich: Um 15:00 Uhr hielt er den Beschluss in Händen. Wir fuhren zusammen mit zwei Polizisten und zwei Mann der Spurensicherung zur Farm der Romeros. Um 16:00 Uhr hatten wir die Abdrücke des Alten. Er hatte diese abnehmen lassen, ohne ein Wort zu sagen und ohne einen Rechtsanwalt anzurufen.

Um 18:00 Uhr lagen uns die Ergebnisse vor: Die Fingerabdrücke, die auf der Mistgabel, der Stalltür und auf dem Brief und Briefkasten sichergestellt worden waren, gehörten keinem der drei Romeros. Wir waren sprachlos – und wir mussten von vorne anfangen.

Ich äußerte einen irrwitzigen Verdacht: »Eigentlich brauchen die Romeros nur eine Person, die von ihnen als Täter ablenkt. Diese Person muss ihre Fingerabdrücke auf den Beweisstücken platzieren und sie darf nicht in unserer Kartei erfasst sein. Das genügt im Grunde, um den Verdacht von der Familie abzulenken.«

Pablo überlegte und schwieg lange. »Leider kann man noch nicht feststellen, ob diese Abdrücke von einer weiblichen oder männlichen Person stammen, so müssen wir nun tatsächlich alle Verdächtigen vorladen. Das kostet uns mindestens zwei Tage«, sagte er schließlich. Klar war, dass nur wenige verdächtige Männer übriggeblieben waren; eigentlich nur der geständige Stierzüchter. Dessen Fingerabdrücke hatten wir abgenommen, und natürlich stimmten sie mit denen auf dem Brief und dem Briefkasten überein, nicht aber mit denen auf der Mistgabel, Stalltür und Gürtel. Auch die sämtlicher Hilfsarbeiter der Romero-Ranch waren auf keinem dieser Gegenstände zu finden.

Natürlich lagen uns noch keine Abdrücke von den Frauen vor, weder von Sara Sanchez noch von Maria Diaz oder Flora Gomez. Die von Michaela Meyer konnten wir vorerst vergessen. Sie war wie vom Erdboden verschluckt, und bis ich ihre Abdrücke aus Deutschland angefordert hatte, würde viel Zeit vergehen. Da war es besser, sich in Deutschland damit zu befassen.

Als ich Sofias dritte SMS erhielt, befand ich mich auf der Toilette. Sie schrieb, dass sie sich in der Schule verabschiedet habe und jetzt vor dem Haus von Maria Diaz stehe. Ich hatte eine fast abwegige Idee und rief Sofia an

»Hallo, mein Schatz, komm doch mit Maria mal aufs Kommissariat. Sage ihr, wir hätten noch ein paar Fragen.«

Sofia überlegte kurz und war dann einverstanden: »Okay, ich versuche es. Wenn sie nicht mitfahren will, gebe ich dir Bescheid.«

Etwa dreißig Minuten später begrüßten wir die beiden Frauen in Pablos Büro. Maria lächelte freundlich und sanft, als sie meinen spanischen Kollegen begrüßte: »Hola, Pablo, welche Fragen kann ich euch noch beantworten?«

Dieser blickte verwirrt drein: »Keine, Maria, du hast doch bereits alles ausgesagt, oder?« Sein Gesicht verdüsterte sich, während er mir einen fragenden Blick zuwarf. »Oder hast du noch Fragen?«

»Nein, aber Sofia hat sich doch jede Stunde bei mir gemeldet und in der letzten SMS geschrieben, dass sie gerade bei Maria ist. Deshalb dachte ich, sie könnte Maria gleich mit hernehmen, um ihre Fingerabdrücke abzunehmen. Ich habe sie telefonisch darum gebeten.«

In diesem Moment ließen Maria und Pablo ihre Masken fallen. Ihre Gesichter strahlten Wut, ja sogar Hass aus. Maria wirkte anscheinend so bedrohlich, dass sogar Sofia erschrocken zurückwich.

»Das habe ich nicht gewusst«, sagte sie entschuldigend zu Maria.

Die tat, als ob sie Sofias Worte gar nicht gehört hätte. Sie sprach Spanisch und nur mit Pablo. Schnell, aggressiv, wie eine Schusssalve, quollen die Worte aus ihrem Mund. Ich verstand nur Bruchstücke. Klar war, dass sie ihn beschuldigte, sie verraten zu haben. Er sei ein undankbarer Flegel, ein Schwächling, der sich von einem deutschen Kommissar an der Nase rumführen lasse, und ähnliche Vorwürfe hagelten auf Pablo ein.

Dann verließ sie das Kommissariat. Auf Pablos Stirn glänzten Schweißperlen, seine Hand zitterte, als er zum Telefonhörer griff.

»Haltet Maria Diaz auf«, sagte er, zu wem auch immer. Dann blickte er mich mit diesem gefährlichen Gesichtsausdruck an, den ich schon von früher her kannte. Seine Augen strahlten Kälte aus. »Du hast deine Befugnisse überschritten, nur ich bestelle Personen zur Abnahme von Fingerabdrücken ein. Maria Diaz zählt nicht zu den verdächtigen Frauen.«

»Ach so«, erwiderte ich, »das wusste ich gar nicht. Und warum nicht, wenn ich fragen darf?«

»Sie ist meine Tante.«

Ich sagte nichts mehr. *Anscheinend sind die Tanten eines Kommissars in Spanien tabu. Man lernt nie aus,* dachte ich und wandte mich Sofia zu.

»Hattest du einen schönen letzten Tag? Hast du dich von allen Flamenco-Tänzerinnen verabschiedet?«

»Ja«, antwortete meine Verlobte mit einem leichten Lächeln, das plötzlich eisig wurde, als sie Pablo anblickte. Sogar ich bekam Angst. Hoffentlich machte sie am letzten Tag keinen gravierenden Fehler, meine heißblütige Sofia. Ihre eiskalte Stimme passte zum Gesichtsausdruck, als sie sagte: »Ich habe eine neue Zeugin, die weiß, wer Isabella umgebracht hat.«

Mir war sofort klar, dass es jetzt ernst wurde. Pablo zuckte zusammen. Ich ahnte Schreckliches und dann klopfte es auch schon an die Tür. Einer von Pablos Kommissaren öffnete sie und sagte: »Sara Sanchez ist hier. Sie will eine Aussage machen. Allerdings nur vor dem Staatsanwalt. Den hat der Kollege an der Pforte bereits verständigt. Sara ist bei ihm im Zimmer. Ich soll dich fragen, ob du beim Verhör dabei sein willst. Die Sekretärin des Staatsanwalts schreibt die Aussage zeitgleich mit und das Diktiergerät läuft auch. Sara will einen zusätzlichen Zeugen. Ich wäre bereit dazu, oder gehst du? Der deutsche Kommissar kann auch dabei sein, wenn er will, hat der Staatsanwalt gesagt.«

Ich spürte meinen Puls im Hals, als ich sagte: »Danke. Ich höre gerne zu.«

Pablo brauchte Sekunden, um sich zu fangen. Sein Gesicht wirkte noch gefährlicher. Er sagte zu seinem Kollegen: »Geh du. Ich lese mir morgen ihre Aussage durch. Ich fahre jetzt heim. Mir reicht's!«

Er nickte kurz in meine Richtung und verließ das Büro. Damit hatte ich nicht gerechnet. Pablos Abgang wirkte wie eine Flucht auf mich.

Auf keinen Fall würde ich Sofia allein ins Hotel fahren lassen. Sie war in Gefahr und ich auch. Krampfhaft überlegte ich, was zu tun sei. Da drang Sofias Stimme von weit her an mein Ohr: »Sara hat alles genau geplant. Nach ihrer Aussage wird sie Personenschutz für sich selbst und uns beide bis zum Abflug unseres Flugzeugs beantragen. So lange sollten wir das Kommissariat nicht verlassen. Ich bleibe im Büro des Staatsanwaltes, während du im Verhörraum zuhören kannst.«

KAPITEL 39

Die Vernehmung von Sara Sanchez begann um 19:00 Uhr und wurde natürlich auf Spanisch geführt. Der Staatsanwalt, jung, ehrgeizig, eine andere Generation als die von Pablo, erschien mir absolut unbestechlich und höchst interessiert, die richtigen Leute hinter Gitter zu bringen. Trotzdem wirkte er im Verlauf des Verhörs erschüttert und zunehmend unsicher. Es war Sara, die ihre Worte so setzte, dass sie als Belastungszeugin Unbeirrbarkeit ausstrahlte und damit dem Staatsanwalt den Rücken stärkte.

Das Ergebnis ihrer Aussage war eindeutig: Maria Diaz hatte Isabella umgebracht, um Miguel in Sevilla zu halten, das heißt, von einem Wegzug nach Deutschland abzuhalten. Maria hatte die Tat begangen, weil sie Sevillas

Stierzüchter und Arenabesitzer retten wollte, eigentlich die jahrhundertealte Tradition – tief verwurzelt in den Herzen und Köpfen der Spanier. Vor allem aber wollte sie einen begnadeten Matador, den sie seit vielen Jahren verehrte, nicht verlieren – an ein fremdes, kaltes Land und eine Frau, die Stierkampfgegnerin war. Wörtlich übersetzte ich Saras Worte so: »Sie war überzeugt davon, dass Miguel in Deutschland und mit Isabella unglücklich geworden wäre. Es ist Marias Lebensinhalt, vor allem seit sie in Rente ist, Miguel und seine Stiere zu erleben – mit allen Sinnen und dem Herzen. Sie hat mir, ihrer ehemaligen Schülerin, so oft von Miguels Charisma, seiner Eleganz und seiner Liebe zu den Stieren vorgeschwärmt, dass sie mir oft wie ein ›altes Fangirl‹ vorkam. Isabella dagegen war ihr wie ein Sinnbild anderer Nationen erschienen, die sich in die Angelegenheiten Spaniens einmischten, ohne eine Ahnung zu haben, was Stierkampf bedeutet. Diese Fremden sehen auch meiner Meinung nach nur das spektakuläre Verletzen und Töten eines Tieres. Jedenfalls war Isabella für Maria wohl immer mehr zur Feindin geworden. Dass sie der Deutschen gefährlich werden konnte, habe ich erst sehr spät – leider zu spät – erkannt.«

Ein weiteres Motiv sei Marias enge Bindung an Alfonso Romero gewesen. Solange Sara denken könne, habe die unverheiratete Maria eine besondere Beziehung zu

Alfonso gehabt. Sie habe es genossen, dass er sie bis heute verehre, wie eine alte Freundin behandelt und mit kleinen Geschenken erfreut habe. Sara wisse nicht, wann und wie diese Freundschaft entstanden sei, aber sie habe oft das Gefühl gehabt, dass Maria den alten Romero immer und in jeder Situation unterstützen würde. Ja, sie habe sich selbst so eine gute Freundin gewünscht.

Nach dem Mord an Isabella habe Maria sich allerdings verändert, unter massiven Gewissensbissen gelitten. Schuldgefühle hätten sie nicht mehr schlafen lassen, ja, sie habe sich sogar mit Suizidvorstellungen zerfleischt. In ihrer Not habe sie Sara um ein Gespräch gebeten und diese habe geahnt, dass Marias Zustand nicht allein mit Isabellas Tod erklärt werden konnte. Sie habe gehofft, Maria würde etwas sagen, was Miguel von jedem Verdacht reinwaschen konnte. Mit einem vollen Geständnis habe sie aber nicht gerechnet, als sie ihr Handy auf Aufnahmemodus geschaltet habe.

Meiner Meinung nach würde dieses aufgenommene Geständnis vor Gericht als Beweis für Saras Zeugenaussage anerkannt werden. Der Staatsanwalt sah das auch so und nahm geradezu dankbar eine ausgedruckte Kopie der Aufnahme in Empfang. Allerdings erschien ihm die Täterschaft der Romeros nicht beweisbar. Dass der Alte Maria zu dem Mord an Isabella überredet oder sie unter

Druck gesetzt hatte – das konnte nur Maria selbst vor dem Gericht bezeugen. Denn Alfonsos Wissen, dass Pablo Marias unehelicher Sohn war, den sie gleich nach der Geburt an kinderlose Eltern weitergegeben hatte, schien kein wirkliches Druckmittel zu sein. Alles war schon so lange her und damals hatten immer wieder arme Frauen ihre unehelichen Säuglinge an besser situierte Familien abgegeben, die in nächster Nähe wohnten, sodass sie den Kontakt zu diesen Kindern jahrelang aufrechterhalten konnten, ohne dass diese ahnten, wer ihre leibliche Mutter war. Die junge Mutter wurde nicht durch die ›Schande‹ belastet, konnte heiraten und doch in Verbindung zu ihrem vorehelichen Kind bleiben, wenn sie es wollte. Sie war dann einfach eine ›Tante‹ und keiner fragte nach, was das genau bedeutete; jede freundliche Frau aus der Nachbarschaft war für die Kinder eine Tante, vor allem, wenn sie die Familie oft besuchte und Geschenke brachte. Es war also eine Art Adoption ohne Papiere, und nur die Menschen im engsten Umfeld der Beteiligten wussten Bescheid.

In diesem Fall war Alfonso Romero ein Mitwisser, weil er die inoffizielle Adoption vermittelt hatte. Pablos Adoptiv-Vater hatte zu der Zeit als Landarbeiter bei ihm gearbeitet und Alfonso wusste von seiner Kinderlosigkeit. Maria wiederum war damals eine schöne Flamenco-Schülerin gewesen, die Alfonso bewunderte und begehrte. Sie hatte ihn allerdings verschmäht und sich in einen jungen Tänzer verliebt, der sein Kind dann nicht annehmen wollte. Der Tänzer zog es vor, arm und jung, wie er war, seine Zukunft nicht mit einem Kind zu belasten, sondern flüchtete vor der Verantwortung nach Madrid.

Alfonso hatte letztlich Maria einerseits und Pablos Pflegeeltern andererseits geholfen. Maria war Alfonso also in erster Linie dankbar. Das war kein Unterdruck-Setzten. Aber auch Pablo hatte allen Grund, sich dem alten Romero verpflichtet zu fühlen, war doch das Leben als uneheliches Kind einer Flamenco-Tänzerin ganz sicher weniger angenehm als das eines Sohnes braver Eltern, die einer anständigen Arbeit nachgingen. Heute, nach so vielen Jahren, konnte Alfonso Romero also auch von Pablo höchstens Dankbarkeit einfordern.

Pablo hatte erst als erwachsener Mann erfahren, wer seine leibliche Mutter und deren Gönner waren, und jetzt sollte er helfen beide lebenslang ins Gefängnis zu sperren! Ich spürte, wie mein Schädel brummte, mein Magen sich zusammenzog. *Wie hätte ich in dieser Situation gehandelt?*, fragte ich mich und die Worte des Staatsanwaltes gaben mir die Antwort: »Viele Söhne würden ihre Mutter vor dem Gefängnis schützen wollen, das ist völlig nachvollziehbar. Aber trotzdem muss ich Pablo Garcia von dem Fall abziehen.«

Möglicherweise verstand ich bei dem Verhör nicht alle Gefühle und Gedanken, die beschrieben wurden. Aber Sara legte ein Schreiben vor, das ich durchlesen durfte. Maria hatte darin ihre Lebensgeschichte festgehalten. Zu welchem Zweck und wann sie das getan hatte, wusste Sara nicht. Sie ging davon aus, dass Maria an Suizid gedacht und deshalb eine Erklärung hatte abgeben wollen. Jedenfalls habe Maria ihr dieses Schreiben in einem verschlossenen Briefumschlag übergeben und sie gebeten, ihn ungeöffnet aufzuheben. Sara habe sich erst heute entschlossen, ihr Versprechen zu brechen und ihn aufgemacht. Sie habe selbst Angst um ihr Leben bekommen, weil Alfonso Romero sie bedroht habe. Er habe sie wohl als Gefahr für sich und seine Familie eingeordnet.

Sara behauptete, dass Fernando den Mord an Isabella sofort den Romeros zugeordnet hätte, wahrscheinlich, weil Gerd Schosser ihn gewarnt hatte. Schosser war Isabellas einziger deutscher Vertrauter in Sevilla gewesen und mit Fernando eng befreundet. Es war naheliegend, dass Isabella ihm von ihrem Streit mit dem alten Romero erzählt hatte, vielleicht auch noch von anderen Auseinandersetzungen. Jedenfalls hatte Schosser wohl nach Isabellas Ermordung Angst um seine neue Liebe Fernando bekommen. Und niemand von den Deutschen vertraute der spanischen Polizei. Sara ging davon aus, dass auch Fernando der Polizei misstraut hatte, hatte der Stierpfleger doch mitbekommen, dass Pablo zu den Romeros ein freundschaftliches Verhältnis unterhielt. Deshalb habe Fernando vielleicht lieber Esteban, den er am besten kannte, mit dem er viele Jahre befreundet war, ins Vertrauen gezogen. Beide Männer waren sicher erschüttert darüber, dass Isabella in ihrem eigenen Bett ermordet worden war, und wussten über Marias enge Verbindung zum alten Romero und ihre Diabeteskrankheit Bescheid.

Sara ging davon aus, dass Esteban seinen Vater zur Rede gestellt hatte, und zwar vermutete sie das aufgrund von Andeutungen, die Alfonso Romero ihr gegenüber gemacht hatte. So habe er wörtlich gesagt: ›Fernando ist ein großer Verlust für unsere Farm – aber ersetzbar. Er hat einen Keil in die Familie getrieben, weil er Esteban zu nahestand und ihn verdorben hat. Ich wollte Fernando sowieso kündigen, aber dann ist er vorher ermordet worden. Keine Ahnung, wer uns da geholfen hat.‹

Bei einem Treffen am gestrigen Tag habe er Sara düster und drohend angeschaut und behauptet: ›Wir können niemanden in der Nähe der Familie dulden, der Geheimnisse kennt, mit denen er uns erpressen kann. Wenn wir so angreifbar sind, haben wir den Überlebenskampf verloren.‹

Deshalb habe sie sich nun entschlossen auszusagen und als Belastungszeugin zu agieren. Sara spielte mit offenen Karten: »Der alte Romero hat mich seit Jahren finanziell unterstützt, weil er mich als junges Mädchen missbraucht hat. Bis heute bin ich seine Geliebte. In den Jahren, in denen ich mit Miguel eng liiert war, habe ich mich mit dem Alten an den unmöglichsten Stellen treffen müssen, immer vermummt, verkleidet und entwürdigend. Ich gebe zu, dass ich die finanzielle Unterstützung nicht verlieren wollte, aber auch die Abhängigkeit dieses mächtigen Machos von mir, der kleinen Flamenco-Tänzerin, genossen habe. Ich habe jahrelang die abschätzenden Blicke auf der Flamenco-Schule ertragen und sämtliche Gerüchte, die völlig aus der Luft gegriffen waren. Aber jetzt fühle ich mich bedroht, will diese toxische Beziehung beenden. Ich beantrage Zeugenschutz.«

Der junge Staatsanwalt wirkte zunehmend überfordert, hielt aber durch bis zum bitteren Ende. Er nahm alle Beweisstücke zu den Akten, las das Protokoll laut vor und ließ es Sara anschließend überprüfen und unterschreiben. Dann gewährte er ihr Personenschutz bis zur Verhandlung.

Im Anschluss an die Vernehmung schickte er mehrere Männer zur Romero-Farm mit einem Haftbefehl für

Alfonso und Enrique Romero, außerdem zwei Polizisten zur Wohnung von Maria Diaz. Ich sollte mich ins Hotel begeben, weil meine Hilfe nicht mehr gebraucht wurde. Selbstverständlich würden meine Verlobte und ich bis zu unserem morgigen Heimflug Personenschutz erhalten.

Im Hotel bekam ich einen Anruf von Pablo: »Der Staatsanwalt hat mich gerade wegen Befangenheit von diesem Fall entbunden. Was ist bei Saras Vernehmung rausgekommen? Beweise mir deine Freundschaft und informiere mich, damit ich mich auf das Unvermeidliche vorbereiten kann.«

Ich spürte, wie sich Schweißperlen auf meiner Stirn bildeten. Ich wollte dem jungen Staatsanwalt auf keinen Fall in den Rücken fallen, mich zum Komplizen dieser kriminellen Stierzüchterfamilie machen. Anderseits verstand ich Pablos Wunsch, hätte ihm gerne geholfen.

»Ich kann dir nur sagen, dass deine leibliche Mutter, Maria Diaz, wohl Isabella umgebracht hat und in diesem Moment festgenommen wird.«

Pablos Stöhnen am anderen Ende der Leitung bereitete mir körperliche Schmerzen: Mein Magen verkrampfte sich erneut. Mir wurde vor Mitleid übel. Trotzdem fuhr ich fort: »Es bleiben viele Fragen offen, und wie das Gericht entscheiden wird, steht in den Sternen.«

Pablo bedankte sich mit zittriger Stimme – ich spürte

jetzt Tränen in meinen Augen und den Migräneanfall im Hinterkopf heranziehen. Unangenehme Zweifel überfielen mich: Ich sah den völlig erschöpften und auch erschütterten jungen Staatsanwalt vor mir; er hatte so traurig, ja auch hilflos gewirkt. Wohl deshalb hatte ich ihm am Ende der Vernehmung Susannes Tape gegeben und zu ihm gesagt: »Ich habe eine Aufzeichnung aus Isabellas Zimmer in der Nacht ihres Todes. Vielleicht erkennt das Gericht dieses Beweisstück an, vielleicht auch nicht. Aber auch dann könnte es die Richter und Geschworenen im Sinne der Staatsanwaltschaft beeinflussen.«

Diese Information hielt ich Pablo gegenüber zurück.

Sofia und ich fuhren ins Hotel, begleitet von zwei Beamten, die sich tatsächlich vor unserem Hotelzimmer postierten. Inzwischen war es schon nach 22:00 Uhr. Als wir völlig erschöpft im Bett lagen, flüsterte Sofia mir ins Ohr: »Irgendwie hätte ich mir einen völlig anderen Abschied von Sevilla und Spanien gewünscht, zum Beispiel noch mal ein schönes Abendessen bei Miguel oder einen Stierkampf.«

»Na ja«, tröstete ich sie, »das können wir ja in ein paar Jahren nachholen, wenn Gras über die Geschichte gewachsen ist.«

Am nächsten Tag, während des Rückfluges, vermieden wir jeden Kontakt mit Susanne Weinbauer, die ebenfalls im Flugzeug saß – vier Reihen vor uns. Sie trug noch einen Gesichtsverband und legte ihren geschienten Arm auf Herrn Webermanns Bein ab. Die beiden redeten kaum miteinander und waren wohl auch heilfroh, dass sie Spanien verlassen konnten. Immerhin hatten die zwei viel Staub aufgewirbelt und einige Leute nervös gemacht.

Durch Staubwolken werden manchmal völlig neue Perspektiven sichtbar, dachte ich.

Ich war wohl eingeschlafen. Jedenfalls war der Platz neben mir plötzlich leer. Ich vermutete, dass Sofia, die auf der Gangseite saß, zur Toilette gegangen war, und döste noch einmal ein. Beim nächsten Wachwerden wurde ich nervös: Der Platz war immer noch leer und die Toilette war frei, wie ich an dem grünen Lämpchen über der Tür erkannte.

Also stand ich auf und durchsuchte mit den Augen die Sitzreihen hinter mir. Tatsächlich entdeckte ich meine Freundin, die sich nur in Spanien meine Verlobte nannte, neben einem jungen Mann mit Baseball-Cap. Hatte sie in Sevilla Kontakt zu einem jungen Burschen geknüpft? Mir hatte sie nichts davon erzählt. In dem Moment sah sie mich und winkte mit der Hand ab. Ich sollte wohl nicht vorbeikommen und ihr Gespräch stören. Also setzte ich mich wieder auf meinen Platz und wartete.

Zehn Minuten später ließ sich Sofia neben mich auf ihren Sitz fallen. »Weißt du, mit wem ich gerade gesprochen habe?«, fragte sie.

»Nein, ich hoffe, du erzählst es mir.«

»Das war Michaela. Mit gefälschtem Pass auf der Flucht nach Deutschland. Sie heißt jetzt Peter Horn, hat ihre Haare schwarz gefärbt und geweint, weil ihr der Abschied von Miguel so nahegeht. Er hat ihr die Papiere besorgt und eine Wohnung in München. Auch finanziell wird er sie die erste Zeit in Deutschland unterstützen, hat sie mir erzählt. Die zwei lieben sich wirklich wie Geschwister. Ich denke aber, dass Michaela die Trennung verkraften und gut allein zurechtkommen wird.«

Ich sagte nichts, hoffte, dass Susanne nie davon erfahren würde, dass die Person, die sie angefahren hatte, im selben Flugzeug wie sie saß und in die Freiheit flog und dass ich als Polizeibeamter davon wusste und nichts unternahm. Ich schloss meine Augen und flüsterte: »Ich schlafe schon, mein Schatz. Wir sind ja auch noch in Spanien und ich bin nicht im Dienst.«

EPILOG

Sofia

Drei Monate nach unserem Arbeitsurlaub in Sevilla sah ich vor dem Mehrfamilienhaus in Nymphenburg, in dem sich meine Wohnung befand, einen jungen Mann im Kapuzensweatshirt stehen. Ich dachte sofort an Michaela, die jetzt Peter hieß.

Als ich die Eingangstür aufschließen wollte, hörte ich ihre vertraute Stimme: »Hallo, Sofia, wie geht es dir?«

»Gut, Michaela. Und dir?«

»Auch gut, wenn man davon absieht, dass ich als Peter Horn harte Arbeit in einem Paketlager verrichte, der Schwarm meiner Mitarbeiterinnen bin und immer noch weine, wenn ich an Miguel denke.«

Ich überlegte, ob ich sie in meine Wohnung einladen sollte, verwarf den Gedanken aber.

»Gehen wir ein Stück spazieren, ich habe den ganzen Tag gesessen«, sagte ich stattdessen.

»Gute Idee. Ich muss sowieso zur Straßenbahnhaltestelle am Romanplatz. Ich wohne in Schwabing, hier ist meine Adresse.« Sie reichte mir eine kleine Visitenkarte. Ich las: ›Peter Horn. Personenschützer.‹

»Ach, willst du dich selbstständig machen?«, fragte ich überrascht.

»Ja, ich hoffe, ich finde jemanden, der mich so bei sich aufnimmt wie Miguel. Aber ehrlich gesagt, habe ich wenig Hoffnung. Solche gastfreundlichen Menschen gibt es nur in Spanien.«

Damit hatte sie wahrscheinlich recht. Matadore gab es in Deutschland sowieso nicht.

Und dann rückte sie mit der Sprache raus: »Ich wollte dir noch erzählen, warum und wie ich Susanne Weinbauer angefahren habe. Mir ist das ein Bedürfnis, ich muss mein Gewissen erleichtern. Ich hoffe, du glaubst mir!«

»Schieß los!«, antwortete ich abwartend.

»Also, der ältere Romero-Sohn, Enrique, hat mich erpresst und unter Druck gesetzt. Du weißt, warum. Ich hatte ihnen ahnungslos meine Fingerabdrücke zur Verfügung gestellt. Er hatte erfahren – von wem auch immer, ich denke von Pablo –, dass ich in Deutschland gesucht werde wegen schwerer Körperverletzung, ja sogar versuchten Mordes. Das verschärfte meine Situation zusätzlich. Enrique drohte mit Anzeige und wollte mit dem Staatsanwalt sprechen. Ich geriet in Panik, sah, dass mein wunderschönes Leben an der Seite eines bewundernswerten Menschen in Gefahr war, und ich war bereit, Enrique zu helfen. Denn er überzeugte mich mit folgenden Worten: ›Du sollst dieser Deutschen nur Angst machen, sie ist eine Nervensäge und soll aufhören, sich in unser Leben einzumischen. Sie hat ja auch die Liebe von Isabella und Miguel vergiftet. Fahre sie einfach an, leicht, aber spürbar.‹ Dann nannte er mir Susanne Weinbauers Hoteladresse und begleitete mich bei dieser Aktion. Er gab mir zu verstehen, dass er es nicht selbst machen könne, weil die Autos der Romeros alle polizeibekannt und auffällig mit Stierlogos verziert seien. Miguel dagegen besitzt einige völlig unauffällige, selten gefahrene Wagen. Ich nahm mir für die Aktion also einen Van von Miguel, der aber mit gefälschten Nummernschildern ausgestattet war. Enrique saß auf dem Beifahrersitz. Wir warteten etwa zehn Minuten vor Susannes Hotel, dann parkte sie circa zwanzig Meter von uns entfernt. Als sie ausgestiegen war, fuhr ich aus meiner Parklücke und gab Gas. Susanne stand neben ihrem Auto, wollte es abschließen, als ich an ihr vorbeiraste. Ich hatte nur vor, ihr Angst zu machen, haarscharf an ihr vorbeizufahren.

Enrique ahnte das wohl und riss völlig unerwartet das Steuer nach rechts, sodass ich sie voll erwischte. Es war schrecklich! Ich fühlte mich wirklich wie eine Mörderin, erstmals in meinem Leben, das so von Gewalt geprägt war. An den nächsten Tagen habe ich Gott immer wieder gedankt, dass dieser Frau nicht mehr passiert ist.«

Ich sah in Michaelas Gesicht, das von einer Straßenlampe angeleuchtet wurde, und glaubte ihr jedes Wort. »Michaela, du bist keine Mörderin, sondern das Opfer von Mördern, das musst du mir glauben, so wie ich dir auch jedes Wort glaube.«

Anschließend fragte ich sie, ob sie Miguel von der Tat und Enriques Verhalten berichtet habe. Ihre Antwort verblüffte mich: »Nein, ich wollte ihn nicht belasten, denn er muss dort in Sevilla sein weiteres Leben als gefeierter Matador frei gestalten können. Ich wollte nicht, dass eine deutsche Außenseiterin ihren kriminellen Schatten darüber wirft. Miguel kann so schlecht lügen, ist so sensibel und würde nicht so unbekümmert weiterleben können, wenn er von diesen Vorgängen erfahren hätte. Es reicht, dass er die anderen Taten von Maria und der Romero-Familie erfährt. Eigentlich braucht er ruhige Harmonie im Freundeskreis, um den Stress des Stierkampfes zu überstehen.«

»War die Verhandlung gegen die Romeros und

Maria Diaz schon?«, fragte ich erstaunt. »Das ging ja schnell. Weißt du, wie sie ausgegangen ist?«

Michaela nickte. »Es ging so fix, weil Maria als prozessunfähig erklärt wurde – wegen einer ausgeprägten Depression und ihrem Diabetes. Sie befindet sich bis auf Weiteres in einer Privatklinik. Sowohl Miguel als auch Alfonso Romero besuchen sie oft; Pablo natürlich regelmäßig. Das hat mir Miguel bei unserem letzten Telefonat erzählt.«

Ich hatte mir schon so etwas gedacht. Maria war mit ihrem schlechten Gewissen gestraft genug. Allerdings war das mit Alfonso und Enrique Romero eine andere Hausnummer. Michaela sah das anscheinend auch so. »Die Verhandlung der beiden Romeros findet erst in ein paar Monaten statt, aber sie wurden aus der U-Haft entlassen, weil keine Fluchtgefahr besteht. Ich hoffe, dass man sie angemessen bestraft.«

Sie machte eine Pause, erinnerte sich wohl an die schlimmen Erlebnisse, die sie hatte durchmachen müssen. Dann antwortete sie nochmals auf meine vorhergehende Frage: »Ich habe Miguel nur gesagt, dass ich wieder nach Deutschland muss, und zwar unter einem neuen Namen. Ich habe angedeutet, dass man mich wegen meiner Vergangenheit bedroht und erpresst hat. Miguel hat, ohne nachzufragen, seine Beziehungen spielen lassen und mir

Pass und Wohnung besorgt – schon zwei Tage vor deiner Entführung. Dass die Romeros so weit gehen würden und mich zu schweren Straftaten zwingen und sogar foltern würden, damit habe ich keine Sekunde gerechnet.«

Nach diesen Worten umarmte mich Michaela. Ich spürte ihre Tränen auf meinen Wangen und ihren Atem am Hals, als sie flüsterte: »Danke, Sofia, für mich ist nur deine Meinung wichtig. Du bist die einzige Frau, die mich so akzeptiert hat, wie ich bin. Alles Gute mit deinem Kommissar.«

Und sie verschwand hinter einer Litfaßsäule, die man am Romanplatz aufgestellt hatte. Ich starrte auf den Text des Werbeplakats: »München ist immer eine Reise wert, egal, woher du kommst.«

So ist es. Jeder kann sich hier zu Hause fühlen, dachte ich.

ENDE

IN EIGENER SACHE

Dies ist nun der dritte Band meiner Regionalkrimi-Reihe. Auch er beruht auf einem wahren Fall, der allerdings in den Achtzigerjahren stattgefunden hat. Ich habe in den Jahren meiner Tätigkeit als forensische Gutachterin nur eine Frau begutachtet. Das war Michaela. Sie hat sich später einer Geschlechtsumwandlung mit Operation unterzogen. Damals war das nicht so leicht wie heute. Menschen, die ihr Geschlecht ändern lassen wollten, mussten viele demütigende Gespräche, besser Verhöre, mit zwei psychiatrischen Gutachtern über sich ergehen lassen. Selten, dass diese überzeugt werden konnten. Viel Wasser strömte die Isar herunter und aus den Augen und Seelen der Menschen, die sich nicht in ihrem originalen Körper wohlfühlten, ja, in ihm litten. Deshalb sparten diese Menschen jahrelang, um sich im Ausland einer risikoreichen Operation zu unterziehen. Manchmal endete die mit Verstümmelung oder sogar dem Tod.

Rückblickend freue ich mich für die heutige Generation, die entscheiden kann, ob sie Mann oder Frau sein will, bis zur letzten Konsequenz. Wie schön, dass es für viele ausreicht, den Namen zu ändern, sich so zu kleiden, wie sie wollen, sich so zu verschönern und zu schminken, dass sie ihrem Ideal näherkommen und damit eine gefährliche Operation vermeiden. Das ist auch die Folge von Toleranz und Aufgeschlossenheit unserer Gesellschaft, die letztlich Politiker und Ärzte unter Druck gesetzt haben.

Außerdem höre ich schon die Stimmen einiger Leser/innen: »Spanien ist nicht regional!«

Tja, dann müsst ihr die vielen Deutschen fragen, die schon seit damals jedes Jahr in Spanien Urlaub machen. Für diese ist Spanien das zweite Zuhause, mit allem, was dazugehört: Flamenco, Stierkampf, Fiestas, Tapas, Policía Española und auch reichen Stierzüchtern.

99 Prozent der Spanier sind gastfreundliche, warmherzige Menschen, weit von denen entfernt, über die man einen Krimi schreiben kann. Und dieses eine Prozent trifft man im Urlaub nie, außer man macht als Kommissar mit Freundin einen Arbeitsurlaub.

Matilda Best

Wenn Ihr liebe Leser/innen erfahren wollt, wie Sofia Weber und Markus Schreiner zu den Persönlichkeiten wurden, die sie heute sind und wie sie sich kennengelernt haben, dann empfehle ich Euch den ersten Band meiner True-Crime-Reihe: **GEFÄHRLICHES LACHEN.** (ISBN 978-3-347-93500-6)

Kommissar Schreiner lernt in jungen Jahren Bankräuber/innen, lachende Frauen und sich selbst kennen. 15 Jahre später vergeht ihm das Lachen an der Seite von Sofia, eine Frau mit ungewöhnlicher Vergangenheit und undurchsichtigen Feinden. Aber auch er selbst hat aus früheren Fehlern nicht gelernt: Erneut setzt er seine Karriere aufs Spiel, um gefährlichen Frauen zu helfen.

Zwei wahre Fälle aus Oberbayern (1980/90Jahre); auch aus der Sicht der Täter. Ein Ermittler, den es so, wenn überhaupt, nur in Bayern gibt. Keine Leichen, keine brutalen Szenen!

Im 2. Band:

GEFÄHRLICHE TATOOS   (ISBN 978-3-384-02541-8)

könnt Ihr erleben, wie die beiden ein besonderer Fall zusammengeschweißt hat.
Jedes meiner Bücher könnt Ihr bei mir bestellen und signiert portofrei erhalten,
matildabest42@gmx.de , oder aber im Buchhandel und online.
(EBooks nur bei Amazon!)

Hauptkommissar Markus Schreiner wird zur Leiche einer jungen Frau im Erdinger Stadtpark gerufen. Ein außergewöhnliches Tattoo auf ihrem Oberkörper führt ihn in die Irre. Bei seinen Ermittlungen gerät Markus in die Tätowierer-Szene und fühlt sich bald von faszinierenden Frauen überfordert.

Zu allem Überfluss kann Sofia nicht dem Charisma eines männlichen Tätowierers widerstehen und ist alles andere als eine Hilfe. Markus gibt sein Bestes, muss sich aber mit eigenen Schwächen auseinandersetzen.

Viel Spaß und Spannung beim Lesen wünscht Euch
MATILDA BEST